킬리만자로의 눈

세계문학전집
2 5 7

Ernest Hemingway : The Snows of Kilimanjaro

킬리만자로의 눈

어니스트 헤밍웨이 소설

정영목 옮김

문학동네

일러두기

1. 번역 대본으로는 *The Complete Short Stories of Ernest Hemingway*(The Finca Virgia Edition, Scribner, 1987)를 사용했으며, *Indian Camp*(1924), *Cross-Country Snow*(1924), *The End of Something*(1925), *The Three-Day Blow*(1925), *Big Two-Hearted River: Part I*(1925), *Big Two-Hearted River: Part II*(1925), *Hills Like White Elephants*(1927), *The Killers*(1927), *Now I Lay Me*(1927), *A Clean, Well-Lighted Place*(1933), *A Way You'll Never Be*(1933), *The Short Happy Life of Francis Macomber*(1936), *The Snows of Kilimanjaro*(1936)를 골라 수록했다.
2. 주석은 모두 옮긴이주다.
3. 본문의 고딕체는 원서에서 이탤릭체 등으로 강조한 부분이다.
4. 영어 외 다른 언어는 번역하거나 음차해 이탤릭체로 처리했고, 경우에 따라 원어를 병기하거나 주석을 달았다.

차례 ▌

1장[*]

모두 술에 취해 있었다. 포병 중대 전부가 술에 취해 어둠 속에서 길을 따라 행군하고 있었다. 우리는 샹파뉴로 가고 있었다. 중위는 계속 말을 들 판으로 몰면서 말에게 말했다. "몽 비외*mon vieux*^{**}, 나는 취했어, 정말이 야. 아, 나는 술에 완전히 절었어." 우리는 어둠 속에서 밤새 길을 따라 갔 고, 부관은 계속 내가 담당하는 취사차 옆에서 말을 타고 가며 말했다. "그 걸 꺼야 해. 위험해. 눈에 띌 거야." 우리는 전선에서 50킬로미터나 떨어져 있었지만 부관은 내 취사차에 피워놓은 불 걱정을 했다. 길을 따라 행군하 는 것은 재미있었다. 내가 취사 담당 상병이었을 때의 일이다.

---

* 헤밍웨이는 〈리틀 리뷰〉에 기고했던 여섯 편의 소품문과 다른 소품문을 합쳐 총 열여 덟 편을 정리해 자신의 열다섯 단편 앞에 삽화처럼 배치했다. 각 단편은 소품문과 내용상 바로 이어지지는 않지만, 주제나 분위기가 연장선상에 있다고 보는 것이 중론이다.
** 노형이라는 의미의 프랑스어.

인디언 마을

호숫가에 노 젓는 보트가 또 한 척 끌어올려져 있었다. 인디언 두 명이 서서 기다리고 있었다.

닉과 그의 아버지가 보트 고물에 올라탔고 인디언들은 보트를 호수 쪽으로 밀어냈다. 그러더니 인디언 한 명이 올라타 노를 저었다. 조지 삼촌은 야영지 보트 고물에 앉아 있었다. 젊은 인디언이 조지 삼촌을 태운 야영지 보트를 물로 밀고 보트에 올라타 노를 잡았다.

두 척의 보트는 어둠 속에서 출발했다. 닉은 안개 속에서 저만치 앞 서가는 다른 보트의 노받이가 내는 소리를 들었다. 인디언들은 동작을 짧게 끊어 빠르게 노를 저었다. 닉은 그의 몸을 감싸안은 아버지의 팔에 등을 기대고 누워 있었다. 물위는 추웠다. 그들의 보트에 탄 인디언은 아주 열심히 노를 저었지만, 줄곧 다른 보트가 안개 속에서 한참 앞서갔다.

"어디 가는 거예요, 아버지?" 닉이 물었다.

"저 너머 인디언 마을에. 어떤 인디언 부인이 많이 아프대."

"아." 닉이 말했다.

호수 건너편을 보니 다른 보트는 이미 뭍에 올라가 있었다. 조지 삼촌은 어둠 속에서 시가를 피우고 있었다. 젊은 인디언은 보트를 뭍으로 한참 끌고 올라갔다. 조지 삼촌은 두 인디언에게 시가를 주었다.

그들은 랜턴을 든 젊은 인디언을 따라 호숫가에서 위쪽으로 올라가 이슬로 흠뻑 젖은 초원을 통과했다. 이윽고 그들은 숲으로 들어서서 좁은 길을 따라 나아갔고, 그 길은 구릉지 안으로 파고드는 벌목 도로로 이어졌다. 벌목 도로는 양쪽의 나무가 잘려나가 훨씬 밝았다. 젊은 인디언이 발을 멈추고 랜턴을 불어 껐고 그들은 모두 도로를 따라 걸었다.

굽이 하나를 돌자 개 한 마리가 나와 짖어댔다. 앞쪽에 나무껍질 벗기는 일을 하는 인디언들이 사는 오두막의 불빛이 보였다. 더 많은 개가 그들을 향해 몰려나왔다. 두 인디언이 개들을 오두막으로 돌려보냈다. 길에서 가장 가까운 오두막 창에 불빛이 보였다. 나이든 여자가 램프를 들고 문가에 서 있었다.

안의 나무 침상에 젊은 인디언 여자가 누워 있었다. 이틀 동안 산고를 겪는 중이었다. 마을의 나이든 인디언 여자들이 모두 그녀를 돕고 있었다. 남자들은 자리를 피해 길 위쪽, 여자가 내는 소리가 들리지 않는 곳으로 가서 어둠 속에 앉아 담배를 피우고 있었다. 닉과 두 인디언이 아버지와 조지 삼촌을 따라 오두막 안으로 들어갔을 때 여자는 비명을 지르고 있었다. 아래쪽 침상에 누비이불을 덮고 누운 여자의 몸은 아주 컸다. 머리는 한쪽 옆으로 돌리고 있었다. 위쪽 침상에는 남편이 누워 있었다. 사흘 전 도끼에 발을 심하게 베였기 때문이다. 그는 파이프 담배를 피우고 있었다. 방에서는 심한 악취가 났다.

닉의 아버지는 스토브에 물을 좀 올려놓으라고 지시했고, 물이 끓는 동안 닉에게 말했다.

"이 부인이 아기를 낳을 거야, 닉." 그가 말했다.

"알아요." 닉이 말했다.

"알긴." 아버지가 말했다. "내 말 잘 들으렴. 지금 이 부인이 겪고 있는 걸 진통이라고 부른단다. 아기는 나오고 싶어하고, 부인도 아기가 나오기를 바라. 부인의 모든 근육이 아기가 나오게 하려고 노력하고 있지. 부인이 소리를 지를 때 그런 일이 벌어지고 있는 거란다."

"알겠어요." 닉이 말했다.

그때 여자가 악을 썼다.

"아, 아버지, 부인이 소리를 지르지 않도록 뭘 줄 수는 없나요?" 닉이 물었다.

"없어. 나한테는 마취제가 없단다." 아버지가 말했다. "하지만 부인이 소리를 지르는 건 중요하지 않아. 그건 중요하지 않기 때문에 내 귀에는 안 들려."

위쪽 침상에 누운 남편이 벽 쪽으로 몸을 돌렸다.

부엌에 있던 여자가 물이 다 끓었다고 의사에게 손짓으로 신호를 했다. 닉의 아버지는 부엌으로 들어가 커다란 솥에 담긴 물을 반쯤 대야에 부었다. 그리고 손수건에 싸 온 물건 몇 가지를 솥에 남은 물에 넣었다.

"저걸 삶아야 해." 그는 말하더니, 뜨거운 물이 담긴 대야에 두 손을 넣고 야영지에서 가져온 비누로 씻기 시작했다. 닉은 아버지가 두 손에 비누를 묻혀 서로 문지르는 것을 지켜보았다. 아버지는 꼼꼼하고 철저하게 두 손을 씻으면서 말했다.

"있지, 닉, 아기는 머리부터 먼저 나와야 하는데 가끔 그러지 않을 때가 있어. 그러지 않을 때는 모두 무척 고생을 하게 되지. 어쩌면 이 부인은 수술을 해야 할지도 모르겠구나. 조금 있으면 알게 될 거다."

그는 두 손을 충분히 씻은 뒤, 방안으로 돌아가 일을 시작했다.

"저 이불 좀 걷어줄래, 조지?" 아버지가 말했다. "나는 만지지 않는 게 좋을 것 같아."

잠시 후 그가 수술을 시작하자 조지 삼촌과 인디언 남자 셋이 여자를 못 움직이게 붙들었다. 그녀는 조지 삼촌의 팔을 물었고, 조지 삼촌은 "빌어먹을 스콰* 년!" 하고 내뱉었다. 그러자 조지 삼촌이 탄 보트의 노를 저었던 젊은 인디언이 그를 보고 웃음을 터뜨렸다. 닉은 아버지를 위해 대야를 잡고 있었다. 일이 다 끝날 때까지 시간이 꽤 걸렸다. 그의 아버지는 아기를 들어올리고 찰싹 때려 숨을 쉬게 한 다음 나이든 여자에게 건넸다.

"봐라, 사내아이구나, 닉," 그가 말했다. "인턴 노릇을 하는 기분이 어떠냐?"

닉이 말했다. "괜찮아요." 그는 아버지가 하는 일을 보지 않으려고 시

---

* 북미 원주민 여성을 일컫는 말.

선을 돌리고 있었다.

"그래. 이걸로 됐다." 아버지가 말하며 대야에 뭔가를 집어넣었다.

닉은 그것을 보지 않았다.

"자," 아버지가 말했다. "이제 좀 꿰맬 거야. 봐도 되고 안 봐도 돼, 닉. 네 마음대로 하렴. 나는 내가 절개한 곳을 꿰맬 테니까."

닉은 보지 않았다. 호기심은 사라진 지 오래였다.

아버지는 처치를 마치고 일어섰다. 조지 삼촌과 인디언 남자 셋도 일어섰다. 닉은 대야를 부엌에 내다 놓았다.

조지 삼촌은 자신의 팔을 보았다. 젊은 인디언은 아까 일이 떠오르는 듯 웃음을 지었다.

"거기 과산화수소수를 발라줄게, 조지." 의사가 말했다. 그는 인디언 여자 위로 허리를 굽혔다. 이제 여자는 잠잠했고, 눈을 감고 있었다. 아주 창백해 보였다. 아기든 뭐든 뭐가 어떻게 되었는지 전혀 알지 못했다.

"아침에 다시 올게요." 의사가 일어서며 말했다. "세인트이그너스에서 오는 간호사가 정오면 여기에 도착할 겁니다. 우리한테 필요한 걸 다 가지고 올 거예요."

그는 시합을 마친 탈의실의 풋볼선수처럼 우쭐하여 말이 많아졌다.

"이건 의학 잡지에 실릴 만한 일이야, 조지," 그가 말했다. "잭나이프로 제왕절개를 하고, 끝이 가늘어지는 9피트 길이의 잠사蠶絲 목줄로 절개한 곳을 꿰맸으니 말이야."

조지 삼촌은 벽에 기대서서 자기 팔을 보았다.

"아, 형은 대단한 사람이지, 아무렴." 그가 말했다.

"자랑스러워하고 있을 아기 아버지를 한번 봐야겠다. 이런 일에서는 보통 아버지 쪽이 가장 심한 고통을 겪거든." 의사가 말했다. "그런데 이 집 아버지는 이 모든 일을 아주 담담하게 받아들이는 것 같구나."

그는 인디언의 머리에서 담요를 걷어냈다. 거두어들이는 그의 손이 축축해졌다. 의사는 한 손에 램프를 들고 아래 침상 가장자리에 올라서서 안을 살폈다. 인디언은 얼굴을 벽 쪽으로 돌리고 누워 있었다. 목이 귀에서 귀까지 베여 있었다. 피가 흘러내려, 그의 몸무게 때문에 침상이 움푹 꺼진 부분에 흥건히 고였다. 머리는 왼쪽 팔 위에 얹혀 있었다. 펼쳐진 면도칼은 날이 위로 선 채 담요 안에 놓여 있었다.

"닉을 오두막에서 데리고 나가, 조지." 의사가 말했다.

그럴 필요가 없었다. 부엌 문가에 서 있던 닉은 아버지가 한 손에 램프를 들고 인디언의 머리를 뒤로 젖혔을 때 위쪽 침상을 분명하게 보았기 때문이다.

그들이 다시 벌목 도로를 따라 호수를 향해 걷고 있을 때 날이 밝기 시작했다.

"널 데려와서 정말 미안하구나, 니키," 아버지가 말했다. 수술 후의 환희는 자취를 감춘 지 오래였다. "이런 지저분하고 험한 꼴을 겪게 할 생각은 아니었는데."

"여자들은 아기를 낳을 때 늘 저렇게 힘든가요?" 닉이 물었다.

"아니, 저건 아주, 아주 예외적인 경우란다."

"그 남자는 왜 자살을 한 거예요, 아버지?"

"모르겠다, 닉. 아마 상황을 견딜 수 없었던 게지."

"자살하는 남자가 많나요, 아버지?"

"별로 많지 않아, 닉."

"여자는 많나요?"

"거의 없어."

"전혀 안 하나요?"

"아니, 하지. 가끔 해."

"아버지?"

"응."

"조지 삼촌은 어디 갔어요?"

"곧 올 거야."

"죽는 게 힘든가요, 아버지?"

"아니, 내 생각에는 아주 쉬운 것 같구나, 닉. 상황에 따라 다르겠지만."

그들은 보트에 앉아 있었다. 닉이 고물에 앉고 아버지가 노를 잡았다. 언덕 뒤에서 해가 떠오르고 있었다. 농어 한 마리가 뛰어오르자 물에 둥근 파문이 일었다. 닉은 물속에 손을 담그고 물살을 갈랐다. 아침의 싸늘한 냉기 때문인지 물이 따뜻하게 느껴졌다.

닉은 이른아침 호수에서 아버지가 노를 젓는 보트 고물에 앉아 자신은 절대 죽지 않을 거라고 확신했다.

12장

만일 그 일이 바로 눈앞에서 벌어졌다면, 비알타가 황소를 향해 으르렁거리고 욕지거리를 하다가, 황소가 돌진하는 순간 바람을 맞은 떡갈나무처럼 두 다리를 꼭 붙이고 단단히 서서 몸을 뒤로 빙그르 돌리고, 이어 물레타*가 그의 동작을 따라 끌려오고, 그 뒤에서 검이 물레타가 그리는 곡선을 쫓아오는 것을 볼 수 있었을 것이다. 그는 다시 황소에게 욕지거리를 하고, 물레타를 펄럭이고, 황소가 돌진하는 순간 두 발을 단단히 디딘 채 몸을 뒤로 빙그르 돌렸다. 물레타가 곡선을 그리며 따라왔다. 그가 몸을 빙그르 돌릴 때마다 관중이 함성을 질렀다.

그가 황소를 죽이기 시작할 때도 모든 일이 똑같이 순식간에 이루어졌다. 황소는 앞에서 증오하는 눈으로 그를 똑바로 바라보았다. 그는 물레타의 접힌 부분에서 검을 뽑아들어 전과 같은 동작으로 겨냥을 하고, 토로**! 토로! 하고 황소를 불렀다. 그러면 황소는 돌진했고, 비알타도 돌진했다. 한순간 둘은 하나가 되었다. 비알타는 황소와 하나가 되었고, 다음 순간 끝이 났다. 비알타는 똑바로 서 있었고, 검의 빨간 손잡이가 황소의 두 어깨 사이에 멋없이 튀어나와 있었다. 비알타는 관중을 향해 손을 들어올렸고, 황소는 피를 토하고 울부짖으며 비알타를 똑바로 바라보았다. 잠시 후 황소의 무릎이 꺾였다.

---

* 투우할 때 쓰는 붉은 천.
** '황소'라는 뜻의 스페인어.

온 땅의 눈

케이블카가 다시 덜컹하더니 멈추었다. 더 나아갈 수가 없었다. 쓸려 온 눈이 단단하게 진로를 가로막고 있었다. 산의 드러난 면을 문질러대는 질풍이 눈 덮인 면을 쓸어 서프보드처럼 단단하게 굳혀놓았다. 화물칸에서 스키에 왁스를 칠하고 있던 닉은 스키의 발을 고정시키는 장치에 부츠 끝을 밀어넣고 죔쇠를 꽉 잠갔다. 그는 화물칸에서 게걸음으로 단단한 보드 같은 눈으로 뛰어내리며 점프 턴을 한 뒤, 몸을 웅크리고 스틱을 끌며 빠른 속도로 비탈을 미끄러져 내려갔다.

아래 설원에서 조지가 아래로 내려갔다 올라오더니 다시 아래로 내려가 시야에서 사라졌다. 산비탈의 가파르고 기복이 심한 곳을 내려가면서 속도가 붙고 갑자기 급강하를 하게 되자, 닉은 몸속에서 정신은 빠져나가고 오직 하늘을 날고 아래로 떨어지는 황홀한 감각만 남은 것 같았다. 가벼운 오르막에 올라서자 마치 절벽에서 내려다보는 듯 발밑의 눈이 다 사라지고 텅 빈 허공만 있는 것처럼 보였다. 그는 아래로, 아래로, 점점 빠르게, 더 빠르게, 마지막 길고 가파른 비탈을 미끄러져 내려갔다. 무게중심을 낮게 유지하기 위해 스키에 거의 주저앉을 만큼 몸을 웅크리고, 마치 모래폭풍을 일으키듯 눈을 흩날리면서 그는 속도가 너무 빠르다는 걸 알았다. 그러나 그대로 버텼다. 긴장의 줄을 놓고 나자빠질 생각은 없었다. 그러나 우묵한 곳이라 바람이 그냥 두고 가 연질軟質의 눈이 쌓인 넓지 않은 눈밭이 그를 자빠뜨렸고, 그는 스키를 부딪으며 계속 뒹굴었다. 총을 맞은 토끼가 된 기분이었다. 이윽고 멈추었지만, 두 다리는 십자로 얽히고 스키는 위를 향해 솟고, 코와 귀에는 눈이 꽉 들어차 있었다.

조지는 비탈 약간 아래쪽에 서서 윈드재킷을 손바닥으로 세게 두드리며 눈을 떨어내고 있었다.

"멋지던데, 마이크." 그가 닉에게 소리쳤다. "더럽게 무른 눈이야. 나도 똑같이 당했어."

"저 산허리 급경사 쪽은 어때?" 닉이 똑바로 누워 스키로 허공을 걸어차며 일어섰다.

"왼쪽으로 계속 붙어야 해. 멋지고 빠르게 급강하하지만 다 내려가면 울타리가 있기 때문에 크리스티아니아*로 돌면서 멈춰야 해."

"잠깐 기다려. 같이 해보자."

"아니. 먼저 가. 나는 네가 급경사 타는 걸 보고 싶어."

---

* 스키에서 활주 중 급회전하는 기술.

닉 애덤스는 커다란 등과 금발에 아직 눈이 희미하게 묻어 있는 조지를 지나쳤고, 이내 그의 스키가 가장자리를 지나 비탈을 미끄러져 내려가기 시작했다. 그는 쉬익 소리를 내며 수정 같은 가루눈 위를 급강하했다. 굽이치는 비탈을 오르내리자 몸이 붕 떠올랐다가 아래로 툭 떨어지는 것처럼 보였다. 그는 계속 왼쪽에 붙었으며, 막판에 울타리를 향해 쏜살같이 내려가다가 두 무릎을 꼭 붙인 채 나사를 조이듯이 몸을 휙 돌렸다. 그러자 스키가 오른쪽으로 급하게 방향을 틀면서 눈이 자욱하게 피어올랐다. 스키는 속도를 늦추다 언덕 중턱과 철조망에 평행을 이루며 정지했다.

그는 언덕을 올려다보았다. 조지가 텔레마크* 자세로 무릎을 구부리고 내려오고 있었다. 한쪽 다리는 앞으로 뻗어 굽히고, 다른 쪽 다리는 뒤에 끌고 오는 식이었다. 양쪽 스틱은 곤충의 가는 다리처럼 매달려 있다가 지면에 닿을 때마다 눈을 픽픽 차올렸다. 마침내 무릎을 구부리고 발을 끄는 형체 전체가 모습을 드러내며 오른쪽으로 아름답게 곡선을 그렸다. 다리는 앞뒤로 뻗고, 웅크린 몸은 구심력에 저항하려고 바깥으로 기울이고 있었다. 스틱은 곡선에 빛의 점 같은 강조점을 찍었다. 이 모든 일이 광포한 눈구름 속에서 벌어졌다.

"크리스티아니아로 도는 게 무서웠어." 조지가 말했다. "눈이 너무 깊어서 말이야. 너는 멋지게 돌던데."

"내 다리로는 텔레마크를 할 수가 없거든." 닉이 말했다.

닉이 스키로 철조망의 윗줄을 눌렀고 조지가 그 위로 넘어갔다. 닉

---

* 경사가 급한 사면에서 다리를 굽히고 한쪽 다리를 내밀어 회전하는 기술.

도 뒤따라 길로 내려갔다. 그들은 무릎을 구부리고 길을 따라 돌진해 나아가다 솔숲으로 들어갔다. 노면은 얼어붙어 광택이 났고, 통나무를 운반하는 무리들 때문에 주황색과 담뱃진의 노란색 얼룩이 지저분하게 번져 있었다. 스키를 타는 사람들은 노변을 따라 뻗어 있는 눈만 이용했다. 길은 가파르게 아래로 내려가 개울에 이르렀다가 언덕 비탈을 직선으로 올라갔다. 숲 사이로 온갖 풍파에 시달린 길고 처마가 낮은 건물이 보였다. 나무들 사이에서 건물은 빛바랜 노란색으로 보였다. 가까이 가보니 창틀은 녹색이었지만 칠이 벗어지고 있었다. 닉은 스키 스틱으로 죔쇠를 풀고 발로 스키를 걷어차 벗었다.

"여기부터는 스키를 메고 가는 게 좋겠어." 그가 말했다.

닉은 스키를 어깨에 걸치고 뒤꿈치의 징을 언 바닥에 박으며 가파른 길을 올라갔다. 조지가 바로 뒤에서 헐떡거리며 뒤꿈치를 바닥에 박는 소리가 들렸다. 그들은 술집 벽에 스키를 포개어 세워놓고 서로 바지의 눈을 떨어준 뒤, 발을 굴러 장화 바닥의 눈을 떤 다음 안으로 들어갔다.

안은 아주 어두웠다. 구석에서 커다란 자기 스토브가 반짝였다. 천장은 낮았다. 양옆을 따라 와인으로 얼룩진 거무스름한 탁자들이 놓여 있고, 그 뒤에 반들반들한 긴 의자들이 자리잡고 있었다. 스토브 옆에는 스위스 사람 둘이 파이프를 물고 탁한 새 와인이 든 백 밀리리터짜리 잔 두 개를 앞에 놓은 채 등을 구부리고 앉아 있었다. 두 청년은 재킷을 벗고 스토브 맞은편 벽에 기대앉았다. 옆방에서 들리던 노랫소리가 멈추더니 파란 앞치마를 두른 젊은 여자가 문으로 들어와 무엇을 마시겠느냐고 물었다.

"시옹 한 병." 닉이 말했다. "괜찮지, 기지?"

"괜찮고말고," 조지가 말했다. "와인은 나보다 네가 잘 알잖아. 나는 뭐든 좋아."

젊은 여자가 나갔다.

"사실 스키에 비길 만한 건 없어, 안 그래?" 닉이 말했다. "눈앞에 긴 비탈을 앞두고 처음 툭 떨어져내릴 때의 그 느낌이란."

"하," 조지가 말했다. "너무 멋져서 말을 할 수 없을 정도지."

여자가 와인을 가져왔고, 그들은 코르크 때문에 애를 먹었다. 마침내 닉이 마개를 땄다. 여자가 나갔고, 그들은 여자가 옆방에서 독일어로 노래하는 소리를 들었다.

"안에 코르크 가루가 들어갔지만 괜찮아." 닉이 말했다.

"케이크가 있나 모르겠네."

"확인해보지 뭐."

여자가 들어오자 닉은 임신으로 부푼 그녀의 배 위로 앞치마가 불룩하게 올라와 있다는 것을 알아챘다. 처음 들어왔을 때 왜 저걸 보지 못했을까, 그는 생각했다.

"무슨 노래를 부른 거죠?" 닉이 여자에게 물었다.

"오페라예요. 독일 오페라." 여자는 그 이야기를 하고 싶어하지 않았다. "원하면 사과 스트루델*을 좀 드릴 수 있는데."

"별로 친절하진 않네, 안 그래?" 조지가 말했다.

"아, 뭐. 우리를 모르는데다, 우리가 노래를 갖고 자기를 놀릴 거라고 생각했을 수도 있어. 아마 저 위쪽 독일어권 출신일 거야. 그래서 이 동

---

* 과일, 치즈 등을 밀가루 반죽으로 얇게 싸서 구운 과자.

네에 있는 것에 예민한 거고, 또 결혼도 하지 않았는데 아기를 낳게 되어서 예민한 거야."

"결혼을 안 했다는 걸 어떻게 알아?"

"반지가 없잖아. 젠장, 이 근처에서는 어떤 여자도 애를 배기 전에는 결혼을 안 해."

문이 열리고 길 위쪽에서 온 벌목꾼 한 무리가 장화를 쿵쾅거리고 김을 뿜으며 안으로 들어왔다. 웨이트리스는 그들을 위해 새 와인 삼 리터를 가져왔고, 무리는 탁자 두 개를 차지하고 모자를 벗은 다음 벽에 등을 기대거나 탁자에 몸을 기댄 채 담배를 피우며 조용히 앉아 있었다. 밖에서 목재 운반용 썰매를 끄는 말들이 이따금씩 머리를 흔들 때마다 방울 달린 종이 높은음으로 짤랑거렸다.

조지와 닉은 행복했다. 둘은 서로를 좋아했다. 이제 그들 앞에는 집까지 스키를 타고 돌아갈 일만 남아 있었다.

"언제 학교로 돌아가야 해?" 닉이 물었다.

"오늘밤에," 조지가 대답했다. "몽트뢰에서 열시 사십분 기차를 타야 해."

"더 있으면서 내일 당뒤리스에서 나하고 스키를 탈 수 있으면 좋을 텐데."

"나는 공부를 해야 해." 조지가 말했다. "에잇, 마이크, 그냥 둘이 함께 빈둥거리면서 돌아다니면 좋을 텐데 말이야. 스키를 챙겨 기차를 타고 좋은 곳에 가서 마음껏 타다가, 거기서 또 다른 데로 이동해 선술집에 묵는 거야. 오벌란트를 가로질러 발레까지 올라가 엥가딘협곡을 다 통과해버리는 거지. 배낭에 스키 수리 연장과 스웨터 몇 벌과 잠옷만 넣고 말이야. 학교니 뭐니 하는 데는 전혀 신경쓰지 않고."

"그래, 슈바르츠발트를 그런 식으로 통과하는 거야. 이야, 정말 멋진 곳들이지."

"너 지난여름에 거기로 낚시하러 갔지, 맞지?"

"맞아."

그들은 스트루델을 먹고 남은 와인을 마셨다.

조지는 벽에 기대 눈을 감았다.

"와인을 마시면 늘 이런 기분이 돼." 그가 말했다.

"기분이 나빠?" 닉이 물었다.

"아니. 기분좋아. 하지만 이상해."

"알아." 닉이 말했다.

"당연히 알겠지." 조지가 말했다.

"한 병 더 할까?" 닉이 말했다.

"나 때문에 시키지는 마." 조지가 말했다.

그들은 그렇게 앉아 있었다. 닉은 탁자에 두 팔꿈치를 괴고 있었고, 조지는 벽에 등을 기댄 채 늘어져 있었다.

"헬렌이 아기를 낳지?" 조지가 말하며 벽에서 등을 떼고 탁자 쪽으로 다가앉았다.

"응."

"언제?"

"올여름이 끝날 때쯤."

"좋아?"

"응. 지금은."

"미국으로 돌아갈 거야?"

"그럴 것 같아."

"돌아가고 싶어?"

"아니."

"헬렌은?"

"아니."

조지는 말없이 앉아 있었다. 그는 빈병과 빈 잔들을 보았다.

"기분 더럽겠군, 그렇지?" 그가 말했다.

"아니. 그렇지는 않아." 닉이 말했다.

"왜?"

"모르겠어." 닉이 말했다.

"미국에서도 너희 둘이 함께 스키를 타러 가게 될까?" 조지가 말했다.

"모르겠어." 닉이 말했다.

"산이 별로잖아." 조지가 말했다.

"별로지." 닉이 말했다. "바위가 너무 많아. 나무도 너무 많고 또 너무 멀기도 하고."

"그래," 조지가 말했다. "캘리포니아는 그렇지."

"그래," 닉이 말했다. "내가 살았던 곳은 다 그래."

"그래," 조지가 말했다. "그렇지."

스위스 사람들이 일어서더니 돈을 내고 나갔다.

"우리도 스위스 사람이면 좋을 텐데." 조지가 말했다.

"스위스 사람은 모두 갑상선종에 걸리는데." 닉이 말했다.

"그런 말 안 믿어." 조지가 말했다.

"나도 안 믿어." 닉이 말했다.

둘은 웃음을 터뜨렸다.

"어쩌면 우린 다시는 스키를 타러 가지 못할 거야, 닉." 조지가 말했다.

"타야 해." 닉이 말했다. "스키도 못 타면 산다는 게 아무런 가치가 없는 거지."

"타게 될 거야, 그래." 조지가 말했다.

"타야 해." 닉이 맞장구를 쳤다.

"약속을 할 수 있다면 좋을 텐데." 조지가 말했다.

닉이 일어섰다. 윈드재킷의 버클을 꼭 조였다. 그는 조지 쪽으로 몸을 기울여 벽에 기대놓은 스키 폴 두 개를 집었다. 그리고 스키 폴 하나로 바닥을 찍었다.

"약속해봐야 소용없어." 그가 말했다.

그들은 문을 열고 밖으로 나갔다. 몹시 추웠다. 눈은 단단하게 얼어붙어 있었다. 길은 언덕을 올라가 솔숲으로 파고들었다.

그들은 술집 안 벽에 기대놓았던 스키를 들었다. 닉은 장갑을 꼈다. 조지는 어느새 스키를 어깨에 걸치고 길을 따라 올라가고 있었다. 이제 그들은 집까지 함께 달릴 터였다.

3장

    우리는 몽스의 어느 정원에 있었다. 젊은 버클리가 정찰대와 함께 강을
건너왔다. 내가 본 첫 독일군은 정원 담을 기어올라 넘어왔다. 우리는 그가
한 다리를 담 위에 걸칠 때까지 기다렸다가 쏘았다. 장비를 주렁주렁 달고
있던 그는 몹시 놀란 표정을 짓더니 정원으로 떨어졌다. 이어 저 아래쪽에
서 세 명이 더 담을 넘어오려 했다. 우리는 그들을 쏘았다. 그들은 모두 그
런 식으로 나타났다.

어떤 일의 끝

옛날에 호턴스베이는 제재업으로 활기를 띠던 작은 도시였다. 그곳 주민 가운데 호숫가 제재소의 커다란 톱에서 나는 소리를 벗어나서 사는 사람은 없었다. 그러다 어느 해가 되자 목재를 만들 통나무가 더 는 나오지 않았다. 목재를 운반하는 스쿠너*들이 만으로 들어오더니 제재소에서 잘라 야적장에 쌓아놓은 것들을 실었다. 목재 더미는 모 두 실려 나갔다. 제재소에서 일하던 사람들은 커다란 제재소 건물에 서 옮길 수 있는 기계는 모두 꺼내 스쿠너 한 척에 실었다. 이 스쿠너 는 선체에 가득 쌓인 목재 위에 거대한 톱 두 개와 회전하는 원형 톱 에 통나무를 들이대는 왕복 운반대를 비롯해 롤러, 휠, 벨트, 철제 기

---

* 두 개 이상의 돛대를 갖춘 서양식 범선.

구까지 모조리 얹은 채 만을 빠져나가 넓은 호수로 나아갔다. 지붕 없는 선창船艙은 캔버스 천으로 덮고 단단히 묶었으며, 스쿠너의 돛은 바람을 가득 받아 부풀어올랐다. 배는 제재소를 제재소로 만들어주고 호턴스베이를 도시로 만들어주었던 모든 것을 싣고 만을 빠져나가 넓은 호수로 나아갔다.

단층짜리 합숙소, 싸구려 식당, 회사 매점, 제재소 사무실, 그리고 커다란 제재소 본 건물은 만의 기슭 옆, 풀이 덮인 늪지에 깔린 수 에이커에 달하는 톱밥 속에 버려진 채 서 있었다.

십 년 뒤 제재소는 건물의 기초를 이루던 흰 석회암 조각밖에 남지 않았다. 호숫가를 따라 노를 젓던 닉과 마저리의 눈에 늪지의 재생림 사이로 그 돌조각들이 보였다. 그들은 수로 둑 가장자리를 따라 이동하며 견지낚시를 하고 있었다. 얕은 모랫바닥이 갑자기 12피트 깊이의 시커먼 물로 푹 깊어지는 곳이었다. 그들은 그렇게 낚시질을 하며, 밤에 무지개송어를 잡을 때 쓸 낚싯줄을 담가둘 곳까지 가고 있었다.

"저기 우리의 옛 폐허가 있어, 닉." 마저리가 말했다.

닉은 노를 저으며 녹색 나무들 사이에 있는 하얀 돌을 보았다.

"그렇네." 그가 말했다.

"저게 제재소였을 때 기억나?" 마저리가 물었다.

"날 듯 말 듯." 닉이 말했다.

"꼭 성이 무너진 자리처럼 보여." 마저리가 말했다.

닉은 아무 말도 하지 않았다. 그들은 호숫가를 따라 계속 노를 저었고, 제재소는 곧 시야에서 사라졌다. 이어 닉은 만을 가로질러갔다.

"물지를 않네." 그가 말했다.

"그러게." 마저리가 말했다. 그녀는 견지낚시를 하는 동안에는 내내, 심지어 말을 할 때도 낚싯대에 정신을 집중했다. 그녀는 낚시를 사랑했다. 닉과 함께 낚시하는 것을 사랑했다.

보트 옆 가까운 곳에서 커다란 송어 한 마리가 수면을 부수었다. 닉은 보트의 방향을 틀려고 열심히 한쪽 노를 저었다. 저 뒤쪽에서 뱅뱅 돌고 있는 미끼가 먹이를 찾는 송어 근처를 지나가게 하려는 것이었다. 송어의 등이 물위로 올라오자 피라미들이 격렬하게 날뛰었다. 마치 산탄 한줌이 물에 박히는 것처럼 수면에서 물이 튀었다. 다른 송어가 또 물을 부수었다. 이번에는 보트 반대편에서 먹이를 찾고 있었다.

"먹이를 찾네." 마저리가 말했다.

"하지만 미끼는 안 물어." 닉이 말했다.

그는 먹이를 찾는 송어 두 마리가 있는 곳을 빠짐없이 훑으며 견지낚시를 하느라 보트의 방향을 계속 틀어가며 노를 젓다가 곶으로 향했다. 마저리는 보트가 호숫가에 닿고 나서야 줄을 감아들였다.

그들은 호숫가로 보트를 끌어올렸다. 닉은 살아 있는 퍼치가 담긴 들통을 집어들었다. 퍼치는 통 속의 물에서 헤엄을 치고 있었다. 닉은 손으로 그것들 가운데 세 마리를 잡아 머리를 자르고 껍질을 벗겼다. 그러는 동안 마저리도 들통에 두 손을 넣고 퍼치를 쫓다가 마침내 한 마리를 잡아 머리를 자르고 껍질을 벗겼다. 닉은 그녀의 고기를 보았다.

"배지느러미는 떼어내지 않아도 돼." 그가 말했다. "미끼로는 아무래도 상관없지만, 그래도 배지느러미가 있는 게 나아."

닉은 껍질을 벗긴 퍼치의 꼬리를 미늘에 꿰었다. 각 낚싯대의 목줄에는 미늘이 두 개씩 달려 있었다. 이윽고 마저리는 낚싯줄을 이로 물고 보트의 노를 저어 수로 둑 너머로 나아가 닉 쪽을 보았다. 그는 낚싯대를 들고 호숫가에 서서 줄이 릴에서 풀려나가도록 거들고 있었다.

"그 정도면 됐어." 그가 소리쳤다.

"낚싯줄을 내릴까?" 마저리가 줄을 손에 든 채 마주 소리쳤다.

"그래. 놔." 마저리는 줄을 뱃전 너머로 내려놓고, 미끼가 물밑으로 가라앉는 것을 지켜보았다.

그녀는 보트를 타고 돌아와 똑같은 방법으로 두번째 낚싯줄을 끌고 나갔다. 그럴 때마다 닉은 물에 떠내려온 묵직한 나무토막을 낚싯대 손잡이 부분에 얹어 단단하게 고정하고, 작은 나무토막을 밑에 괴어 낚싯대가 일정한 각도를 유지하게 했다. 그는 늘어진 줄을 감아 줄이 미끼가 놓인 수로 모랫바닥까지 팽팽하게 뻗게 하고, 줄이 풀리지 않도록 릴의 제동장치를 채웠다. 이제 바닥에서 먹이를 찾던 송어가 미끼를 물고 달아나면 줄이 쏜살같이 빠져나가면서 릴이 딸각딸각 노래를 부를 것이다.

마저리는 쳐놓은 줄을 흔들지 않으려고 조금 거리를 두고 곶을 향해 노를 저었다. 그녀가 노를 강하게 잡아당기자 보트가 호숫가로 올라섰다. 보트와 함께 작은 물결도 올라갔다. 마저리는 보트에서 내렸고, 닉이 보트를 뭍 위로 더 끌어올렸다.

"왜 그래, 닉?" 마저리가 물었다.

"나도 모르겠어." 닉이 불을 피울 나무를 모으며 말했다.

그들은 떠내려온 나무로 모닥불을 피웠다. 마저리는 보트로 가 담요를 가져왔다. 저녁 바람이 연기를 곶 쪽으로 날려보냈다. 마저리는 모닥불과 호수 사이에 담요를 펼쳤다.

마저리는 모닥불을 등지고 담요에 앉아 닉을 기다렸다. 그는 다가가 담요 위 그녀 옆에 앉았다. 그들 뒤에는 곶의 울창한 재생림이 있었고, 앞에는 호턴스크리크의 물이 흘러나오는 만이 있었다. 그렇게 어둡지는 않았다. 모닥불 빛이 멀리 물까지 미쳤다. 두 사람 다 어두운 물 위에 비스듬하게 서 있는 강철 낚싯대 두 자루를 볼 수 있었다. 릴에 반사된 불빛이 반짝거렸다.

마저리는 도시락 바구니를 풀었다.

"먹고 싶지 않은데." 닉이 말했다.

"어서 먹어, 닉."

"알았어."

그들은 말없이 먹으며, 낚싯대 두 자루와 물에 비친 불빛을 지켜보았다.

"오늘밤에는 달이 뜰 거야." 닉이 말했다. 그는 만 건너, 하늘을 배경으로 윤곽이 선명해지기 시작하는 언덕들을 보았다. 그는 언덕 너머에서 달이 떠오르고 있다는 것을 알았다.

"알고 있어." 마저리가 행복한 표정으로 말했다.

"너는 모르는 게 없지." 닉이 말했다.

"아, 닉, 제발 그만 좀 해! 제발, 제발 그런 식으로 나오지 마!"

"나도 어쩔 수 없어." 닉이 말했다. "정말 그렇잖아. 너는 모르는 게 없잖아. 그게 문제야. 너도 네가 그렇다는 걸 알잖아."

마저리는 아무 말도 하지 않았다.

"나는 너한테 모든 걸 가르쳐줬어. 네가 그렇다는 건 너도 알잖아. 사실, 네가 모르는 게 뭐야?"

"아, 입 좀 다물어." 마저리가 말했다. "저기 달이 뜬다."

그들은 담요에 앉아 서로의 몸에 손을 대지 않은 채 달이 뜨는 것을 지켜보았다.

"멍청한 소리 늘어놓을 필요 없어." 마저리가 말했다. "진짜 문제가 뭐야?"

"모르겠어."

"모르긴 왜 몰라."

"아니, 정말 몰라."

"어서 말해봐."

닉은 언덕 위로 떠오르는 달을 바라보았다.

"이제는 전처럼 재밌지가 않아."

그는 마저리를 보기가 두려웠다. 잠시 후 그녀를 바라보았다. 마저리는 그에게 등을 돌린 채 앉아 있었다. 그는 그녀의 등을 바라보았다. "이제는 전처럼 재밌지가 않아. 전 같은 재미가 전혀 없어."

그녀는 아무 말도 하지 않았다. 그가 말을 이었다. "내 속이 완전히 지옥으로 변해버린 기분이야. 모르겠어, 마지. 무슨 말을 해야 할지 모르겠어."

그는 그녀의 등을 보았다.

"사랑도 아무 재미 없어?" 마저리가 말했다.

"없어." 닉이 말했다. 마저리가 일어섰다. 닉은 두 손으로 머리를 감싼 채 앉아 있었다.

"보트는 내가 가져갈게." 마저리가 그에게 소리쳤다. "너는 곶을 돌아서 걸어가면 돼."

"알았어." 닉이 말했다. "내가 보트를 밀어줄게."

"그럴 필요 없어." 마저리가 말했다. 그녀는 달빛이 비치는 수면에 보트를 타고 둥둥 떠 있었다. 닉은 돌아가 모닥불 옆의 담요에 얼굴을 묻고 엎드렸다. 마저리가 물위에서 노를 젓는 소리가 들렸다.

그는 거기 오랫동안 엎드려 있었다. 거기 엎드려 있는데 빌이 숲을 통과하여 빈터로 걸어오는 소리가 들렸다. 빌이 모닥불 쪽으로 다가오는 것이 느껴졌다. 빌도 그의 몸에 손을 대지 않았다.

"마지는 잘 갔어?" 빌이 말했다.

"응." 닉이 얼굴을 담요에 묻고 엎드린 채로 말했다.

"한바탕했어?"

"아니, 그런 건 전혀 없었어."

"기분은 어때?"

"아, 저리 가, 빌! 잠깐만 저리 좀 가줘."

빌은 도시락 바구니에서 샌드위치를 하나 고르더니 낚싯대를 보러 갔다.

4장

    무시무시하게 더운 날이었다. 우리는 더없이 완벽한 바리케이드를 다리 위에 박아넣었다. 정말 귀중한 것이었다. 어느 집에서 뜯어 온 크고 낡은 단철 창살 대문. 너무 무거워 들어올릴 수 없고, 우리는 그 사이로 총을 쏠 수 있지만, 적은 그것을 타고 넘어야 할 터였다. 단연 최고였다. 적은 바리케이드를 넘어오려 했고, 우리는 40야드 거리에서 그들을 쏘았다. 그래도 적은 돌진했고, 장교들만 앞으로 나와 바리케이드를 철거하기 시작했다. 그것은 더없이 완벽한 장애물이었다. 그러나 적군 장교들은 아주 훌륭했다. 우리는 바리케이드의 측면이 사라졌다는 소식을 듣고 몹시 당황했다. 우리는 물러날 수밖에 없었다.

사흘간의 바람

닉이 과수원 사이로 난 오르막길로 방향을 틀었을 때 비가 그쳤다. 과일은 수확이 끝나서, 헐벗은 나무들 사이로 가을바람이 불었다. 닉은 발을 멈추고 길가 갈색 풀 속에서 비를 맞아 반짝이는 와그너 사과를 집어들었다. 그는 사과를 매키노 코트 호주머니에 집어넣었다.

길은 과수원을 빠져나와 언덕 꼭대기로 이어졌다. 그곳에 작은 집이 있었다. 포치는 휑뎅그렁하고 굴뚝에서는 연기가 피어올랐다. 집 뒤편에는 차고와 닭장이 있고, 재생림이 뒤쪽 숲에 등을 기댄 산울타리처럼 자라고 있었다. 그가 지켜보는 가운데 커다란 나무들이 바람을 맞아 등을 한껏 젖혔다. 가을의 첫 폭풍이었다.

닉이 과수원 위쪽의 열린 들판을 가로지르는데 작은 집의 문이 열리고 빌이 나왔다. 그는 포치에 서서 밖을 내다보았다.

"어이, 웨미지.*" 그가 말했다.

"응, 빌." 닉이 계단을 오르며 말했다.

그들은 함께 서서 눈앞에 펼쳐진 땅을 내다보았다. 아래 과수원을 지나면 길이 나오고, 그 너머 낮은 들판과 숲이 울창한 곳을 건너면 호수가 나왔다. 바람은 호수까지 곧장 불어내려갔다. 그들은 텐마일곶을 따라 파도가 밀려드는 것을 볼 수 있었다.

"바람이 부네." 닉이 말했다.

"저렇게 사흘은 불 거야." 빌이 말했다.

"아버지는 안에 계셔?" 닉이 말했다.

"아니. 총 들고 나가셨어. 들어와."

닉은 작은 집 안으로 들어갔다. 벽난로에 불이 활활 타오르고 있었다. 바람이 들이쳐 불이 으르렁거렸다. 빌이 문을 닫았다.

"한잔할래?" 그가 말했다.

그는 부엌으로 가더니 잔 두 개와 물주전자를 들고 돌아왔다. 닉이 난로 위 선반의 위스키병으로 손을 뻗었다.

"괜찮아?" 그가 말했다.

"그럼." 빌이 말했다.

그들은 불 앞에 앉아 아이리시 위스키를 물에 섞어 마셨다.

"매캐하니 아주 맛이 좋은데." 닉이 말하며 유리잔을 통해 불을 바라보았다.

"토탄맛이야." 빌이 말했다.

---

* 닉의 별명. 실제 헤밍웨이의 별명이기도 하다.

"술에 토탄을 넣지는 못하잖아." 닉이 말했다.

"그래도 달라질 건 없어." 빌이 말했다.

"토탄 본 적 있어?" 닉이 물었다.

"없어." 빌이 말했다.

"나도 없어." 닉이 말했다.

그가 난로 쪽으로 다리를 뻗고 있었기 때문에 불 기운에 신발에서 김이 나기 시작했다.

"신발을 벗는 게 낫겠어." 빌이 말했다.

"양말을 안 신었는데."

"신발을 벗어서 말려. 가서 양말을 가져올게." 빌이 말했다. 빌은 위층 다락으로 올라갔고, 닉은 그가 머리 위를 걸어다니는 소리를 들었다. 이층은 지붕 아래 천장이 없었으며, 빌과 빌의 아버지와 그, 그러니까 닉은 그곳에서 가끔 잠을 자곤 했다. 뒤쪽에는 옷 갈아입는 방이 있었다. 간이침대들은 비를 맞지 않는 안쪽으로 옮기고 고무 덮개를 덮어두었다.

빌은 두꺼운 모직 양말 한 켤레를 들고 내려왔다.

"이제 날이 쌀쌀해져서 양말을 신고 다녀야 해." 빌이 말했다.

"다시 신으려니 영 그런데." 닉이 말했다. 그는 양말을 신고 의자 등받이에 몸을 기댄 다음 불 앞의 보호망에 발을 얹었다.

"그러다 우그러지겠다." 빌이 말했다. 닉은 발을 들어 난로 옆쪽에 내려놓았다.

"읽을 것 좀 없어?" 그가 물었다.

"신문밖에 없어."

"카즈*는 어땠어?"

"자이언츠와 더블헤더를 해서 다 깨졌어."

"자이언츠는 이제 우승한 거나 다름없네."

"거저먹는 거지." 빌이 말했다. "그러니까 아무 의미 없어. 맥그로가 리그의 좋은 선수를 죄다 사들이고 있잖아."

"다 사들일 수는 없지." 닉이 말했다.

"자기가 원하는 선수는 다 사고 있어." 빌이 말했다. "아니면 선수가 불만을 품게 만들어 구단이 트레이드하도록 유도하거나."

"하이니 짐처럼 말이지." 닉이 동의했다.

"그 얼간이는 맥그로에게 도움이 많이 될 거야."

빌이 일어섰다.

"그 자식은 치는 법을 알아." 닉이 말했다. 불기운에 다리가 뜨거워지고 있었다.

"뛰어난 야수野手이기도 하고." 빌이 말했다. "하지만 그 자식 때문에 시합을 지기도 해."

"어쩌면 그래서 맥그로가 그 자식을 데려가는 건지도 모르지." 닉이 자기 생각을 이야기했다.

"그럴지도 몰라." 빌이 맞장구를 쳤다.

"늘 우리가 아는 것 이상의 무언가가 있거든." 닉이 말했다.

"그럼. 하지만 우리는 멀리 떨어져 있기 때문에 오히려 좋은 판단을 할 수도 있어."

---

* 프로야구 팀 세인트루이스 카디널스를 가리킨다.

"말을 직접 보지 않아야 오히려 더 잘 고를 수 있는 것처럼."

"바로 그거야."

빌은 손을 아래로 뻗어 위스키병을 잡았다. 큰 손이 병을 완전히 감쌌다. 그는 닉이 내민 잔에 위스키를 따랐다.

"물은 얼마나?"

"똑같이."

그는 닉의 의자 옆 바닥에 앉았다.

"가을 폭풍이 오면 좋아, 안 그래?" 닉이 말했다.

"멋지지."

"한 해 중 가장 좋은 때야." 닉이 말했다.

"시내에 있으면 죽을 맛이겠지?" 빌이 말했다.

"월드 시리즈를 보고 싶어." 닉이 말했다.

"음, 요즘은 늘 뉴욕 아니면 필라델피아에서 하잖아." 빌이 말했다. "우리한테는 별로 좋을 게 없지."

"카즈가 페넌트 레이스에서 우승하는 일이 생길까?"

"우리 생전에는 없을 거야." 빌이 말했다.

"이야, 그렇게만 되면 다들 미쳐 날뛸 텐데." 닉이 말했다.

"한 번 문턱까지 갔는데 기차 사고가 나버린 거 기억나?"

"그럼!" 닉도 기억을 떠올리며 소리쳤다.

빌은 창문 아래 탁자로 손을 뻗어 거기 놓인 책을 집었다. 현관으로 나가면서 엎어놓은 것이었다. 그는 한 손에 술잔, 다른 손에 책을 들고 닉이 앉은 의자에 등을 기댔다.

"뭘 읽고 있어?"

"『리처드 페버럴』.*"

"나는 영 진입이 안 되던데."

"괜찮은데, 왜." 빌이 말했다. "형편없는 책은 아니야, 웨미지."

"내가 읽지 않은 게 또 뭐가 있어?" 닉이 물었다.

"『숲의 연인들』**은 읽었나?"

"그럼. 매일 밤 두 사람이 칼집에서 뽑은 검을 사이에 두고 잠자리에 드는 이야기잖아."

"그거 좋은 책이야, 웨미지."

"멋진 책이지. 내가 도무지 이해할 수 없었던 건 그 검이 도대체 무슨 소용이 있느냐는 거야. 계속 날이 위를 향하도록 세워두어야 했을 거 아냐. 만일 검이 쓰러지면 그 위로 굴러도 아무 문제 없을 테니 말이야."

"그건 상징이지." 빌이 말했다.

"물론 그렇겠지." 닉이 말했다. "하지만 현실적이지는 않다는 거야."

"『불굴의 정신』은 읽어봤어?"

"훌륭한 책이지." 닉이 말했다. "그게 진짜 책이야. 아버지가 늘 아들을 쫓아다니는 얘기잖아. 월폴의 책은 더 없어?"

"『어두운 숲』이 있어." 빌이 말했다. "러시아 얘기야."

"월폴이 러시아에 관해서 뭘 아는데?" 닉이 물었다.

"모르겠네. 그런 사람들은 도무지 알 수가 없잖아. 어릴 때 거기 살

---

* 영국의 시인이자 소설가 조지 메러디스의 소설 『리처드 페버럴의 시련』(1895)을 말한다.
** 영국의 소설가이자 시인 모리스 휼렛이 1898년에 발표한 소설.

았는지도 모르지. 러시아에 관한 정보가 많던데."

"월폴을 만나보고 싶어." 닉이 말했다.

"나는 체스터턴을 만나보고 싶어." 빌이 말했다.

"체스터턴이 지금 여기 있으면 좋겠다." 닉이 말했다. "내일 부아강으로 데려가 낚시를 할 수도 있을 텐데."

"낚시를 좋아할까 모르겠네." 빌이 말했다.

"당연히 좋아하지." 닉이 말했다. "체스터턴은 아마 이 세상에서 가장 훌륭한 남자일 거야. 『하늘을 나는 여인숙』 기억나?"

"'하늘에서 온 천사가

다른 것을 마시라고 준다면,

그 친절한 마음에는 감사하다 하고,

개수대에 가서 그것을 부어버려라.'"

"맞아," 닉이 말했다. "체스터턴이 월폴보다 나은 남자인 것 같아."

"아, 물론 체스터턴이 낫지." 빌이 말했다.

"하지만 작가로서는 월폴이 나아."

"나는 잘 모르겠어." 닉이 말했다. "체스터턴은 고전이잖아."

"월폴도 고전이야." 빌이 고집스럽게 말했다.

"두 사람 다 여기 있으면 좋겠다." 닉이 말했다. "내일 둘 다 부아강으로 데려가 낚시하게."

"술이나 취하도록 마시자." 빌이 말했다.

"그래." 닉이 동의했다.

"아버지도 뭐라 하시지 않을 거야." 빌이 말했다.

"정말?" 닉이 말했다.

"확실해." 빌이 말했다.

"나는 벌써 좀 취했어." 닉이 말했다.

"안 취했어." 빌이 말했다.

그는 바닥에서 일어나 위스키병으로 손을 뻗었다. 닉이 잔을 내밀었다. 빌이 술을 따르는 동안 닉은 잔에서 눈을 떼지 않았다.

빌이 잔에 위스키를 반쯤 채웠다.

"물은 네가 알아서 따라." 빌이 말했다. "딱 한 잔 더 남았네."

"더 없어?" 닉이 물었다.

"많이 있지만 아버지가 따놓은 것만 마시기를 바라서."

"그렇다면 그래야지." 닉이 말했다.

"아버지 말씀이 술병을 따면 술꾼이 된대." 빌이 설명했다.

"그 말씀이 맞아." 닉이 말했다. 그는 감명을 받았다. 그런 생각은 한 번도 해본 적이 없었다. 혼자 술을 마시면 술꾼이 된다는 생각은 늘 했지만.

"아버지는 어떠셔?" 그가 존경하는 마음으로 물었다.

"괜찮으셔." 빌이 말했다. "가끔 좀 난폭해지지만."

"멋진 분이야." 닉이 말했다. 그는 잔에 주전자의 물을 따랐다. 물은 천천히 위스키와 섞였다. 물보다 위스키가 많았다.

"멋진 분이라는 데 목숨을 걸 만하지." 빌이 말했다.

"우리 아버지도 괜찮은 분이야." 닉이 말했다.

"괜찮으시고말고." 빌이 말했다.

"아버지는 평생 술이라곤 입에 대본 적도 없다고 주장해." 닉이 마치 과학적 사실을 발표하듯 말했다.

"음, 너희 아버지는 의사시잖아. 우리 아버지는 화가고. 좀 다르지."

"우리 아버지는 많은 걸 놓쳤어." 닉이 슬픈 어조로 말했다.

"알 수 없는 거지." 빌이 말했다. "모든 일에는 그 나름의 보상이 따르니까."

"당신 입으로 많은 걸 놓쳤다고 하시는데 뭐." 닉이 털어놓았다.

"흠, 우리 아버지도 힘든 세월을 보냈지." 빌이 말했다.

"결국 결산을 해보면 손해도 이익도 아닌 거야." 닉이 말했다.

그들은 불을 들여다보며 앉아 이 심오한 진리에 대해 생각했다.

"뒤쪽 포치에서 장작을 하나 더 가져와야겠다." 닉이 말했다. 불을 들여다보다가 불길이 사그라지는 것을 알아차렸기 때문이다. 또 술을 마셨지만 뭔가 쓸모 있는 일을 할 수 있다는 것을 보여주고 싶기도 했다. 아버지가 술에 손을 댄 적도 없었다고는 하나, 빌이 따라주는 술에 빌보다 먼저 취하는 건 있을 수 없는 일이었다.

"너도밤나무 토막을 큰 걸로 하나 가져와." 빌이 말했다. 그도 쓸모 있는 역할을 하려고 의식적으로 노력하고 있었다.

닉은 장작을 들고 들어와 부엌을 지나다가 식탁에 있던 팬을 하나 떨어뜨렸다. 그는 장작을 내려놓고 팬을 집어들었다. 팬에는 마른 살구들이 물에 잠겨 있었다. 그는 바닥에 떨어진 살구를 조심스럽게 전부 집어 다시 팬에 넣었다. 스토브 밑으로 들어간 몇 알까지 꼼꼼하게 챙겼다. 그는 식탁 옆의 들통에 있던 물을 팬에 조금 부었다. 자신이 무척 자랑스러웠다. 완벽하게 쓸모 있는 인간이었기 때문이다.

그가 장작을 들고 들어오자 빌은 의자에서 일어나 장작을 불에 넣는 것을 도왔다.

"정말 좋은 장작이야." 닉이 말했다.

"날씨가 나쁠 때를 대비해 아껴두었지." 빌이 말했다. "저런 장작은 밤새 타거든."

"다 타면 숯이 남아 아침에 불을 지필 수 있을 거야." 닉이 말했다.

"맞아." 빌이 맞장구를 쳤다. 그들은 한껏 고조된 기분으로 대화를 이어나가고 있었다.

"한잔 더 하자." 닉이 말했다.

"장에 따놓은 게 하나 더 있는 것 같아." 빌이 말했다.

빌은 구석의 장 앞에 무릎을 꿇고 앞면이 사각형인 병을 꺼냈다.

"스카치다." 그가 말했다.

"물을 더 가져올게." 닉이 말했다. 그는 다시 부엌으로 갔다. 들통에 든 차가운 샘물을 국자로 떠 주전자를 채웠다. 그는 거실로 돌아오는 길에 다이닝룸의 거울을 지나다 그 속에서 자신의 모습을 보았다. 얼굴이 낯설어 보였다. 거울 속 얼굴을 향해 웃음을 짓자, 그 얼굴도 그를 보며 싱긋 웃었다. 그는 거울 속 얼굴을 향해 한쪽 눈을 찡긋한 다음 다시 걸었다. 그건 그의 얼굴이 아니었지만 아무 상관 없었다.

빌은 이미 술을 따라놓았다.

"많이도 따랐네." 닉이 말했다.

"뭐 이 정도 갖고 그래, 웨미지." 빌이 말했다.

"무엇을 위해 건배할까?" 닉이 잔을 들어올리며 물었다.

"낚시를 위해 건배하자." 빌이 말했다.

"좋아." 닉이 말했다. "여러분, 낚시를 위하여 건배."

"모든 낚시." 빌이 말했다. "세상 모든 곳의 낚시를 위하여."

"낚시를 위하여." 닉이 말했다. "그게 우리가 술을 마시는 이유야."

"그게 야구보다 낫지." 빌이 말했다.

"비교가 안 되지." 닉이 말했다. "우리가 어쩌다 야구 이야기를 하게 됐지?"

"실수였어." 빌이 말했다. "야구는 시골뜨기들을 위한 게임이야."

그들은 잔에 있는 술을 남김없이 들이켰다.

"이제 체스터턴을 위해 건배하자."

"그리고 월폴을 위해." 닉이 끼어들었다.

닉이 술을 따랐다. 빌은 물을 따랐다. 그들은 서로를 바라보았다. 기분이 아주 좋았다.

"여러분," 빌이 말했다, "체스터턴과 월폴을 위하여 건배."

"바로 그겁니다, 여러분." 닉이 말했다.

그들은 마셨다. 빌이 잔을 채웠다. 그들은 불 앞에 놓인 큰 의자에 앉았다.

"너는 아주 현명했어, 웨미지." 빌이 말했다.

"무슨 소리야?" 닉이 물었다.

"마지하고 끝낸 거." 빌이 말했다.

"그런 것 같아." 닉이 말했다.

"그럴 수밖에 없었던 거야. 안 그랬으면 지금쯤 너는 결혼할 돈을 모으기 위해 집에 돌아가 일하고 있었을걸."

닉은 아무 말도 하지 않았다.

"일단 결혼하면 남자는 완전히 망하는 거야." 빌이 말을 이었다. "더는 뭘 어쩔 수가 없어. 아무것도. 염병할 아무것도. 끝장나는 거야. 너도 결혼한 남자들을 봤잖아."

닉은 아무 말도 하지 않았다.

"보면 알잖아." 빌이 말했다. "왜 그 결혼한 사람 특유의 그 뒤룩뒤룩한 얼굴. 끝난 거지."

"그렇고말고." 닉이 말했다.

"끝내면서 마음은 안 좋았겠지." 빌이 말했다. "하지만 너는 늘 그러다 다른 애한테 빠지고, 그럼 또 괜찮아지잖아. 빠지되, 그애들이 너를 망치게 하지는 마."

"응." 닉이 말했다.

"그애와 결혼했다면, 그 가족 전체와 결혼하는 셈이었을 거야. 그애 어머니, 그리고 그 어머니가 결혼한 남자를 잊지 마."

닉은 고개를 끄덕였다.

"그 사람들이 늘 집에 들락거리고, 일요일에는 저녁을 먹으러 그 집에 가고, 그 사람들이 저녁을 먹으러 너희 집에 와서 마지막엔 줄곧 이거 해라 저거 해라, 이렇게 행동해라 저렇게 행동해라 이야기한다고 상상해봐."

닉은 조용히 앉아 있었다.

"너는 거기서 빌어먹을, 잘 빠져나온 거야." 빌이 말했다. "이제 그애는 자기 같은 부류의 사람과 결혼해서 자리를 잡고 행복하게 살 거야. 기름과 물은 섞일 수가 없어. 그런 건 섞일 수가 없어. 내가 스트래턴네서 일하는 아이다와 결혼했다면 나도 그 짝이었겠지. 아마 그애도

잘된 일이라고 생각할 거야."

닉은 아무 말도 하지 않았다. 취기는 그의 안에서 완전히 자취를 감추고, 그는 홀로 남았다. 빌도 그곳에 없었다. 그는 불 앞에 앉아 있지도 않았고, 내일 빌과 그의 아버지와 함께 낚시를 가는 일 같은 것도 없었다. 그는 술에 취하지 않았다. 취기는 완전히 사라졌다. 그가 아는 거라곤 한때 그에게 마저리가 있었지만 이제 그녀를 잃었다는 사실뿐이었다. 그녀는 떠났다. 그가 떠나보냈다. 중요한 것은 그것뿐이었다. 다시는 그녀를 보지 못할지도 몰랐다. 아마 다시는 보지 못할 것이다. 모두 사라졌다. 끝났다.

"한잔 더 하자." 닉이 말했다.

빌이 술을 따랐다. 닉이 물을 조금 섞었다.

"네가 그 길로 갔으면 우리는 지금 여기 없을 거야." 빌이 말했다.

그것은 사실이었다. 그의 원래 계획은 집으로 내려가 일자리를 얻는 것이었다. 그러다가 마지 옆에 있을 생각으로 겨울 내내 샤를부아에 머무를 계획이었다. 이제는 뭘 해야 좋을지 알 수 없었다.

"어쩌면 내일 낚시도 못 갔을지 모르지." 빌이 말했다. "너는 올바른 판단을 한 거야, 그래."

"어쩔 수 없었어." 닉이 말했다.

"알아. 원래 그런 거야." 빌이 말했다.

"갑자기 모든 게 끝나버렸어." 닉이 말했다. "왜 그렇게 됐는지 나도 모르겠어. 어쩔 수 없었어. 꼭 지금 이렇게 사흘간 바람이 불어 나무에서 잎을 모두 벗겨낼 때처럼."

"그래, 끝났어. 그게 핵심이야." 빌이 말했다.

"내 잘못이야." 닉이 말했다.

"누구 잘못이든 달라질 건 없어." 빌이 말했다.

"그래, 그렇겠지." 닉이 말했다.

중요한 것은 마저리가 떠났고, 아마도 다시는 그녀를 보지 못하리라는 점이었다. 그는 그녀에게 함께 이탈리아에 가서 즐거운 시간을 보내자고 말했다. 그들이 함께 갈 곳들. 이제 모두 사라져버렸다.

"끝났다는 것, 중요한 건 그거야." 빌이 말했다. "분명히 말하는데, 웨미지, 너희가 그러고 있는 동안 나는 걱정했어. 너는 게임을 제대로 한 거야. 물론 그애 어머니는 무척 마음이 상했지. 너희가 약혼했다고 이 사람 저 사람한테 이야기하고 다녔거든."

"우리는 약혼한 적 없어." 닉이 말했다.

"약혼했다는 소문이 쫙 퍼졌어."

"그거야 내가 어쩔 수 없는 일이고." 닉이 말했다. "어쨌든 우리는 약혼한 적 없어."

"결혼하려던 거 아니었어?" 빌이 물었다.

"그건 맞지. 하지만 약혼은 하지 않았어." 닉이 말했다.

"뭐가 다른데?" 빌이 재판관처럼 물었다.

"모르겠어. 하지만 달라."

"나는 뭐가 다른지 모르겠다." 빌이 말했다.

"알았어," 닉이 말했다. "취하도록 마시기나 하자."

"좋아," 빌이 말했다. "제대로 취해보자."

"취할 때까지 마시고 나서 수영하러 가자." 닉이 말했다.

그는 잔을 말끔하게 비웠다.

"그애한테는 죽도록 미안하지만, 내가 어쩔 수 있었겠어?" 그가 말했다. "너도 그애 어머니가 어땠는지 알잖아!"

"끔찍했지." 빌이 말했다.

"갑자기 끝나버렸어." 닉이 말했다. "이런 얘기는 하면 안 되는데."

"네가 한 게 아니야." 빌이 말했다. "내가 말을 꺼냈고, 이제 끝낼게. 우리 앞으로 이 이야기는 두 번 다시 하지 말자. 너도 그 생각을 하지 않는 게 좋아. 그러다가 다시 돌아가버릴 수도 있으니까."

닉은 그 생각은 해보지 못했다. 그냥 지금 상태가 절대적인 것으로 보였기 때문이다. 그러나 그것도 하나의 방법이었다. 덕분에 기분이 나아졌다.

"그렇고말고," 그가 말했다. "늘 그럴 위험이 있지."

이제 닉은 기분이 좋아졌다. 돌이킬 수 없는 것은 아무것도 없었다. 토요일 밤에 시내에 들어가볼 수도 있을 것 같았다. 오늘은 목요일이었다.

"늘 가능성이 있지." 그가 말했다.

"조심해야 해." 빌이 말했다.

"조심할게." 그가 말했다.

그는 기분이 좋았다. 끝난 것은 없었다. 영영 사라진 것도 없었다. 닉은 토요일에 시내에 갈 생각이었다. 마음이 가벼워졌다. 빌이 그 이야기를 꺼내기 전과 같아졌다. 탈출구는 늘 있었다.

"총을 들고 곶으로 내려가 네 아버지를 찾아보자." 닉이 말했다.

"좋아."

빌은 벽의 총걸이에서 산탄총 두 자루를 꺼냈다. 총알 상자도 열었다. 닉은 매키노 코트를 입고 신발을 신었다. 신발은 물기가 마르느라 뻣뻣했다. 그는 여전히 많이 취한 상태였지만 머리는 맑았다.

"기분이 어때?" 닉이 물었다.

"아주 좋아. 이제 딱 기분좋게 취하네." 빌은 스웨터 단추를 채우고 있었다.

"더 취해봤자 소용없어."

"그렇지. 우리는 밖으로 나가야 해."

그들은 문밖으로 나갔다. 이제 질풍이 불고 있었다.

"이런 바람이라면 새들은 풀 속에 납작 엎드려 있겠군." 닉이 말했다.

그들은 과수원을 향해 내려가기 시작했다.

"아침에 누른도요를 봤어." 빌이 말했다.

"어쩌면 그놈을 놀래 날아오르게 할 수 있을지도 모르겠네." 닉이 말했다.

"이런 바람에는 총을 쏠 수 없어." 빌이 말했다.

밖으로 나오니 이제 마지 일은 그렇게 비참하지 않았다. 심지어 별로 중요하지도 않았다. 바람이 그 모든 것을 쓸어가버렸다.

"큰 호수에서 곧장 불어오는구나." 닉이 말했다.

그들이 불어오는 바람을 맞고 있을 때 산탄총에서 나는 쾅 소리가 들렸다.

"아버지야." 빌이 말했다. "아래 늪에 계시네."

"그쪽으로 질러 내려가자." 닉이 말했다.

"아래 풀밭을 가로질러가면서 뭐가 놀라서 튀어나오는지 보자." 빌이 말했다.

"좋아." 닉이 말했다.

이제 어떤 것도 중요하지 않았다. 바람이 그의 머리에서 모두 쓸어
가버렸다. 그래도 토요일 밤에는 마음만 먹으면 시내에 갈 수 있었다.
뭔가를 남겨두고 있다는 것은 좋은 일이었다.

14장

마에라는 두 팔에 머리를 얹고 얼굴은 모래에 묻은 채 꼼짝도 않고 엎
드려 있었다. 출혈 때문에 따뜻하고 끈적끈적한 느낌이었다. 매번 그는 뿔
이 다가오는 것을 느꼈다. 가끔 황소는 머리로 들이받기만 했다. 한번은 뿔
이 그의 몸을 완전히 관통한 뒤 모래에 박히는 것을 느꼈다. 누군가가 황소
의 꼬리를 잡았다. 그들은 황소에게 욕을 퍼부으며 얼굴에 망토를 대고 흔
들었다. 이윽고 황소는 물러났다. 몇 사람이 마에라를 들어올린 다음, 그를
데리고 방벽을 향해 달려가 정문을 통과하고 통로를 빠져나가 정면 관람석
밑을 빙 둘러 진료실로 갔다. 그들은 마에라를 침상에 내려놓았고, 한 사람
은 의사를 부르러 갔다. 다른 사람들은 빙 둘러서 있었다. 의사가 축사에서
투우사가 타는 말의 상처를 꿰매다 말고 달려왔다. 그러나 그전에 걸음을
멈추고 손을 씻어야 했다. 머리 위의 관람석에서는 커다란 함성이 계속 터
져나오고 있었다. 마에라는 모든 것이 점점 커지다 이윽고 점점 작아진다
고 느꼈다. 다시 점점 커지다 이내 점점 작아졌다. 그러더니 영화관에서 필
름을 빨리 돌릴 때처럼 모든 것이 점점 더 빠르게 움직이기 시작했다. 그리
고 그는 죽었다.

심장이 둘인 큰 강

1부

기차는 계속 철로를 달려 올라가더니, 삼림이 불타버린 언덕 하나를 돌아 시야에서 사라졌다. 닉은 화물 담당자가 화물칸 문에서 던져준 캔버스 천 텐트와 담요 꾸러미에 앉아 있었다. 시가지는 없고, 철로와 타버린 땅뿐이었다. 시니의 한 거리에 줄지어 있던 술집 열세 곳은 흔적도 남지 않았다. 맨션 하우스 호텔의 기초를 이루던 돌들이 땅 위로 삐죽 솟아 있었다. 돌은 불에 깎이고 쪼개졌다. 그것이 시니 시가지가 남긴 전부였다. 심지어 땅 거죽도 불에 타 벗겨져나갔다.

닉은 집이 드문드문 있을 거라고 기대했으나 불에 타 남은 게 없는 산등성이를 보다가 철로를 따라 강 위에 놓인 다리까지 걸어갔다. 강은 그대로였다. 강물이 통나무 교각에 부딪혀 소용돌이쳤다. 닉은 바닥의 자갈 때문에 갈색을 띠는 맑은 물을 내려다보다가, 송어가 지느러미를 흔들어 물살 속에서도 흔들림 없는 자세를 유지하는 것을 지켜보았다. 그가 지켜보는 가운데, 송어떼는 급하게 각도를 틀어 위치를 바꾸었다가도 다시 빠른 물살 속에서 안정된 자세를 유지했다. 닉은 오랫동안 송어를 바라보았다.

그는 송어떼가 물살에 코를 박고 자세를 유지하는 것을 지켜보았다. 많은 수가 빠르게 흐르는 깊은 물에 있었다. 그는 강 깊은 곳의 볼록렌즈 같은 수면을 통해 아래 멀리 있는 송어들을 보았기 때문에 송어의 형태가 약간 왜곡되어 보였다. 물이 통나무 교각의 저항에 부딪혀 위로 밀려 올라오면서 수면은 매끈하게 부풀어오른 모습이었다. 강바닥에는 큰 송어들이 있었다. 닉은 처음에는 그것들을 보지 못했다. 그러다 강바닥에서 발견했는데, 그 큰 송어들은 물살이 뿜어올리는 자갈과 모래가 변덕스러운 안개처럼 깔리는 자갈 바닥에서 균형을 유지하고 있는 것 같았다.

닉은 다리에서 강 속을 내려다보았다. 더운 날이었다. 물총새 한 마리가 상류로 날아갔다. 물속을 들여다보고 송어를 발견한 것도 오랜만이었다. 송어를 보자 기분이 아주 좋아졌다. 물총새의 그림자가 상류로 움직이자 큰 송어 한 마리가 덩달아 완만한 각도로 상류로 질주했지만, 송어가 움직이는 각도를 표시해주는 건 그것의 그림자뿐이었고 그마저도 송어가 수면을 뚫고 나와 햇빛을 받자 사라져버렸다. 송어가 다시 수면 아래 물살 속으로 돌아가자 그림자는 아무런 저항 없이 물의 흐름을 따라 다리 아래 자기 자리까지 둥둥 떠내려가, 그곳에 머물며 팽팽하게 물살과 맞섰다.

송어의 움직임에 따라 닉의 심장도 팽팽해졌다. 오래전 느낌들이 모두 되살아났다.

그는 고개를 돌려 강 아래쪽을 보았다. 자갈 바닥 위를 흐르는 강은 여울과 큰 바위들과 절벽 밑의 깊은 웅덩이를 품에 안은 채 절벽을 빙 둘러 곡선을 그리며 멀리 뻗어나갔다.

닉은 침목을 따라 철로 옆 타고 남은 재 위에 놓인 배낭이 있는 곳까지 다시 걸어갔다. 행복했다. 그는 텐트와 담요를 배낭에 고정한 끈을 조정하고 팽팽하게 당겨 조인 다음 배낭을 어깨에 걸치고 어깨끈에 두 팔을 꿰었다. 이어 이마에 거는 넓은 띠에 머리를 갖다대 어깨에 실리는 하중을 어느 정도 분산시켰다. 그래도 무거웠다. 너무 무거웠다. 그는 가죽 낚싯대 가방을 손에 들고 배낭의 무게를 어깨 위쪽 높은 곳에 유지하기 위해 몸을 앞으로 숙인 채 타버린 시가지를 더위 속에 남겨두고 철로와 평행한 길을 따라 걸었다. 이윽고 언덕을 하나 돈 뒤 철로를 버리고 화상이 남은 높은 언덕들 사이에 난 길로 접어들자 시가지는 완전히 멀어졌다. 그는 무거운 배낭이 뒤에서 잡아당기는 무게 때문에 아픔을 느끼며 길을 따라 걸었다. 길은 계속 오르막이었다. 언덕을 올라가는 것은 힘들었다. 근육이 아프고 날은 더웠지만, 닉은 행복했다. 그는 모든 것을 뒤에 버리고 왔다고 느꼈다. 생각할 의무, 써야 할 의무, 다른 의무들. 모두 그의 등뒤에 있었다.

기차에서 내리고 화물 담당자가 열린 열차 문에서 배낭을 던져주었을 때부터 상황은 이미 달라졌다. 시니는 불타버렸고 그 주변의 땅 또한 다 타고 변했지만, 상관없었다. 모든 것이 다 타버릴 수는 없었다. 그는 그것을 알았다. 그는 햇볕에 땀을 흘리며 길을 따라 걸었다. 철로와 소나무 평원 사이를 가르며 줄지어 달리는 언덕들을 넘으려고 오르막길을 올라갔다.

길은 계속해서 이어졌다. 이따금 잠깐 내려가는 듯하다가도 늘 다시 위로 올라갔다. 닉도 계속 올라갔다. 마침내 불에 탄 비탈과 평행으로 올라가던 길이 꼭대기에 이르렀다. 닉은 나무 그루터기에 등을 기대고 배낭의 끈에서 빠져나왔다. 앞쪽은 시야가 미치는 곳까지 온통 소나무 평원이었다. 불타버린 땅은 언덕이 줄줄이 이어진 왼편에서 끝이 났다. 앞쪽으로 거무스름한 솔숲들이 평원에 섬처럼 솟아 있었다. 왼쪽 저멀리로는 금을 그어놓은 듯한 강이 보였다. 닉은 그 금을 눈으로 따라가다 햇빛에 반짝이는 물을 보았다.

그의 앞쪽으로는 소나무 평원밖에 없었지만, 멀리 그 끝에는 슈피리어호 분수계의 존재를 알려주는 푸른 언덕들이 있었다. 그러나 평원 위의 마른번개 속에 희미하게 자리잡고 있어 눈에 잘 보이지는 않았다. 너무 뚫어져라 보고 있으면 사라져버렸다. 그러나 보는 듯 마는 듯 슬쩍 눈길을 주면 거기에 있었다. 머나먼 분수계의 언덕들.

닉은 숯이 된 그루터기에 기대앉아 담배를 피웠다. 배낭은 그루터기 위에 균형을 잡고 서 있었다. 끈은 당장이라도 출발할 수 있도록 조여져 있었고, 등이 닿는 면은 우묵하게 파여 있었다. 닉은 앉아서 담배를 피우며 앞의 땅을 내다보았다. 지도를 꺼낼 필요는 없었다. 강의 위치를 보고 자신이 어디 있는지 알 수 있었기 때문이다.

그는 앞으로 두 다리를 쭉 뻗고 담배를 피우다, 땅을 걷던 메뚜기 한 마리가 그의 모직 양말에 올라타는 것을 보았다. 메뚜기는 검은색이었다. 길을 따라 걷고 비탈을 올라올 때도 흙에서 메뚜기들이 수도 없이 튀어나왔다. 모두 검은색이었다. 그것들은 날아오를 때 검은 날개 덮개에서 노란색이 섞인 검은색, 또는 빨간색이 섞인 검은색 날개를 휙 펼치는 커다란 메뚜기들이 아니었다. 그냥 평범한 메뚜기인데, 다만 색깔이 숯처럼 완전히 검을 뿐이었다. 닉은 걸으면서 그걸 보고 희한하다는 생각을 하기는 했지만, 사실 메뚜기 생각을 깊이 한 것은 아니었다. 이제 검은 메뚜기가 넷으로 나뉜 입으로 양말의 양모를 물어뜯는 것을 지켜보다가, 이들이 타버린 땅에 살면서 모두 검게 변해버린 것임을 깨달았다. 불은 분명 작년에 났지만, 메뚜기들은 그로 인해 지금까지도 모두 검은색이라는 사실을 깨달은 것이다. 이들이 얼마나 이런 상태를 유지할지 궁금했다.

그는 조심스럽게 손을 아래로 내려 메뚜기의 날개를 잡았다. 메뚜기를 뒤집어, 허공에 발길질을 하는 다리들 사이의 마디진 배를 보았다. 그래, 배도 역시 검은색이었다. 다만 등이나 머리의 탁한 색감과는 달리 무지갯빛으로 아롱거리는 검은색이었다.

"가라, 메뚜기야." 닉이 처음으로 소리 내어 말했다. "어딘가로 날아가버려."

그는 메뚜기를 허공에 던지고, 메뚜기가 길 건너 숯이 된 그루터기로 날아가는 것을 지켜보았다.

닉은 일어섰다. 그루터기에 똑바로 선 배낭의 무게에 등을 기대고 어깨끈에 두 팔을 꿰었다. 넓은 땅 너머 저멀리 강을 내다보는 산마루 위에서 등에 배낭을 메고 일어서서 길을 벗어나 비탈을 내려가기 시작했다. 발밑의 땅은 걷기에 좋았다. 비탈을 200야드쯤 내려가자 불탄 자국이 멈추었다. 그곳부터는 발목 높이로 자란 소귀나무를 헤치며 걸어야 했고, 뱅크스소나무 덤불이 보였다. 자주 오르내리며 길게 굽이치는 땅과 발밑에 닿는 모래의 느낌, 그렇게 땅은 다시 살아 있었다.

닉은 해를 기준으로 방향을 잡아 나아갔다. 그는 자신이 강과 만나고 싶어하는 지점을 잘 알았기 때문에 계속 소나무 평원을 뚫고 나갔다. 작은 둔덕에 올라 앞의 다른 둔덕들을 보기도 하고, 가끔 둔덕 꼭대기에서 오른쪽이나 왼쪽 멀리 크고 단단한 소나무 섬을 보기도 했다. 그는 히스 비슷한 소귀나무 잔가지를 몇 개 꺾어 배낭끈 밑에 넣었다. 끈에 쓸리면서 가지가 으깨졌고, 그는 걸으면서 그 냄새를 맡을 수 있었다.

지면이 고르지 않고 그늘도 없는 소나무 평원을 가로지르며 걷자니 피곤했고 몹시 더웠다. 언제라도 왼쪽으로 방향을 틀면 강과 만난다는 것은 알고 있었다. 1마일을 넘지 않는 가까운 거리일 터였다. 그러나 그는 하루 걸음으로 최대한 멀리 올라가 그곳 상류에서 강을 만나려고 계속 북쪽으로 걸었다.

한참을 걷다보니 그가 가로지르던 굽이치는 고지대 위쪽으로 불쑥 튀어나온 커다란 소나무 섬 하나가 시야에 들어왔다. 그는 잠깐 아래로 내려갔다가, 서서히 비탈 꼭대기를 향해 올라가는 길에서 방향을 틀어 솔숲 쪽으로 갔다.

소나무 섬에는 관목이 전혀 없었다. 나무줄기들은 위로 곧게 올라가거나, 아니면 서로를 향해 기울어 있었다. 곧은 갈색 줄기들은 가지 없이 위로 뻗어 있었다. 가지는 저 위 높은 곳에 나 있었다. 몇몇 가지는 서로 얽혀 갈색 숲 바닥에 짙은 그림자를 드리웠다. 작은 숲 주위는 헐벗은 공간이었다. 땅은 갈색이었으며, 걸어보니 발밑이 부드럽게 느껴졌다. 이 솔잎이 덮인 바닥은 높은 가지들이 팔을 뻗은 곳 너머까지 펼쳐져 있었다. 나무가 높이 자라면서 가지들도 위로 올라가, 한때 그늘로 덮였던 이 헐벗은 공간이 햇빛에 드러나 있었다. 솔숲 바닥이 이렇게 펼쳐지다 끝나는 가장자리에서부터 금을 그은 듯 정확하게 소귀나무들이 자라기 시작했다.

닉은 배낭을 벗고 그늘에 누웠다. 땅에 등을 대고 누워 소나무들을 올려다보았다. 몸을 쭉 뻗자 목과 등과 허리가 편안해졌다. 등에 닿는 땅의 느낌이 좋았다. 그는 가지들 사이로 하늘을 올려다보다가 눈을 감았다. 눈을 뜨고 다시 올려다보았다. 저 위 높은 가지들 사이에 바람이 있었다. 그는 다시 눈을 감고 잠이 들었다.

잠을 깨자 몸이 뻣뻣하고 쥐가 났다. 해는 거의 졌다. 배낭을 들어올려 메자 무거웠고 끈이 닿는 곳이 아팠다. 그는 배낭을 멘 채로 몸을 기울여 가죽 낚싯대 가방을 집어들고 솔숲에서 나와 소귀나무가 자라는 저습지를 가로질러 강으로 향했다. 1마일이 넘지 않는 거리에 강이 있다는 것을 알고 있었다.

그는 그루터기로 덮인 비탈을 내려와 풀밭으로 들어갔다. 풀밭 가장자리에 강이 흘렀다. 강을 보자 반가웠다. 그는 풀밭을 헤치며 상류로 걸어갔다. 바지 자락이 이슬로 축축해졌다. 더운 날의 끝이라 이슬이 빨리, 흠뻑 내렸다. 강은 소리를 내지 않았다. 소리를 내기에는 너무 빠르고 거침이 없었다. 닉은 풀밭 가장자리를 따라 야영지로 삼을 자그마한 둔덕으로 올라가려다 강 하류 쪽에서 송어가 솟아오르는 것을 보았다. 해가 지면서 물 건너편의 늪에서 날아오는 벌레들을 향해 솟아오르는 것이었다. 송어들은 벌레를 잡기 위해 물에서 뛰어올랐다. 닉이 물을 따라 뻗은 작은 풀밭을 헤치고 걸어가는 동안 송어는 물에서 높이 뛰어올랐다. 강 하류 쪽을 보니 벌레들이 수면으로 날아와 앉는 것이 분명했다. 강물 저 아래까지 송어들이 끊임없이 먹이를 먹고 있었기 때문이다. 그의 시야가 미치는 곳까지 길게 뻗은 물줄기를 따라 송어들이 솟아오르며 수면 가득 동그란 파문을 일으켜 마치 비가 뿌리는 것처럼 보였다.

바닥이 모래투성이인 숲의 지면이 높아지면서, 이제 풀밭, 길게 뻗은 강, 늪을 굽어볼 수 있었다. 닉은 배낭과 낚싯대 가방을 내려놓고 평평한 곳을 찾았다. 배가 몹시 고팠지만 먹을 것을 만들기 전에 텐트부터 치고 싶었다. 뱅크스소나무 두 그루 사이의 땅이 아주 평평했다. 그는 배낭에서 도끼를 꺼내 튀어나온 뿌리 두 개를 쳐냈다. 그러자 잠을 잘 수 있을 만큼 넓고 평평한 공간이 생겼다. 그는 손으로 모래가 많은 흙을 쓸어 고르게 매만지고, 소귀나무 덤불은 모두 뿌리를 잡아 뽑아냈다. 소귀나무 덕분에 손에서 좋은 냄새가 났다. 그는 뿌리를 뽑아낸 곳도 평평하게 골랐다. 담요 밑에 뭐가 튀어나와 있는 것을 원치 않았기 때문이다. 땅을 다 고르고 나서 담요 석 장을 펼쳤다. 한 장은 반으로 접어서 땅에 깔았다. 나머지 두 장은 그 위에 펼쳤다.

그는 도끼로 그루터기 하나에서 반짝거리는 소나무 조각을 베어낸 다음 세로로 쪼개서 텐트를 칠 나무못으로 사용했다. 그 조각들이 땅에 단단히 박혀 있을 만큼 길고 견고하기를 바랐다. 텐트를 풀어 땅에 펼치자, 뱅크스소나무에 기대놓은 배낭이 조금 전보다 훨씬 작아 보였다. 닉은 텐트의 마룻대 역할을 할 밧줄의 한쪽 끝을 소나무 줄기에 묶고, 다른 쪽 끝을 잡아 텐트를 바닥에서 끌어올린 다음 다른 소나무에 묶었다. 텐트는 빨랫줄에 걸린 캔버스 천 담요처럼 밧줄에 걸려 있었다.

닉은 캔버스 천 아래로 들어가 잘라놓은 폴을 캔버스 천의 뒤쪽 꼭대기에 찔러넣고, 나무못을 이용해 옆면을 펼쳐 텐트 모양을 잡았다. 옆면 가장자리에 나무못을 찌른 다음 팽팽하게 끌어당겨 그것을 땅에 깊이 박았다. 둥글게 감은 밧줄들이 땅에 묻히고 캔버스 천이 북처럼 팽팽해질 때까지 도끼의 옆면을 이용해 때려박았다.

닉은 모기를 막기 위해 텐트의 열린 입구에 성긴 직물을 매달았다. 그는 캔버스 천의 경사면 아래, 머리를 둘 곳 근처에 갖다놓을 여러 가지 것들을 배낭에서 꺼낸 다음 모기장 밑을 기어 안으로 들어갔다. 텐트 안에 들어가자 갈색 캔버스 천을 통해 빛이 스며들었다. 기분좋은 캔버스 천 냄새가 났다. 벌써 뭔가 신비하고 집 같은 느낌이 들었다. 닉은 텐트 안을 기어다니며 행복을 느꼈다. 하루종일 행복하지 않았던 것은 아니다. 하지만 이것은 달랐다. 이제 일이 다 끝난 것이다. 그동안은 계속 이 일이 남아 있었다. 그런데 이제 끝냈다. 힘든 여행이었다. 매우 피곤했다. 그래도 끝났다. 그는 텐트를 쳤다. 자리를 잡았다. 어떤 것도 그를 건드릴 수 없었다. 텐트를 치기 좋은 곳이었다. 그는 그곳에, 좋은 곳에 있었다. 그의 집에, 자신이 만든 집에 있었다. 이제 배가 고팠다.

그는 성긴 직물 밑을 기어 밖으로 나왔다. 밖은 깜깜했다. 텐트 안이 더 밝았다.

닉은 배낭으로 가서 배낭 바닥을 손으로 더듬어 못이 담긴 종이봉투에서 긴 못을 하나 찾아냈다. 못을 소나무에 꽂고 손으로 꽉 잡아 고정한 다음 도끼의 옆면으로 부드럽게 머리를 두들겼다. 그는 배낭을 못에 걸었다. 그의 식량은 다 배낭에 담겨 있었다. 이제 배낭은 땅에서 떨어져 있었기 때문에 안전했다.

닉은 배가 고팠다. 이처럼 배가 고팠던 적도 없는 것 같았다. 그는 돼지고기와 콩이 섞여 있는 통조림과 스파게티 통조림을 따 프라이팬에 쏟았다.

"이것들을 군말 없이 지고 다녔으니 먹을 자격도 있지." 닉이 말했다. 어두워지는 숲에서 그의 목소리는 귀에 설게 들렸다. 그는 다시 입을 열지 않았다.

그는 도끼로 그루터기에서 잘라낸 소나무 조각 몇 개로 불을 피웠다. 철망을 불 위에 올리고, 장화를 신은 발로 철망의 다리 네 개를 땅에 박아넣었다. 불 위의 철망에 프라이팬을 얹었다. 이제 배가 더 고팠다. 콩과 스파게티가 따뜻해졌다. 닉은 그것을 휘젓고 함께 섞었다. 음식이 보글거리기 시작했다. 작은 거품들이 힘겹게 표면으로 솟아올랐다. 좋은 냄새가 났다. 닉은 토마토케첩 병을 꺼내고 빵 네 조각을 썰었다. 작은 거품이 보글거리는 속도가 빨라졌다. 닉은 불 옆에 앉아 프라이팬을 철망에서 내렸다. 내용물을 반쯤 주석 접시에 부었다. 음식은 천천히 퍼지며 접시를 채워나갔다. 닉은 그것이 너무 뜨겁다는 것을 알았다. 그는 거기에 토마토케첩을 조금 부었다. 콩과 스파게티가 아직도 너무 뜨겁다는 걸 알았다. 그는 불을 보았고, 이어 텐트를 보았다. 혀를 데어 이 모든 것을 망쳐버리는 짓은 하지 않을 생각이었다. 오랜 세월 그는 튀긴 바나나를 제대로 먹어본 적이 없었다. 식는 것을 도저히 기다릴 수 없었기 때문이다. 그의 혀는 아주 민감했다. 배가 몹시 고팠다. 강 건너 늪에서, 거의 어두워진 곳에서, 안개가 피어오르는 것이 보였다. 그는 텐트를 한번 더 보았다. 됐어. 그는 숟가락을 깊이 찔러넣었다.

"아흐," 닉이 말했다. "죽이네, 아흐." 그가 행복하게 말했다.

그는 한 접시를 다 먹고 나서야 빵을 기억해냈다. 닉은 빵과 함께 두 번째 접시를 다 비웠다. 빵으로 닦아 먹은 접시는 반짝거렸다. 세인트 이그너스역 식당에서 커피 한 잔과 햄 샌드위치를 먹은 뒤로 아무것도 먹지 않았다. 아주 멋진 경험이었다. 전에도 이렇게 배가 고픈 적은 있었지만, 이만큼 배를 만족스럽게 채울 수 있었던 적은 없었다. 마음만 먹었다면 몇 시간 전에 텐트를 칠 수도 있었다. 강변에는 텐트를 치기 좋은 곳이 많았다. 하지만 이렇게 하는 것이 좋았다.

닉은 큰 소나무 토막 두 개를 철망 밑에 넣었다. 불이 확 피어올랐다. 오는 길에 커피 끓일 물을 떠 오는 것을 깜빡 잊었다. 그는 배낭에서 접이식 캔버스 천 물통을 꺼내 언덕 아래로 걸어내려가, 풀밭 가장자리를 가로질러 강물로 갔다. 건너편 강기슭은 하얀 안개에 덮여 있었다. 강기슭에 무릎을 꿇고 캔버스 천 물통을 물에 담갔다. 무릎에 닿는 풀이 축축하고 차가웠다. 물통은 금방 배를 불리며 물살에 휙 끌려갔다. 물은 얼음처럼 차가웠다. 닉은 물통을 씻고 물을 가득 채워 텐트로 가져왔다. 강에서 멀어지자 아까처럼 춥지는 않았다.

닉은 큰 못을 하나 더 박고 물이 가득한 물통을 걸었다. 그런 다음 커피 주전자에 물을 반쯤 채우고, 철망 밑의 불에 나무토막을 몇 개 더 넣고 나서 주전자를 얹었다. 그러나 어떤 방법으로 커피를 만들어야 하는지 기억이 나지 않았다. 이 문제로 홉킨스와 논쟁을 한 기억은 났지만, 자신이 어느 쪽을 주장했는지는 기억나지 않았다. 결국 주전자에 커피를 넣고 펄펄 끓이는 쪽으로 결정했다. 그제야 그것이 홉킨스의 방법이라는 게 기억났다. 그는 한때 모든 것을 놓고 홉킨스와 논쟁을 벌였다. 커피가 끓기를 기다리는 동안 작은 살구 통조림을 땄다. 그는 통조림

따는 것을 좋아했다. 주석 컵에 살구 통조림의 내용물을 쏟았다. 그는 불 위의 커피를 지켜보면서 살구의 주스 시럽을 마셨다. 처음에는 흘리지 않으려고 조심하다가 이내 생각에 잠겨 살구들을 빨아먹었다. 이것이 생살구보다 맛있었다.

그가 지켜보는 가운데 커피가 끓었다. 뚜껑이 올라왔고 커피와 가루가 주전자 옆으로 흘러내렸다. 닉은 주전자를 철망에서 내렸다. 홉킨스의 승리였다. 그는 살구가 사라진 컵에 설탕을 넣고, 커피를 조금 따라 식혔다. 너무 뜨거워 그냥 따를 수가 없었기 때문에, 모자를 이용해 커피 주전자의 손잡이를 잡았다. 컵을 주전자 안에 담그는 것은 있을 수 없는 일이었다. 특히 첫번째 컵은 그럴 수 없었다. 끝까지 전부 홉킨스 식으로 해야 했다. 홉은 그렇게 대접해줄 가치가 있는 친구였다. 그는 커피를 아주 진지하게 마셨다. 그는 닉이 아는 가장 진지한 사람이었다. 고지식하지는 않고, 그냥 진지했다. 오래전 일이었다. 홉킨스는 입술을 움직이지 않고 말을 했다. 폴로 경기도 했다. 텍사스에서 수백만 달러를 벌었다. 그의 유전이 처음으로 크게 터졌다는 전보가 왔을 때 그는 차비를 빌려 시카고로 갔다. 돈을 부치라고 전보를 칠 수도 있었을 것이다. 하지만 그러면 일이 너무 느리게 진행됐을 것이다. 사람들은 홉의 여자를 '금발의 비너스'라고 불렀다. 홉은 그녀가 자신의 진짜 여자가 아니었기 때문에 상관하지 않았다. 홉킨스는 그들 누구도 자신의 진짜 여자는 놀리지 못할 거라고 아주 자신 있게 말했다. 그의 말이 맞았다. 전보가 왔을 때 홉킨스는 여행중이었다. 블랙강에 가 있었다. 전보가 그에게 닿는 데 여드레가 걸렸다. 홉킨스는 자신의 22구경 콜트 자동권총을 닉에게 주었다. 카메라는 빌에게 주었다. 그것을 보며 늘 자신을 기억하라는 뜻이었다. 그들은 이듬해 여름에 다시 함께 낚시를 갔다. 이제 홉 헤드는 부자였다. 그는 요트를 살 계획이었고, 다 같이 그것을 타고 슈피리어호의 북쪽 가장자리를 따라가보자고 했다. 그는 들떠 있었지만 진지했다. 그들은 작별인사를 나누었고, 모두 마음이 좋지 않았다. 그것으로 여행은 끝났다. 그들은 다시는 홉킨스를 보지 못했다. 오래전 블랙강에서 놀던 때의 일이었다.

닉은 커피를 마셨다. 홉킨스 방식을 따른 커피였다. 커피는 썼다. 닉은 웃음을 터뜨렸다. 그것이 홉킨스 이야기의 좋은 결말이 되었다. 그의 정신이 움직이기 시작했다. 그러나 막아둘 수 있겠다는 생각이 들었다. 이미 지칠 대로 지쳤기 때문이다. 그는 주전자의 커피를 버리고, 가루는 불에 털었다. 그런 다음 담배에 불을 붙이고 텐트 안으로 들어갔다. 신발과 바지를 벗고 담요 위에 앉았다. 신발을 바지 안에 넣은 뒤 둘둘 말아 베개로 삼고 담요 두 장 사이로 들어갔다.

그는 텐트 입구 너머로 바깥의 불빛을 지켜보았다. 밤바람이 불 위를 지나갔다. 조용한 밤이었다. 고요한 늪에서는 아무런 소리도 새어나오지 않았다. 닉은 담요 안에서 편안하게 몸을 뻗었다. 그때 귀 아주 가까운 곳에서 모기가 윙윙거렸다. 닉은 일어나 앉아 성냥을 켰다. 모기는 머리 위 캔버스 천에 앉아 있었다. 닉은 얼른 거기에 성냥을 갖다댔다. 모기는 불속에서 기분좋게 쉭 소리를 내며 타올랐다. 성냥불이 꺼졌다. 닉은 담요 안에 다시 누웠다. 모로 누워 눈을 감았다. 졸렸다. 잠이 오는 것이 느껴졌다. 그는 담요 아래 몸을 웅크리고 잠이 들었다.

15장

그들은 아침 여섯시에 카운티 감옥 복도에서 샘 카디넬라를 교수형에 처했다. 복도는 높고 좁았으며 양편으로 여러 층의 감방이 있었다. 모든 감방에 수감자가 있었다. 교수형을 위해 데려다놓은 사람들이었다. 교수형 판결을 받은 다섯 남자는 맨 꼭대기 다섯 감방에 있었다. 교수형에 처해질 남자들 가운데 세 명은 검둥이였다. 그들은 무척 겁을 먹었다. 백인 한 명은 침상에 앉아 두 손에 머리를 묻고 있었다. 또 한 백인은 담요로 머리를 둘둘 말고 침상에 납작하게 누워 있었다.

사람들이 벽에 있는 문을 통해 교수대로 나왔다. 그곳에는 성직자 두 명을 포함하여 일곱 명이 있었다. 샘 카디넬라는 부축을 받고 있었다. 그는 아침 네시쯤부터 내내 그 모양이었다.

다리를 묶을 때는 교도관 두 명이 그를 떠받쳤다. 두 성직자가 그에게 소곤거리고 있었다. "남자답게 굴어라, 아들아." 한 성직자가 그렇게 말했다. 머리에 씌울 모자를 가지고 다가가자 샘 카디넬라는 괄약근을 통제할 힘을 잃었다. 그를 떠받치고 있던 교도관 두 명은 그에게서 손을 뗐다. 둘 다 역겨워했다. "의자에 앉히는 게 어떨까, 윌?" 한 교도관이 말했다. "하나 가져오는 게 낫겠어." 중산모를 쓴 남자가 말했다.

모두 교수대 발판 뒤로 물러섰다. 발판은 떡갈나무와 강철로 만들어 아주 무거웠으며, 볼베어링을 이용해 아래로 젖혀지는 구조였다. 의자에 앉은 채 꽁꽁 묶인 샘 카디넬라는 발판에 남겨졌고, 나이가 아래인 성직자가 의자 옆에 무릎을 꿇었다. 성직자는 발판이 아래로 떨어지기 직전 펄쩍 뛰어 뒤로 물러섰다.

심장이 둘인 큰 강

2부

아침에 해가 뜨자 텐트가 더워지기 시작했다. 닉은 텐트 입구에 쳐놓은 모기장 밑으로 기어나와 아침을 보았다. 나올 때 손에 닿는 풀이 축축했다. 바지와 신발은 두 손에 들고 있었다. 해는 이제 막 언덕 위에 자리를 잡으려 했다. 초원, 강, 늪이 있었다. 강 건너 녹색 늪에는 자작나무들이 자랐다.

이른아침의 강은 맑았고, 잔잔하면서도 빠르게 흘렀다. 200야드쯤 하류에 통나무 세 개가 강을 온통 가로지르고 있었다. 통나무들 때문에 그 위쪽의 물은 잔잔하고 깊었다. 닉이 지켜보고 있는데, 밍크 한 마리가 통나무를 타고 강을 건너 늪으로 들어갔다. 닉은 마음이 들떴다. 이른아침과 강 때문에 들떴다. 정말이지 아침을 먹기에는 너무 마음이 급했으나, 그래도 먹어야 한다는 것을 알고 있었다. 그는 작은 불을 피우고 커피 주전자를 올려놓았다.

주전자의 물이 끓는 동안 그는 빈병을 들고 고지대의 가장자리를 넘어 강변의 풀밭까지 내려갔다. 풀밭은 이슬로 축축했고, 닉은 해가 풀을 말리기 전에 미끼로 쓸 메뚜기를 잡고 싶었다. 그는 좋은 메뚜기를 많이 찾아냈다. 메뚜기는 풀줄기 밑동 쪽에 있었다. 가끔 풀줄기에 매달려 있기도 했다. 메뚜기는 이슬 때문에 차갑고 축축했으며, 해가 덥혀주기 전에는 풀쩍 뛸 수 없었다. 닉은 메뚜기를 잡았다. 중간 크기에 갈색인 것들로만 잡아 병에 집어넣었다. 통나무 하나를 뒤집었다. 가장자리 바로 밑 은신처로 삼을 만한 곳에 메뚜기 수백 마리가 있었다. 메뚜기들의 하숙집이었다. 닉은 중간 크기 갈색 메뚜기를 쉰 마리 정도 병에 넣었다. 그가 잡아들이는 동안 다른 메뚜기들은 해를 받아 몸이 더워지자 풀쩍풀쩍 뛰어나가기 시작했다. 풀쩍 뛰면서 날았다. 처음에는 한 차례 날아올랐다가 다시 내려와 마치 죽은 것처럼 뻣뻣하게 가만히 있었다.

닉은 아침을 다 먹었을 때쯤이면 메뚜기들이 평소와 다름없이 활발해질 것임을 알았다. 풀의 이슬이 없었다면 좋은 메뚜기로 병을 가득 채우는 데 하루종일이 걸렸을 것이고, 모자로 내리치며 잡느라 메뚜기들이 많이 으깨졌을 것이다. 그는 강물에 손을 씻었다. 강 가까이에 있으니 마음이 들떴다. 이윽고 그는 텐트로 걸어올라갔다. 메뚜기들이 이미 풀밭에서 뻣뻣하게 뛰고 있었다. 병 안에서는 햇볕에 몸이 따뜻해진 메뚜기들이 한데 뭉쳐 뛰고 있었다. 닉은 소나무 막대를 마개삼아 집어넣었다. 막대는 병 주둥이를 충분히 막아 메뚜기들이 나오지 못하게 하면서도, 공기는 충분히 통하게 해주었다.

그는 통나무를 원래대로 굴려놓고 왔다. 이제 매일 아침 그곳에서 메뚜기를 잡을 수 있을 터였다.

닉은 뛰는 메뚜기들로 가득찬 병을 소나무 줄기에 기대놓았다. 그리고 얼른 메밀가루를 물과 섞어 응어리가 보이지 않을 때까지 저었다. 메밀가루 한 컵, 물 한 컵이었다. 그는 주전자에 커피를 한줌 집어넣고, 캔에서 기름을 한 덩어리 퍼 뜨거운 프라이팬에 얹었다. 기름이 팬 한가운데를 가로질러 미끄러지며 탁탁 튀었다. 그는 연기가 피어오르는 프라이팬에 메밀가루 반죽을 고르게 부었다. 반죽은 용암처럼 펼쳐지고, 기름이 거세게 침을 뱉어냈다. 둥근 메밀부침 가장자리가 단단해지기 시작하더니 갈색으로 변하고, 이어 파삭파삭해졌다. 표면에 서서히 거품이 일어나며 구멍이 나기 시작했다. 닉은 갈색이 된 아랫면 밑으로 갓 쪼갠 소나무 조각을 밀어넣었다. 프라이팬을 좌우로 흔들자 부침의 아랫면이 프라이팬에서 떨어졌다. 공중에 던져 뒤집는 건 시도하지도 않을 거야, 그는 생각했다. 그는 깨끗한 나뭇조각을 부침 밑면 끝까지 집어넣어 부침을 뒤집었다. 부침은 팬에서 기름을 탁탁 튀겨냈다.

부침이 익자 닉은 다시 프라이팬에 기름을 둘렀다. 남은 반죽을 다 써서 부침을 만들었다. 크고 두툼한 부침이 하나 더 나오고, 작은 것이 하나 나왔다.

닉은 부침에 사과 버터를 발라 크고 두툼한 것과 작은 것을 하나씩 먹었다. 세번째 부침은 사과 버터를 바른 다음 두 번 접고 기름종이에 싸서 셔츠 호주머니에 넣었다. 그는 사과 버터 단지를 도로 배낭에 넣고, 샌드위치 두 개를 만들 요량으로 빵을 썰었다.

그는 배낭에서 커다란 양파를 하나 꺼냈다. 그것을 반으로 잘라 매끄러운 겉껍질을 벗겼다. 그런 다음 그 반쪽 중 하나를 얇게 썰어 양파 샌드위치를 만들었다. 만든 샌드위치는 기름종이에 싸서 카키 셔츠의 다른 호주머니에 넣고 단추를 채웠다. 그는 프라이팬을 철망 위에 뒤집어놓고, 연유를 넣어 노르스름한 갈색을 띠는 단 커피를 마시고, 야영지를 정돈했다. 좋은 야영지였다.

닉은 가죽 낚싯대 가방에서 제물 낚싯대를 꺼내 조립하고, 낚싯대 가방은 텐트 안에 다시 밀어넣었다. 낚시대에 릴을 달고 가이드 사이로 줄을 끼워넣었다. 줄을 끼우면서 양쪽 손으로 번갈아가며 줄을 잡고 있어야 했다. 그러지 않으면 자체 무게 때문에 뒤로 다시 미끄러져 나가기 때문이었다. 양끝을 뾰족하게 처리한 묵직한 제물 낚싯줄이었는데, 오래전에 8달러를 주고 산 것이었다. 줄을 무겁게 만든 것은 무게가 없는 미끼를 던질 때 뒤쪽 허공으로 젖혀졌던 줄이 들뜨지 않고 묵직하게 앞으로 쭉 나아가게 하기 위해서였다. 닉은 알루미늄 목줄 상자를 열었다. 목줄은 축축한 플란넬 패드 사이에 똬리를 틀고 있었다. 닉은 세인트이그너스로 오는 기차에서 냉수기 물로 패드를 적셔두었다. 축축한 패드들 속에서 잠사 목줄은 부드러워져 있었다. 닉은 목줄 하나를 풀어 묵직한 제물 낚싯줄 끝의 고리에 묶었다. 미늘은 목줄 끝에 달았다. 작은 미늘로, 아주 가늘고 탄력이 좋았다.

닉은 허벅지에 낚싯대와 함께 놓여 있던 미늘 쌈지에서 그 미늘을 꺼냈다. 그는 줄을 팽팽하게 잡아당겨 낚싯대의 매듭과 탄력을 시험했다. 느낌이 좋았다. 미늘에 손가락이 찔리지 않도록 조심했다.

그는 낚싯대를 들고, 메뚜기 병은 병목에 반매듭으로 묶은 끈을 이용해 목에 걸고 강으로 내려가기 시작했다. 뜰채는 허리띠의 고리에 걸었다. 어깨에는 각 귀퉁이를 귀 모양으로 묶은 긴 밀가루 부대가 걸쳐져 있었다. 부대의 끈은 어깨 너머로 내려왔다. 부대가 그의 다리에 부딪히며 퍼덕였다.

장비를 주렁주렁 달고 나자 어색하면서도 전문가가 된 것 같아 행복한 기분이었다. 메뚜기 병이 가슴에 부딪히며 흔들렸다. 셔츠의 가슴주머니는 점심 도시락과 제물 쌈지 때문에 불거져 있었다.

그는 강물로 들어섰다. 충격이었다. 바지가 다리에 착 달라붙었다. 신발 아래 자갈이 느껴졌다. 물은 솟아오르는 차가운 충격이었다.

물살은 빠르게 밀려오며 그의 다리를 휘감았다. 그가 들어선 곳은 물이 무릎 위까지 왔다. 그는 물살을 따라 걸었다. 자갈이 신발 밑에서 미끄러졌다. 그는 두 다리 밑에서 물이 소용돌이치는 것을 내려다보며, 메뚜기 한 마리를 꺼내려고 병을 기울였다.

첫번째 메뚜기는 병목에서 튀어나와 물속으로 들어갔다. 메뚜기는 닉의 오른쪽 다리 옆의 소용돌이에 의해 물밑으로 빨려들었다가 하류 쪽으로 조금 떨어진 수면 위로 올라왔다. 그것은 발길질을 하며 빠른 속도로 둥둥 떠내려갔다. 그러다 순식간에 둥근 파문이 하나 나타나 잔잔한 수면을 깨뜨리더니 메뚜기가 사라졌다. 송어가 잡아먹은 것이다.

다른 메뚜기가 병에서 얼굴을 내밀었다. 더듬이가 흔들렸다. 튀어나오려고 앞다리를 병 밖으로 내밀고 있었다. 닉은 그것의 머리를 잡고 늘씬한 미늘을 턱밑에 꿰어 흉부를 거쳐 복부 마지막 마디까지 밀어넣었다. 메뚜기는 두 앞다리로 미늘을 붙들고 그 위에 담배 즙*을 뱉어냈

---

* 메뚜기가 방어용으로 내뱉는 액체. 색이 짙은 갈색이라 '담배 즙(tabacco juice)'이라고 불린다.

다. 닉은 메뚜기를 물속으로 던졌다.

그는 오른손으로 낚싯대를 잡고, 물살 속에서 메뚜기가 끌어당기는 힘에 버티면서 줄을 늘였다. 왼손으로는 릴에서 줄을 벗겨내 자유롭게 풀려나가게 놓아두었다. 물살이 만드는 작은 물결들 속에 메뚜기가 보였다. 그러나 곧 시야에서 사라졌다.

낚싯줄이 팽팽해졌다. 닉은 버티며 팽팽한 줄을 잡아당겼다. 첫 입질이었다. 그는 이제 생명을 얻어 물살을 가르고 있는 낚싯대를 단단히 쥐고 왼손으로 줄을 당겼다. 낚싯대가 획획 움직이며 둥글게 휘더니, 송어가 물살에 맞서 아래위로 격하게 오르내렸다. 닉은 작은 놈이라는 것을 알았다. 그는 낚싯대를 공중으로 곧장 들어올렸다. 잡아당기는 힘 때문에 낚싯대가 고개를 푹 숙였다.

그는 물속의 송어가 낚싯줄에 저항하여 머리와 몸을 획획 틀면서 강과 낚싯줄의 접점이 계속 바뀌는 것을 보았다.

닉은 왼손으로 낚싯줄을 잡고 송어를 끌어당겼다. 송어는 지친 동작으로 물살을 탕탕 치면서 수면으로 올라왔다. 얼룩덜룩한 등은 자갈 위를 흐르는 맑은 물의 색깔이었고, 옆구리는 햇빛에 반짝였다. 닉은 낚싯대를 오른쪽 겨드랑이에 끼우고 허리를 굽혀 오른손을 물줄기 속에 담갔다. 그는 젖은 오른손으로 연신 펄떡거리는 송어를 잡고, 주둥이에서 미늘을 벗겨낸 다음 도로 강에 던졌다.

송어는 물살 속에 어정쩡하게 멈추어 있다가, 이내 돌 옆의 바닥에 자리를 잡았다. 닉이 송어를 만지려고 손을 아래로 뻗자, 팔꿈치까지 물에 잠겼다. 송어는 흐르는 물살 속에 가만히 자리를 잡고, 큰 돌 옆의 자갈에서 쉬고 있었다. 닉의 손이 송어에 닿자, 송어의 부드럽고 서늘한 물 밑의 감촉에 닿자, 송어는 사라졌다. 강바닥을 가로질러 그늘 속으로 사라졌다.

괜찮구나, 닉은 생각했다. 그냥 피곤할 뿐이구나.

그는 송어를 만지기 전에 미리 손을 적셨다. 그러니 송어를 덮은 엷은 점액은 상하지 않았을 것이다. 마른 손으로 송어를 만지면 손에 점액이 묻어나 그 벗겨진 부위에 하얀 곰팡이가 핀다. 몇 년 전 제물 낚시꾼들이 앞에도 있고 뒤에도 있는 혼잡한 강에서 낚시를 했을 때, 닉은 하얀 곰팡이로 뒤덮여 죽은 송어를 수차례 보았다. 물에 쓸려가다 바위에 걸려 있기도 했고, 배를 위로 한 채 웅덩이에 둥둥 떠 있기도 했다. 닉은 강에서 다른 사람들과 함께 낚시하는 것을 좋아하지 않았다. 일행이 아니면, 대개 낚시를 망쳤다.

그는 무릎 위까지 오는 물을 헤치고 강을 따라 허우적거리며 내려갔다. 강을 가로지르는 통나무 더미를 향해 얕은 물 50야드 정도를 헤치며 나아갔다. 미늘에 미끼를 다시 끼우지 않고 그냥 손에 든 채 걸어갔다. 얕은 물에서 작은 송어를 잡는 것은 일도 아니었지만, 그는 그런 송어를 원치 않았다. 그러나 하루 중 이맘때 얕은 물에는 큰 송어가 없을 터였다.

이제 물은 허벅지 위까지 올 만큼 깊어져 차갑고 아프게 살을 찔렀다. 앞쪽에는 통나무 댐에 막힌 큰 물이 잔잔하게 자리하고 있었다. 물은 잔잔하고 거무스름했다. 왼쪽으로는 풀밭의 낮은 가장자리가, 오른쪽으로는 늪이 있었다.

닉은 물살에 맞서 몸을 뒤로 젖히며 병에서 메뚜기 한 마리를 꺼냈다. 메뚜기를 미늘에 꿰고 행운을 빌며 메뚜기에게 침을 뱉었다. 이어 낚싯줄 몇 야드를 릴에서 잡아당겨 메뚜기를 앞쪽의 빠르고 검은 물에 던졌다. 메뚜기는 통나무들을 향해 잠시 둥둥 떠내려갔지만, 이내 낚싯줄의 무게가 미끼를 수면 밑으로 잡아당겼다. 닉은 낚싯대를 오른손에 잡고, 낚싯줄이 손가락 사이로 빠져 풀려나가게 놓아두었다.

길게 잡아당기는 느낌이 왔다. 닉이 줄을 낚아채자 낚싯대가 생명을 얻으면서 위태롭게 확 휘어졌고 줄이 팽팽해졌다. 물에서 나올수록 더 팽팽해졌다. 묵직하고 위태롭고 꾸준하게 잡아당기는 힘 때문이었다. 당기는 힘이 더 강해지면 목줄이 끊어질 것 같다고 느낀 순간, 닉은 줄을 풀었다.

낚싯줄이 쏜살같이 풀려나면서 릴의 톱니바퀴가 기계적인 비명을 질렀다. 너무 빨랐다. 줄을 제어할 수가 없었다. 낚싯줄은 쏜살같이 풀려나갔고, 줄이 풀려나자 릴에서 나는 소리의 음도 올라갔다.

릴의 속이 드러나자 그의 심장은 흥분으로 멈출 것 같았다. 닉은 차갑게 허벅지를 타고 오르는 물살에 맞서 몸을 뒤로 젖히며 왼손 엄지로 릴을 세게 눌렀다. 엄지를 제물 릴의 틀 안으로 밀어넣자니 영 거북했다.

그가 엄지의 압력을 높이자 낚싯줄이 갑자기 팽팽히 당겨지며 단단해지더니, 통나무 너머에서 거대한 송어가 물을 빠져나와 높이 솟아올랐다. 송어가 뛰는 순간 닉은 낚싯대 끝을 낮추었다. 그러나 긴장을 늦추기 위해 끝을 내린 그 순간, 당기는 힘이 감당할 수 없을 정도로 강해졌다는 것을 느꼈다. 그렇지 않아도 단단했던 줄이 너무 팽팽해졌다. 물론 목줄은 끊어졌다. 모든 탄력이 낚싯줄을 떠나면서 줄이 단단하게 마를 때의 그 느낌을 모를 수가 없었다. 이내 줄은 느슨해졌다.

입안이 마르고 가슴이 덜컥 내려앉았다. 닉은 릴을 감았다. 그렇게 큰 송어는 본 적이 없었다. 무게감, 감당할 수 없는 힘, 그리고 송어가 뛰어올랐을 때의 그 커다란 몸집. 송어는 연어만큼이나 커 보였다.

닉의 손이 떨렸다. 그는 천천히 릴을 감았다. 흥분이 너무 강렬했다. 희미하게, 메스꺼움이 느껴졌다. 앉는 게 좋을 것 같았다.

목줄은 미늘을 묶은 자리에서 끊어졌다. 닉은 끊어진 목줄을 손에 쥐었다. 턱에 미늘을 끼운 채 바닥 어딘가, 빛 아래 깊고 깊은 곳, 통나무 밑의 자갈 위에서 흔들리지 않고 자세를 유지하고 있을 송어를 생각했다. 닉은 송어의 이가 미늘의 목줄을 끊을 수 있다는 것을 알았다. 하지만 미늘은 턱에 박혀 있을 터였다. 송어는 틀림없이 화가 났을 것이다. 그 정도 놈들이면 다 화가 날 터였다. 그것이 송어였다. 그 송어는 미늘에 단단히 걸렸다. 바위처럼 단단히. 느낌도 바위 같았다, 움직이기 전까지는. 와, 큰 놈이었어. 와, 이렇게 큰 놈이 있다는 이야기는 들어본 적이 없어.

닉은 풀밭으로 올라섰다. 물이 바지를 타고 흘러내려 신발에서 빠져나갔다. 신발이 철벅거렸다. 그는 통나무로 걸어가 그 위에 앉았다. 더는 감각을 몰아붙이고 싶지 않았다.

그는 물이 찬 신발 속의 발가락을 꼼물거리다 가슴주머니에서 담배를 한 개비 꺼냈다. 담배에 불을 붙이고 성냥을 통나무 밑의 빠르게 흐르는 물에 던졌다. 아주 작은 송어 한 마리가 빠른 물살 속에서 빙그르 몸을 돌리더니 성냥을 노리고 올라왔다. 닉은 웃음을 터뜨렸다. 담배는 끝까지 다 피울 생각이었다.

그는 통나무 위에 앉아 담배를 피우며 햇볕에 몸을 말렸다. 등에 닿는 햇볕이 따뜻했다. 얕은 강이 앞쪽에서 숲으로 흘러들었다. 곡선을 그리며 숲으로 파고들었다. 여울, 반짝거리는 빛, 물로 반질반질해진 바위, 강변을 따라 자라는 삼나무들, 그리고 하얀 자작나무들, 햇볕에 따뜻해지고 만질만질해 앉기에 좋고, 껍질이 없고, 만지면 잿빛으로 변하는 통나무들. 실망감이 서서히 그를 떠나갔다. 천천히 사라졌다. 어깨를 아프게 했던 전율 뒤에 격렬하게 찾아온 실망감이었다. 이제 괜찮았다. 그의 낚싯대는 통나무 위에 놓여 있었다. 새 미늘을 끼우고 목줄을 팽팽하게 잡아당기자 줄이 올라오다 저절로 단단하게 매듭이 지어졌다.

그는 미끼를 끼우고, 낚싯대를 집어든 다음, 통나무 끝까지 걸어가 물로 들어갔다. 별로 깊지 않은 곳이었다. 통나무들 너머 아래쪽에는 깊은 웅덩이가 있었다. 닉은 늪의 가장자리 근처 야트막한 여울목을 돌아 마침내 강의 얕은 바닥으로 들어섰다.

왼쪽으로는 풀밭이 끝나고 숲이 시작되는 곳에 커다란 느릅나무가 뿌리째 뽑혀 있었다. 나무는 폭풍우에 쓰러져 숲속에 벌렁 누워 있었다. 뿌리에는 흙이 엉켜 있고, 거기서 자란 풀이 강 옆의 단단한 둑을 타고 올라갔다. 강은 뿌리 뽑힌 나무의 가장자리까지 바짝 파고들었다. 닉은 선 자리에서 물살 때문에 강의 얕은 바닥에 홈 같은 깊은 수로가 파인 것을 볼 수 있었다. 그가 선 곳에는 자갈이 많았고, 그 너머에는 자갈만이 아니라 바위도 꽉 들어차 있었다. 나무뿌리 근처 물이 곡선을 그리는 바닥에는 이회토가 깔려 있는 듯했고, 깊은 물 바닥에 팬 홈들 사이에서는 녹색 수초들이 물살에 흔들리고 있었다.

닉은 낚싯대를 어깨 뒤로 젖혔다가 앞으로 뻗었다. 낚싯줄은 곡선을 그리며 앞으로 나아가, 메뚜기를 수초들 사이의 깊은 수로 한 곳에 내려놓았다. 송어가 미끼를 물었고, 닉은 그것을 낚아챘다.

닉은 낚싯대를 뿌리 뽑힌 나무 쪽으로 멀리 쭉 뻗은 채 물속에서 절벅절벅 뒷걸음질을 하며, 위아래로 요동치면서 낚싯대가 생명을 얻은 듯 휘어지게 하는 송어를 수초에 줄이 걸릴 위험이 없는 넓게 트인 강쪽으로 유도했다. 닉은 물살에 맞서 살아 오르내리는 낚싯대를 쥐고 송어를 끌어당겼다. 송어는 세차게 움직였지만 그래도 계속 따라왔고, 탄력 있는 낚싯대는 송어의 세찬 움직임에 굴복해 이따금 물밑에서 홱홱 방향을 틀었지만, 그래도 계속 송어를 끌고 왔다. 닉은 거세게 내빼는 송어를 천천히 하류로 유도했다. 그리고 낚싯대를 높이 들어 송어를 뜰채 위로 끌고 온 다음 뜰채를 들어올렸다.

송어는 그물 속에서 묵직하게 늘어졌다. 그물눈 사이로 얼룩덜룩한 송어의 등과 은빛 옆구리가 보였다. 닉은 미늘을 뺐다. 손에 쥐기 좋은 묵직한 옆구리, 쑥 나온 커다란 아래턱. 닉은 그의 어깨에서 물까지 늘어진 긴 부대 안으로 송어를 미끄러뜨렸다. 송어는 몸을 들썩여 힘차게 미끄럼을 타며 안으로 들어갔다.

닉은 부대의 아가리를 물살의 반대 방향에 대고 펼쳤고, 부대는 물을 가득 삼키며 묵직해졌다. 그가 부대의 바닥은 물속에 둔 채 부대를 세워 올리자, 물이 옆으로 쏟아져나왔다. 부대 안 바닥에 커다란 송어가 있었다. 물속에서 살아 있었다.

닉은 하류로 움직였다. 물속에 무겁게 잠긴 부대가 그보다 앞서서 나아가며 그의 어깨를 끌어당겼다.

날은 점점 더워지고 있었다. 목덜미에 닿는 햇살이 뜨거웠다.

닉은 좋은 송어 한 마리를 잡았다. 송어를 많이 잡는 데는 관심이 없었다. 이제 물은 얕아지고 넓어졌다. 양쪽 강가를 따라 나무들이 있었다. 왼쪽 강가의 나무들이 오전의 해를 받아 물위에 짧은 그림자를 드리웠다. 닉은 그림자마다 송어가 숨어 있다는 것을 알았다. 오후에 해가 언덕 쪽으로 넘어가면 송어는 강 반대편의 시원한 그늘 속으로 들어갈 것이었다.

가장 큰 녀석들은 강가에 바싹 붙어 있을 터였다. 블랙강에서는 언제든 그런 곳에서 큰 송어를 잡을 수 있었다. 해가 지면 송어들은 모두 나와 물줄기 속으로 들어갔다. 해가 지기 전 그 화려한 빛에 물이 눈부시게 물들 때면 어디에서든 쉽게 커다란 송어를 낚을 수 있었다. 그러나 그때는 수면이 햇빛을 받아 거울처럼 눈부시기 때문에 낚시를 하는 것이 거의 불가능했다. 물론 상류에서는 할 수 있었지만, 블랙강 또는 이런 강에서는 물살에 맞서 허우적거려야 했고, 깊은 곳에서는 높이 쌓인 물이 덮쳐오기도 했다. 이렇게 물이 많은 강의 상류에서 낚시를 하는 것은 그다지 재미있는 일이 아니었다.

닉은 깊은 구멍을 찾아 강가를 살피면서 물이 얕게 흐르는 곳을 헤치며 나아갔다. 강 가까이에 너도밤나무 한 그루가 자라나 가지를 물속으로 드리우고 있었다. 나뭇잎 밑에서 물은 오던 길을 돌아갔다. 이런 곳에는 항상 송어가 있었다.

닉은 그곳에서 낚시를 하고 싶지는 않았다. 미늘이 가지에 걸릴 것이 뻔했기 때문이다.

하지만 깊어 보였다. 그가 메뚜기를 던지자 물살이 물밑으로 메뚜기를 끌어들였다. 늘어진 가지 아래에서 뒤쪽까지 끌어들였다. 낚싯줄이 팽팽해지자 닉은 줄을 낚아챘다. 송어가 잎과 가지가 있는 곳에서 물

밖으로 몸을 반쯤 내밀고 강하게 몸부림쳤다. 줄이 걸렸다. 닉은 강하게 잡아당겼고 송어는 풀려났다. 그는 줄을 감은 다음 미늘을 손에 쥔 채 강을 따라 걸어내려갔다.

앞의 왼쪽 강가 가까운 곳에 커다란 통나무가 보였다. 통나무는 속이 텅 비어 있었다. 빈 구멍이 강을 향하고 있어 물이 그 안으로 부드럽게 들어가면서 통나무 양쪽에 잔물결을 일으켰다. 물이 깊어지고 있었다. 속이 빈 통나무의 윗부분은 말라서 잿빛이었다. 일부는 그늘에 가려 있었다.

닉이 메뚜기 병의 마개를 뽑자 한 마리가 마개에 달라붙어 있었다. 그는 그 메뚜기를 떼어내 미늘에 꿰고 물로 던졌다. 메뚜기가 수면 위에서 움직여 속이 빈 통나무 안으로 흘러드는 물살을 타고 들어갈 수 있도록 낚싯대를 멀리 내밀었다. 닉이 낚싯대를 낮추자 메뚜기가 둥둥 떠서 통나무 안으로 들어갔다. 묵직한 입질이 느껴졌다. 닉은 잡아당기는 힘에 맞서 낚싯대를 잡아챘다. 마치 미늘이 통나무에 걸린 것 같았지만, 살아 있는 것을 붙들고 있다는 느낌이 분명히 전해져왔다.

그는 고기를 흐르는 물 쪽으로 나오게 하려고 애썼다. 결국 고기는 밖으로 나왔다. 묵직하게.

낚싯줄이 느슨해지자 닉은 송어가 도망갔다고 생각했다. 그 순간 아주 가까이, 흐르는 물 속에 송어가 보였다. 송어는 미늘을 빼내려고 머리를 흔들었다. 입은 꽉 다물고 있었다. 흐르는 맑은 물 속에서 송어는 미늘과 싸우고 있었다.

닉은 왼손으로 크게 똬리를 틀듯 줄을 당기면서 줄이 팽팽해지도록 낚싯대를 들어올렸다. 이어 송어를 그물로 유도하려 했지만, 송어가 사라졌다. 시야에서 사라졌다. 줄만 아래위로 오르내렸다. 닉은 송어가 물살에 대항하여 싸우게 했다. 낚싯대의 탄력에 저항하며 물을 쳐대게 놓아두었다. 그는 낚싯대를 왼손으로 옮겨 무게를 감당하면서 낚싯대로 싸워가며 송어를 상류로 유도했고, 마침내 그물 안에 들어가게 했다. 그는 송어를 물에서 들어올렸다. 물이 뚝뚝 듣는 그물 안에 묵직한 반원이 보였다. 그는 미늘을 빼고 송어를 부대 안으로 미끄러뜨렸다.

그는 부대 아가리를 벌리고 물속에서 살아 움직이는 커다란 송어 두 마리를 들여다보았다.

닉은 점점 깊어지는 물을 가로질러 속이 빈 통나무까지 걸어갔다. 부대를 머리 위로 들어올리자, 물에서 나온 송어들이 퍼덕거렸다. 그는 송어들이 물속에 깊이 잠길 수 있도록 부대를 통나무에 걸었다. 그런 다음 몸을 끌어올려 통나무 위로 올라가 앉았다. 바지와 장화에서 물이 흘러내려 강으로 들어갔다. 그는 낚싯대를 내려놓고, 통나무의 그늘진 끝으로 옮겨 앉아 호주머니에서 샌드위치를 꺼냈다. 샌드위치를 찬물에 담갔다. 물살이 부스러기를 쓸어갔다. 그는 샌드위치를 먹은 뒤 물을 마시려고 모자를 물속에 완전히 담갔다. 물은 마시기도 전에 모자에서 새어나갔다.

그늘 아래 통나무에 앉아 있으니 시원했다. 그는 담배를 꺼낸 뒤 불을 붙이려고 성냥을 나무에 그었다. 성냥은 잿빛 나뭇결 속으로 파고들며 아주 작은 골을 팠다. 닉은 통나무 옆면으로 몸을 기울여 단단한 곳을 찾아 다시 성냥을 켰다. 그는 담배를 피우며 앉아 강을 바라보았다.

앞쪽에서 강이 좁아지며 늪지대로 들어갔다. 강은 잔잔하고 깊어졌으며, 늪은 삼나무 때문에 속이 꽉 차 보였다. 나무줄기들은 밀집해 있었고, 가지들은 단단했다. 그런 늪지대를 걸어서 통과하는 것은 불가능할 듯했다. 가지가 아주 아래부터 자라나 있었다. 움직이려면 땅바닥을 기다시피 해야 할 것 같았다. 가지를 분지르며 나아갈 수는 없었다. 그래서 늪에 사는 동물들은 그렇게 생겨먹은 게 분명해, 닉은 생각했다.

읽을 걸 가져왔으면 좋았을 텐데 하는 생각이 들었다. 그는 읽고 싶었다. 늪지대로 계속 들어가고 싶지는 않았다. 그는 강을 내려다보았다. 커다란 삼나무 한 그루가 기울어져 물줄기를 완전히 가로지르고 있었다. 그 너머에서 강은 늪지대로 들어갔다.

닉은 지금 거기로 들어가고 싶지 않았다. 물이 겨드랑이까지 올라올 만큼 점점 깊어지는 곳으로 깊이 걸어들어가, 낚싯대를 물 밖으로 끌어올리는 것도 불가능한 상태에서 커다란 송어를 낚는다는 것이 꺼림칙하게 느껴졌다. 늪지대의 둑에는 아무것도 없었다. 머리 위로 커다란 삼나무들이 빽빽하여, 햇빛도 드문드문 비쳐들 뿐이었다. 빠르고 깊은 물에서, 빛도 거의 없는 곳에서 낚시를 하는 것은 비극적일 터였다. 늪지대에서 하는 낚시는 비극적 모험이었다. 닉은 그것을 원치 않았다. 오늘은 물을 따라 더 멀리 내려가고 싶지 않았다.

그는 칼을 꺼내 날을 펼친 뒤 통나무에 꽂았다. 그리고 부대를 끌어올린 다음, 안으로 손을 넣어 송어 한 마리를 꺼냈다. 꼬리 근처를 손으로 쥐었다. 손에 쥐고 있기가 힘들었다. 살아 있어서. 그는 송어를 통나무에 내리쳤다. 송어는 몸을 떨더니 뻣뻣하게 굳었다. 닉은 뻗은 송어를 통나무의 그늘진 곳에 놓아두고, 다른 송어도 같은 식으로 목을 부러뜨렸다. 그는 두 마리를 통나무에 나란히 늘어놓았다. 멋진 송어들이었다.

닉은 송어를 항문에서 주둥이 끝까지 세로로 갈라 안을 비워냈다. 내장과 아가미와 혀가 한덩어리로 빠져나왔다. 둘 다 수컷이었다. 잿빛을 띤 흰색의 긴 이리*가 매끈하고 깨끗했다. 깨끗한 내장은 밀집해 있었으며, 모두 한꺼번에 딸려 나왔다. 닉은 밍크가 쉽게 발견할 수 있도록 내장을 물가에 던졌다.

그는 송어를 물에 넣고 씻었다. 송어의 등을 위로 하고 물속에 담그니 마치 살아 있는 것처럼 보였다. 색이 아직 선명했다. 그는 손을 씻고 송어들을 통나무 위에서 말렸다. 이윽고 통나무 위에 펼쳐둔 부대에 송어를 넣고 둘둘 만 다음 묶어서 뜰채에 담았다. 그의 칼은 아직 통나무에 날이 박힌 채 서 있었다. 그는 칼을 나무에 닦고 호주머니에 집어넣었다.

닉은 낚싯대를 들고 통나무에서 일어섰다. 뜰채가 무겁게 축 늘어졌다. 그는 물로 들어서서 첨벙거리며 강가로 갔다. 둑으로 올라서서 숲을 헤치고 들어가 고지대를 향해 걸어갔다. 야영지로 돌아가고 있었다. 그는 뒤를 돌아보았다. 나무들 사이로 강이 살짝 보였다. 늪지대에서 낚시를 할 수 있는 날은 앞으로도 많았다.

---

* 수컷 물고기의 뱃속에 들어 있는 흰 정액덩어리.

하얀 코끼리 같은 산

에브로강 유역 건너편 산들은 길고 하얬다. 이쪽 편에는 그늘도 없고 나무도 없어, 두 철로 사이에 있는 역은 해를 정면으로 받고 있었다. 역사驛舍의 옆으로는 건물의 더운 그림자가 바싹 달라붙어 있고, 술을 파는 곳으로 들어가는 열린 문에는 대나무 구슬을 줄줄이 엮은 파리 막이용 커튼이 걸려 있었다. 미국인, 그리고 그와 동행한 젊은 여자는 건물 밖 그늘의 탁자에 앉았다. 아주 더운 날이었다. 바르셀로나에서 오는 급행열차는 사십 분 후에 들어올 예정이었다. 열차는 이 역에서 이 분 정차했다가 마드리드로 갈 것이었다.

"뭘 마실까요?" 여자가 물었다. 여자는 모자를 벗어 탁자에 내려놓았다.

"정말 덥네." 남자가 말했다.

"맥주 마셔요."

"도스 *세르베사스.**" 남자가 커튼 안쪽을 향해 말했다.

"큰 걸로요?" 술집 여자가 문가에서 물었다.

"네. 큰 걸로 두 개."

술집 여자는 맥주잔 두 개와 펠트 받침 두 개를 내왔다. 여자는 펠트 받침과 맥주잔을 탁자에 놓고 남자와 젊은 여자를 보았다. 젊은 여자는 죽 이어진 산의 능선을 보고 있었다. 산은 햇빛을 받아 하얀색이었고, 땅은 갈색으로 건조했다.

"하얀 코끼리들처럼 보이네요." 그녀가 말했다.

"하얀 코끼리는 본 적이 없어." 남자가 맥주를 마셨다.

"그래요, 본 적이 없겠죠."

"아니, 봤을지도 몰라." 남자가 말했다. "네 입으로 내가 본 적이 없을 거라고 말한다고 해서 증명되는 건 아무것도 없어."

젊은 여자는 구슬 커튼을 보았다. "저기다 페인트로 뭐라고 써놨네요." 그녀가 말했다. "무슨 말이에요?"

"아니스 델 토로. 술 이름이야."

"한번 마셔볼 수 있을까요?"

남자가 커튼에 대고 "보쇼" 하고 소리쳤다. 술집에서 여자가 나왔다.

"4레알**이에요."

"아니스 델 토로 둘 주쇼."

"물도 같이 드려요?"

---

* '맥주 두 병'이라는 뜻의 스페인어.

** 과거에 통용되던 스페인의 화폐 단위.

"물 섞어서 마실래?"

"모르겠어요." 젊은 여자가 말했다. "물을 섞는 게 좋나요?"

"괜찮아."

"물을 섞어 마실 거예요?" 술집 여자가 물었다.

"그래요, 물도."

"감초맛이네." 젊은 여자가 말하며 잔을 내려놓았다.

"다 그렇지."

"그래요," 젊은 여자가 말했다. "다 감초맛이죠. 특히 오래 기다렸던 것들은 전부. 압생트처럼."

"아, 그만해."

"먼저 시작했잖아요." 젊은 여자가 말했다. "나는 재미있었는데. 좋은 시간을 보내고 있었는데."

"그럼 이제 좋은 시간을 보내도록 해보자고."

"좋아요. 나는 노력하고 있었어요. 나는 산이 하얀 코끼리처럼 보인다고 말했어요. 기발하지 않았어요?"

"기발했어."

"나는 이 새로운 술을 마셔보고 싶었어요. 이런 게 우리가 할 수 있는 전부잖아요, 안 그래요? 무언가를 보고 새로운 술을 마셔보는 거."

"그런 것 같아."

젊은 여자는 산을 건너다보았다.

"멋진 산이에요." 그녀가 말했다. "사실 하얀 코끼리처럼 보이지는 않아요. 나는 그냥 나무들 사이로 보이는 코끼리 가죽 색깔을 말한 것뿐이에요."

"한잔 더 할까?"

"좋아요."

더운 바람이 불어와 구슬 커튼이 탁자에 부딪혔다.

"맥주가 기분좋게 시원하군." 남자가 말했다.

"좋네요." 젊은 여자가 말했다.

"사실 아주 간단한 수술이야, 지그," 남자가 말했다. "사실 수술도 아니야."

젊은 여자는 탁자 다리가 딛고 있는 바닥을 보았다.

"너도 분명히 괜찮다 할 거야, 지그. 정말 아무것도 아니라니까. 그냥 공기를 주입하는 것일 뿐이야."

젊은 여자는 아무 말도 하지 않았다.

"내가 함께 갈 거고, 쭉 함께 있을 거야. 그냥 공기만 주입할 거고, 그다음에는 모든 게 완벽하게 자연스러울 거야."

"그럼 그뒤에 우리는 어떻게 되는 거죠?"

"그뒤에 우린 좋을 거야. 전과 똑같이."

"어째서 그렇게 생각하는 거죠?"

"그게 우리를 괴롭히는 유일한 거니까. 그것만 아니면 우리는 행복하지 않을 이유가 없잖아."

젊은 여자는 구슬 커튼을 보다가 손을 내밀어 구슬을 꿴 줄 두 개를 잡았다.

"그러니까 그런 다음에는 우리가 괜찮고 행복할 거라고 생각하는군요."

"분명히 그럴 거라고 생각해. 두려워할 필요 없어. 그렇게 한 사람들을 많이 알고 있어."

"나도 많이 알아요." 젊은 여자가 말했다. "그리고 그뒤에 그 사람들 모두 무척 행복했죠."

"흠," 남자가 말했다. "원치 않으면 안 해도 돼. 네가 원하지 않는다면 억지로 시키지는 않을 거야. 하지만 그게 아주 간단하다는 것만은 분명해."

"그러는 당신은 정말로 원하고요?"

"그게 최선이라고 생각해. 하지만 네가 정말로 원하지 않는다면 하기를 바라지는 않아."

"내가 그걸 하면 당신은 행복해지고, 모든 게 전과 같아지고 당신은 나를 사랑할 건가요?"

"지금도 너를 사랑해. 내가 너를 사랑한다는 걸 너도 알잖아."

"알아요. 하지만 그걸 하고 나면 내가 무언가를 보고 하얀 코끼리 같다고 말해도 다시 괜찮고, 당신도 그런 말을 좋아하게 되는 건가요?"

"정말 좋아할 거야. 지금도 정말 좋아하기는 하지만 그냥 그런 생각은 하지 못할 뿐이야. 걱정이 생기면 내가 어떻게 되는지 알잖아."

"내가 그걸 하면 이제 걱정 안 할 건가요?"

"그 걱정은 안 해. 아주 간단한 거니까."

"그럼 할게요. 나야 어떻게 되든 상관없으니까."

"무슨 소리야?"

"나는 어떻게 되어도 상관없다고요."

"어, 나는 상관있어."

"아, 그러시겠죠. 하지만 나는 상관없어요. 할 거예요. 그러면 모든 게 괜찮아지겠죠."

"그런 기분이라면 네가 하는 걸 바라지 않아."

젊은 여자는 일어서서 역 끝까지 걸어갔다. 건너편에는 밭이 있고, 에브로강의 둑을 따라 나무들이 있었다. 멀리, 강 너머에, 산이 있었다. 구름 그림자 하나가 밭을 가로질러 움직였고, 나무들 사이로 강이 보였다.

"우리가 이 모든 걸 가질 수도 있었는데." 그녀가 말했다. "모든 걸 가질 수도 있었는데, 매일 우리는 그것을 점점 더 불가능하게 만들고 있어."

"뭐라 그랬어?"

"우리가 모든 걸 가질 수도 있었다고요."

"우리는 지금도 모든 걸 가질 수 있어."

"아니, 가질 수 없어요."

"우리는 온 세상을 가질 수 있어."

"아니, 가질 수 없어요."

"우리는 어디든 갈 수 있어."

"아니, 갈 수 없어요. 이제 우리 게 아니에요."

"우리 거야."

"아니, 그렇지 않아요. 한번 빼앗기면 다시는 돌려받지 못해요."

"하지만 빼앗기지 않았잖아."

"두고 봐요."

"그늘로 돌아와." 그가 말했다. "그런 식으로 생각하면 안 돼."

"어떤 식으로도 생각하지 않아." 젊은 여자가 말했다. "그냥 사실을 알 뿐이에요."

"네가 어떤 일을 하는 것도 바라지 않아, 그게 네가 원하지 않고—"

"나한테 좋은 게 아니라면 말이죠." 그녀가 말했다. "알아요. 맥주 한 잔 더 할 수 있을까요?"

"좋아. 하지만 네가 반드시 알아야 하는 건—"

"알고 있어요." 젊은 여자가 말했다. "이제 얘기는 그만할 수 없을까요?"

그들은 탁자에 앉았다. 젊은 여자는 골짜기의 메마른 쪽에 자리잡은 산들을 건너다보았고, 남자는 그녀와 탁자를 보았다.

"네가 알아야 하는 건," 남자가 말했다. "네가 원하지 않으면 나도 네가 하는 걸 원치 않는다는 거야. 하지 않는 게 너한테 의미가 있다면 나도 얼마든지 감수할 용의가 있어."

"당신한테는 아무런 의미가 없나요? 그렇게 해도 우리는 잘해나갈 수 있을지 몰라요."

"물론 의미가 있지. 하지만 나는 너 외에는 누구도 원하지 않아. 다른 누구도 원치 않는다고. 그리고 그 일이 아주 간단하다는 것만은 분명해."

"그래요, 그 일이 아주 간단하다는 게 당신한테는 분명한 일이죠."

"네가 어떻게 말해도 상관없지만, 어쨌든 분명한 건 분명한 거니까."

"지금 내 부탁 한 가지만 들어줄래요?"

"너를 위해서라면 뭐든지 할 거야."

"제발 제발 제발 제발 제발 제발 제발 얘기 좀 그만하면 안 돼요?"

그는 아무 말도 하지 않고 역의 벽에 기대 있는 가방들을 보았다. 거기에는 그들이 함께 밤을 보낸 모든 호텔의 라벨이 붙어 있었다.

"하지만 네가 하기를 바라는 게 아니야." 그가 말했다. "나는 아무래
도 상관없어."

"소리를 지를 거예요." 여자가 말했다.

술집 여자가 맥주 두 잔을 들고 커튼을 헤치며 나와 축축한 펠트 받
침에 내려놓았다. "오 분 후에 기차가 와요." 여자가 말했다.

"뭐래요?" 젊은 여자가 물었다.

"오 분 후에 기차가 올 거래."

젊은 여자는 고맙다는 뜻으로 여자를 향해 환하게 웃었다.

"가방을 역 건너편으로 옮기는 게 좋겠군." 남자가 말했다. 젊은 여자
가 남자를 보고 미소 지었다.

"좋아요. 그럼 돌아와서 맥주를 마저 마셔요."

남자는 무거운 가방 두 개를 들고 역을 돌아 반대편 선로 쪽으로 갔
다. 선로를 보았지만 기차는 보이지 않았다. 남자는 돌아올 때는 바 안
쪽을 통과했다. 바에서는 기차를 기다리는 사람들이 술을 마시고 있었
다. 그는 카운터에서 아니스를 마시며 사람들을 보았다. 그들 모두 불
평 없이 기차를 기다리고 있었다. 그는 구슬 커튼을 헤치며 밖으로 나
왔다. 그녀는 탁자에 앉아 있다가 그에게 미소를 지었다.

"기분은 좀 나아졌어?" 그가 물었다.

"좋아요." 그녀가 말했다. "나는 아무 문제 없어요. 기분 좋아요."

살인자들

헨리 간이식당의 문이 열리고 두 남자가 들어왔다. 그들은 카운터에 앉았다.

"뭐로 하시겠습니까?" 조지가 그들에게 물었다.

"모르겠는데." 한 남자가 말했다. "뭐 먹고 싶어, 앨?"

"모르겠는데." 앨이 말했다. "뭘 먹고 싶은지 모르겠어."

밖은 어두워지고 있었다. 창밖의 가로등에 불이 들어왔다. 카운터에 앉은 두 남자는 메뉴판을 보았다. 닉 애덤스는 카운터의 다른 쪽 끝에서 그들을 지켜보았다. 남자들이 들어왔을 때 그는 조지와 이야기를 나누던 중이었다.

"나는 사과소스와 으깬 감자를 곁들인 돼지고기 안심 구이." 첫번째 남자가 말했다.

"그건 아직 준비가 안 되었는데요."

"그럼 대체 메뉴판에는 왜 올려놓은 거야?"

"그건 저녁 메뉴입니다." 조지가 설명했다. "여섯시에 드실 수 있어요."

조지가 카운터 뒤쪽 벽에 걸린 시계를 보았다.

"지금은 다섯시네요."

"시계는 다섯시 이십분인데." 두번째 남자가 말했다.

"시계가 이십 분 빠릅니다."

"아, 시계는 됐고." 첫번째 남자가 말했다. "그럼 먹을 수 있는 게 뭐야?"

"샌드위치는 어떤 거든 다 됩니다." 조지가 말했다. "햄과 달걀, 베이컨과 달걀, 간과 베이컨, 또는 스테이크요."

"완두콩과 크림소스와 으깬 감자를 곁들인 치킨 크로켓으로 하지."

"그건 저녁 메뉴인데요."

"우리가 먹고 싶은 건 다 저녁때만 되는 거네, 응? 이게 당신네가 장사하는 방식인가보군."

"지금 되는 건 햄과 달걀, 베이컨과 달걀, 간―"

"나는 햄과 달걀로 할래." 앨이라는 남자가 말했다. 그는 중산모와 가슴에 단추를 채운 검은 외투 차림이었다. 얼굴은 작고 하얬으며, 입을 굳게 다물고 있었다. 실크 머플러를 두르고 장갑을 끼었다.

"나는 베이컨과 달걀로 줘." 다른 남자가 말했다. 그는 몸집이 앨과 거의 비슷했다. 둘이 얼굴은 달랐지만 옷 입은 것은 쌍둥이처럼 똑같았다. 둘 다 너무 꼭 끼는 외투를 입고 있었다. 둘 다 카운터에 팔꿈치를

118

대고 몸을 앞으로 숙인 채 앉아 있었다.

"마실 건 있나?" 앨이 물었다.

"실버 맥주, 비보*, 진저에일이 있어요." 조지가 말했다.

"아니, 마실 건 없냐니까."

"방금 말한 게 답니다."

"신나는 동네로군." 다른 남자가 말했다. "이 동네 이름이 뭐야?"

"서밋인데요."

"들어봤어?" 앨이 친구에게 물었다.

"아니." 친구가 말했다.

"여기선 밤에 뭘 하지?" 앨이 물었다.

"저녁을 먹겠지." 친구가 말했다. "다들 여기 와서 거하게 저녁을 먹
는 거야."

"맞아요." 조지가 말했다.

"그러니까 그게 맞다고 생각하는 건가?" 앨이 조지에게 물었다.

"그럼요."

"너 아주 똘똘한 아이로구나, 응?"

"그럼요." 조지가 말했다.

"글쎄, 아니라고 보는데." 다른 작은 남자가 말했다. "이 아이가 똘똘
해, 앨?"

"멍청하지." 앨이 말했다. 그는 닉을 돌아보았다. "네 이름은 뭐야?"

"애덤스인데요."

---

* 알코올이 들어가지 않은 몰트 음료.

"여기 똘똘한 아이가 하나 더 있군." 앨이 말했다. "저 아이 똘똘하지 않아, 맥스?"

"이 동네는 똘똘한 아이들로 넘치는군." 맥스가 말했다.

조지는 큰 접시 두 개를 카운터에 내려놓았다. 한쪽에는 햄과 달걀 샌드위치가, 다른 쪽에는 베이컨과 달걀 샌드위치가 담겨 있었다. 그는 감자튀김이 담긴 작은 접시 두 개를 마저 놓고 주방으로 난 배식구를 닫았다.

"어느 게 손님 거죠?" 그가 앨에게 물었다.

"기억 못해?"

"햄과 달걀이군요."

"똘똘한 아이라니까." 맥스가 말했다. 그는 몸을 앞으로 숙이고 햄과 달걀 샌드위치를 집었다. 두 남자는 장갑을 낀 채로 먹었다. 조지는 그들이 먹는 것을 지켜보았다.

"너, 뭘 보고 있는 거야?" 맥스가 조지를 쳐다보았다.

"아무것도 안 보는데요."

"안 보긴 뭘 안 봐. 날 보고 있었잖아."

"저 아이가 농담을 한 건지도 모르잖아, 맥스." 앨이 말했다.

조지가 웃음을 터뜨렸다.

"너는 웃지 않아도 돼." 맥스가 그에게 말했다. "너는 전혀 웃을 필요 없다고, 알았어?"

"알겠어요." 조지가 말했다.

"이 아이는 자기가 안다고 생각하는군." 맥스가 앨을 돌아보았다. "이 아이가 알겠다는데. 대답 한번 잘하네."

"아, 생각을 할 줄 아는 아이야." 앨이 말했다. 그들은 계속 먹었다.

"카운터 저쪽에 있는 똘똘한 아이는 이름이 뭐라고 했지?" 앨이 맥스에게 물었다.

"이봐, 똘똘이," 맥스가 닉에게 말했다. "카운터 안쪽으로 들어가서 네 남자 친구하고 같이 있어."

"왜 그러는데요?" 닉이 물었다.

"아무 이유 없어."

"들어가는 게 좋을 거야, 똘똘이." 앨이 말했다. 닉은 빙 돌아 카운터 안쪽으로 갔다.

"왜 이러는 거죠?" 조지가 물었다.

"빌어먹을 네가 상관할 바 아니야." 앨이 말했다. "저기 주방에는 누가 있나?"

"검둥이요."

"검둥이라니 무슨 소리야?"

"요리하는 검둥이 말입니다."

"이리 오라고 해."

"왜 그러는데요?"

"이리 오라고 하라니까."

"여기가 어딘 줄 알고 이러는 겁니까?"

"여기가 어딘지는 빌어먹을 잘 알고 있어." 맥스라는 남자가 말했다. "우리가 멍청해 보여?"

"네가 말은 멍청하게 하네." 앨이 그에게 말했다. "도대체 왜 이 아이하고 말씨름을 하는 거야? 잘 들어." 그가 조지에게 말했다. "검둥이한테 이리 나오라고 해."

"그 사람에게 무슨 짓을 하려고요?"

"아무 짓도 안 해. 머리를 좀 써봐, 이 똘똘한 아이야. 우리가 검둥이한테 무슨 짓을 하겠어?"

조지가 주방으로 난 배식구를 열어젖혔다. "샘," 그가 불렀다. "잠깐이리 와봐."

주방 문이 열리고 검둥이가 들어왔다. "무슨 일이야?" 그가 물었다. 카운터의 두 남자가 그를 쳐다보았다.

"좋아, 검둥이. 너는 거기 그대로 서 있어." 앨이 말했다.

검둥이 샘은 앞치마를 두른 채 서서 카운터에 앉은 두 남자를 보았다. "네, 손님." 그가 말했다. 앨이 등받이 없는 의자에서 내려왔다.

"나는 검둥이와 이 똘똘이를 데리고 주방으로 갈 거야." 그가 말했다. "다시 주방으로 가, 검둥이. 야, 똘똘이, 너도 같이 가." 작은 남자가 닉과 주방장 샘을 따라 주방으로 들어갔다. 그들 뒤로 문이 닫혔다. 맥스라는 남자는 조지 맞은편의 카운터에 앉아 있었다. 그는 조지를 보지 않고 카운터 뒤쪽 벽에 달려 있는 가로로 긴 거울을 보고 있었다. 헨리간이식당은 술집을 개조한 곳이었다.

"야, 똘똘이," 맥스가 거울을 보면서 말했다. "무슨 말이라도 좀 해보지 그래?"

"왜 이러는 거예요?"

"이봐, 앨," 맥스가 소리쳤다. "이 똘똘이가 왜 이러는 건지 알고 싶다는데."

"네가 말해주지 그래?" 주방에서 앨의 목소리가 들렸다.

"우리가 왜 이런다고 생각해?"

"모르겠는데요."

"생각을 말해보라니까?"

맥스는 말하면서 계속 거울을 들여다보았다.

"말하기 힘들어요."

"이봐, 앨, 우리가 왜 이런다고 생각하는지 이 똑똑이가 말하기 힘들다는데."

"그래, 들었어." 앨이 주방에서 말했다. 그는 그릇을 주방으로 들여보내는 배식구가 닫히지 않게 케첩 병을 받쳐두었다. "잘 들어, 똑똑이," 그가 주방에서 조지에게 말했다. "카운터를 따라 조금 더 옮겨가서 서. 맥스, 너는 왼쪽으로 조금 움직여." 그는 마치 단체 사진을 찍기 위해 자리를 배치하는 사진사 같았다.

"말해봐, 똑똑이," 맥스가 말했다. "앞으로 무슨 일이 벌어질까?"

조지는 아무 말도 하지 않았다.

"내가 말해주지." 맥스가 말했다. "우리는 스웨덴 사람을 하나 죽일 거야. 너 올레 안드레손이라는 덩치 큰 스웨덴 사람 알지?"

"네."

"그 인간이 매일 밤 여기에 저녁 먹으러 오지, 그렇지?"

"가끔 옵니다."

"여섯시에 오지, 그렇지?"

"오는 날에는요."

"우린 그런 걸 다 알고 있단 말이야, 똑똑한 친구." 맥스가 말했다. "다른 이야기 좀 해봐. 영화는 좀 보러 다니나?"

"가끔요."

"영화 보러 자주 가. 너처럼 똑똑한 아이한테는 영화가 좋아."

"올레 안드레손은 왜 죽이려는 거죠? 그 사람이 손님한테 무슨 짓을 했는데요?"

"그 인간은 우리한테 무슨 짓을 할 기회가 없었어. 우리를 본 적도 없거든."

"하지만 이제 딱 한 번 우리를 보게 되겠지." 앨이 주방에서 말했다.

"그런데 왜 죽이려는 거예요?" 조지가 물었다.

"친구를 위해 죽이는 거야. 그냥 친구의 소원을 들어주는 거지, 이 똑똑한 아이야."

"입 다물어." 앨이 주방에서 말했다. "염병할 말을 너무 많이 하잖아."

"뭐 똑똑이를 계속 재미있게 해줘야 하지 않겠어. 안 그래, 똑똑이?"

"너는 염병할 말이 너무 많아." 앨이 말했다. "검둥이와 여기 있는 똑똑이는 자기들끼리 재미있게 놀잖아. 내가 수녀원의 여자 친구 한 쌍처럼 묶어놓았거든."

"네가 수녀원 출신이던가?"

"알 수 없는 일이지."

"코셔* 수녀원에 있었잖아. 거기가 네가 있던 데잖아."

조지가 시계를 쳐다보았다.

"누가 오면 주방장이 없다고 해. 그래도 계속 귀찮게 굴면 네가 주방에 들어가서 직접 만들어주겠다고 해. 똑똑이, 알아들었어?"

---

* 원래 코셔는 유대인의 율법에 맞게 만든 음식이라는 뜻으로 보통 음식점 앞에 사용하는 말이다. 여기서는 앨이 유대인이라는 것을 암시하고 있다.

"알겠어요." 조지가 말했다. "나중에 우리는 어쩔 생각이죠?"

"경우에 따라 달라." 맥스가 말했다. "지금 당장은 절대 알 수 없는 것이라고 할 수 있지."

조지는 시계를 쳐다보았다. 여섯시 십오분이었다. 거리 쪽으로 나 있는 문이 열렸다. 전차 운전사가 들어왔다.

"여, 조지," 그가 말했다. "저녁 먹을 수 있나?"

"샘이 나가고 없어요." 조지가 말했다. "한 삼십 분쯤 있어야 올 거예요."

"그럼 저 위쪽으로 올라가보는 게 낫겠군." 운전사가 말했다. 조지는 시계를 쳐다보았다. 여섯시 이십분이었다.

"잘했어, 똘똘이," 맥스가 말했다. "너는 완벽한 작은 신사야."

"제대로 안 하면 내가 자기 머리통을 날려버릴 거라는 걸 안 거지." 앨이 주방에서 말했다.

"아냐," 맥스가 말했다. "그런 게 아니야. 이 똘똘이는 착해. 착한 아이야. 마음에 들어."

여섯시 오십오분에 조지가 말했다. "안 오는데요."

그동안 두 사람이 더 식당에 들어왔다. 한번은 조지가 주방에 들어가 그 손님이 '가져갈' 햄과 달걀 샌드위치를 만들었다. 주방에서 조지는 앨을 보았다. 앨은 중산모를 뒤로 기울여 쓰고, 배식구 옆의 등받이 없는 의자에 앉아 총신을 짧게 자른 산탄총 총구를 선반에 올려놓고 있었다. 닉과 주방장은 구석에서 등을 맞대고 있었는데 입에는 수건으로 재갈이 물려 있었다. 조지는 샌드위치를 만들어 기름종이에 싼 다음 봉투에 넣어 식당으로 들고 들어갔고, 손님은 돈을 내고 나갔다.

"이 똘똘이는 뭐든지 잘하는구나." 맥스가 말했다. "요리도 하고 뭐든지 다 해. 여자한테 좋은 마누라가 되어주겠어, 이 똘똘이."

"네?" 조지가 말했다. "손님이 기다리는 올레 안드레손은 안 오는데요."

"십 분 더 기다려보지." 맥스가 말했다.

맥스는 거울과 시계를 보았다. 시계의 바늘이 일곱시를 가리켰고, 이윽고 일곱시 오분이 되었다.

"이봐, 앨," 맥스가 말했다. "가는 게 좋겠어. 안 오는데."

"오 분만 더 기다려보자고." 앨이 주방에서 말했다.

오 분이 지나자 남자가 한 명 들어왔고, 조지는 주방장이 아프다고 말했다.

"그럼 다른 주방장을 구해야지." 남자가 말했다. "이러면서 무슨 식당을 한다는 거야?" 남자가 나갔다.

"그만 가지, 앨." 맥스가 말했다.

"똘똘이 두 놈하고 검둥이는 어쩌지?"

"이놈들은 괜찮아."

"그럴까?"

"물론이지. 여기서 볼일은 끝났어."

"마음에 안 들어." 앨이 말했다. "일 처리가 너저분해. 너는 말이 너무 많아."

"아, 아무런들 어때, 젠장," 맥스가 말했다. "우리도 재미있게 지내야 하잖아, 안 그래?"

"어쨌든 너는 말이 너무 많아." 앨이 말했다. 그는 주방에서 나왔다.

짧게 자른 산탄총 총신이 그의 너무 꼭 끼는 외투 허리께에 약간 불거져 있었다. 그는 장갑을 낀 두 손으로 옷을 매만졌다.

"잘 있어, 똘똘이," 그가 조지에게 말했다. "너 운이 무척 좋구나."

"그건 사실이야." 맥스가 말했다. "꼭 경마를 해봐, 똘똘이."

두 사람은 문밖으로 나갔다. 조지는 창문으로 두 사람이 아크등 밑을 지나 길을 건너는 것을 지켜보았다. 꼭 끼는 외투와 중산모 때문에 그들은 보드빌*에 출연하는 팀처럼 보였다. 조지는 여닫이문을 통해 주방으로 들어가 닉과 주방장을 풀어주었다.

"이런 건 다시는 겪고 싶지 않아." 주방장 샘이 말했다. "더는 못 견뎌."

닉이 일어섰다. 입에 수건으로 재갈 물림을 당해본 것은 처음이었다.

"뭐," 그가 말했다. "젠장, 이까짓 거." 그는 허세를 부리며 떨쳐버리려 했다.

"올레 안드레손을 죽이러 왔던 거야." 조지가 말했다. "저녁 먹으러 들어오면 쏘려고 했어."

"올레 안드레손?"

"그렇다니까."

주방장은 양손 엄지로 입꼬리를 어루만졌다.

"다 갔어?" 그가 물었다.

"응," 조지가 말했다. "이제 갔어."

"마음에 안 들어," 주방장이 말했다. "죄다 전혀 마음에 안 들어."

"있잖아," 조지가 닉에게 말했다. "네가 올레 안드레손한테 가보는 게

---

* 노래, 춤, 만담, 곡예 등을 섞은 희극 쇼.

좋겠다."

"알았어."

"아무 상관 않는 게 좋을걸." 주방장 샘이 말했다. "끼어들지 않는 게 좋아."

"싫으면 가지 마." 조지가 말했다.

"이런 일에 얽혀봐야 좋을 게 전혀 없어." 주방장이 말했다. "끼어들지 마."

"가서 만나볼게." 닉이 조지에게 말했다. "그 사람 어디 살지?"

주방장은 고개를 돌려버렸다.

"어린애들은 늘 자기 하고 싶은 대로 한다니까." 그가 말했다.

"허시 하숙집에 살아." 조지가 닉에게 말했다.

"거기로 가볼게."

밖으로 나가자 나무의 헐벗은 가지들 사이로 아크등이 빛났다. 닉은 전차 선로 옆을 따라 거리를 걸어올라가다 다음 아크등에서 이면도로로 방향을 틀었다. 그 도로를 따라 올라가다 세번째 집이 허시 하숙집이었다. 닉은 계단 두 개를 올라가 초인종을 눌렀다. 여자가 문으로 나왔다.

"올레 안드레손 있나요?"

"만나러 온 거예요?"

"네, 있으면 만나려고요."

닉은 여자를 따라 층계를 올라가 복도 끝까지 갔다. 여자가 방문을 두드렸다.

"누구요?"

"누가 찾아왔는데요, 안드레손 씨." 여자가 말했다.

"닉 애덤스인데요."

"들어와."

닉은 문을 열고 방으로 들어갔다. 올레 안드레손은 옷을 다 입은 채 침대에 누워 있었다. 그는 헤비급 프로 권투선수였으며, 키가 너무 커 몸이 침대에 다 들어가지 않았다. 그는 머리 밑에 베개를 두 개 받치고 누워 있었다. 그는 닉을 쳐다보지 않았다.

"무슨 일이야?" 그가 물었다.

"저 위 헨리 식당에서 왔는데요." 닉이 말했다. "두 사람이 식당에 들어오더니 나하고 주방장을 묶었어요. 안드레손 씨를 죽이겠다고 하더라고요."

말하고 나니 멍청한 소리 같았다. 올레 안드레손은 아무 말도 하지 않았다.

"우리를 주방에 가두고 나오지 못하게 했어요." 닉이 말을 이어갔다. "안드레손 씨가 저녁을 먹으러 식당에 들어오면 쏘려고 했어요."

올레 안드레손은 벽을 바라보았다. 아무 말도 없었다.

"조지는 내가 여기 와서 안드레손 씨한테 이야기를 해주는 게 좋겠다고 생각했고요."

"내가 할 수 있는 일은 아무것도 없어." 올레 안드레손이 말했다.

"어떻게 생긴 사람들인지 말씀드릴게요."

"어떻게 생긴 사람들인지 알고 싶지 않아." 올레 안드레손이 말했다. 그는 벽을 보았다. "이야기를 해주러 온 건 고마워."

"별말씀을요."

닉은 침대에 누운 덩치 큰 남자를 바라보았다.

"경찰에 가볼까요?"

"아니," 올레 안드레손이 말했다. "그래 봤자 도움이 되지 않을 거야."

"내가 할 수 있는 일이 없을까요?"

"없어. 할 수 있는 일은 아무것도 없어."

"어쩌면 그냥 허풍이었는지도 몰라요."

"아냐. 그냥 허풍이 아니야."

올레 안드레손은 벽 쪽으로 돌아누웠다.

"딱 한 가지 문제는," 그는 벽에 대고 말하고 있었다. "밖에 나갈 결심이 서지 않는다는 거야. 나는 하루종일 이 안에 있었어."

"이 동네를 떠나면 안 돼요?"

"안 돼." 올레 안드레손이 말했다. "이렇게 도망 다니는 건 이제 그만할래."

그는 벽을 바라보았다.

"지금은 할 수 있는 게 아무것도 없어."

"어떻게 해볼 방법이 없나요?"

"없어. 나는 미움을 샀어." 그가 변함없이 단조로운 목소리로 말했다. "할 수 있는 건 아무것도 없어. 좀 있으면 나가겠다는 결심이 설 거야."

"나는 조지한테 돌아가는 게 좋겠네요." 닉이 말했다.

"잘 가." 올레 안드레손이 말했다. 그는 닉 쪽을 보지 않았다. "와줘서 고마워."

닉은 밖으로 나왔다. 문을 닫는데 옷을 다 차려입은 올레 안드레손이 침대에 누워 벽을 바라보는 모습이 보였다.

"하루종일 방에만 있었어요." 하숙집 여자가 아래층에서 말했다. "몸이 안 좋은가보다 했죠. 내가 이랬어요. '안드레손 씨, 이런 좋은 가을 날에는 밖에 나가 산책을 하셔야죠.' 하지만 그럴 기분이 아닌가보더라고요."

"밖에 나가고 싶어하지 않던데요."

"몸이 안 좋다니 안됐네요." 여자가 말했다. "아주 좋은 사람인데. 있잖아요, 링에 올랐던 사람이에요."

"알고 있어요."

"얼굴만 저렇지 않았다면 전혀 몰랐을 거예요." 여자가 말했다. 그들은 거리로 나가는 문 바로 안쪽에 서서 이야기를 나누고 있었다. "그만큼 순한 사람이라니까요."

"그럼, 안녕히 계세요, 허시 부인." 닉이 말했다.

"나는 허시 부인이 아니에요." 여자가 말했다. "그 사람은 이 하숙집 주인이죠. 나는 허시 부인 대신 그냥 이곳을 관리만 해요. 나는 벨 부인이에요."

"네, 안녕히 계세요, 벨 부인." 닉이 말했다.

"잘 가요." 여자가 말했다.

닉은 어두운 거리를 걸어 아크등이 있는 모퉁이까지 간 다음, 선로를 따라 헨리 식당으로 갔다. 조지는 안에, 카운터 안쪽에 있었다.

"올레는 만났어?"

"응," 닉이 말했다. "방에 있는데 밖으로 나오려고 하지 않아."

주방장이 닉의 목소리를 듣고 주방 문을 열었다.

"나는 아예 듣지도 않겠어." 그가 말하며 문을 닫았다.

"이야기는 했어?" 조지가 물었다.

"그럼. 이야기했더니 벌써 무슨 일인지 다 알고 있던데."

"그래서 어쩌겠대?"

"아무것도 안 한대."

"그 사람들이 죽일 텐데."

"그러겠지."

"시카고에서 무슨 일에 얽힌 게 틀림없어."

"그런 것 같아." 닉이 말했다.

"지랄맞은 일이야."

"끔찍한 일이지." 닉이 말했다.

그들은 아무 말도 하지 않았다. 조지는 손을 아래로 뻗어 행주를 집어들고 카운터를 닦았다.

"무슨 짓을 했는지 궁금해." 닉이 말했다.

"져주겠다고 하고 이긴 것 같아. 그래서 죽이려는 거야."

"나는 이 동네를 떠날 거야." 닉이 말했다.

"그래," 조지가 말했다. "잘하는 거야."

"자기한테 무슨 일이 일어날지 뻔히 알면서 그냥 방에서 기다리기만 한다고 생각하니 견딜 수가 없어. 빌어먹을, 너무 끔찍해."

"뭐," 조지가 말했다. "생각 안 하는 게 좋아."

이제 내 몸을 뉘며

그날 밤 우리는 바닥에 누워 있었고, 나는 누에가 먹는 소리에 귀를 기울였다. 누에는 뽕잎 선반에서 먹고 있었기 때문에, 밤새 그들이 먹고 똥을 누는 소리를 들을 수 있었다. 나는 자고 싶지 않았다. 어둠 속에서 눈을 감고 나 자신을 놓아버리면 내 영혼이 몸 밖으로 나간다는 것을 오래전부터 알고 있었기 때문이다. 밤에 폭탄이 터지면서 영혼이 몸 밖으로 빠져나가 밖을 떠돌다 돌아오는 것을 느낀 뒤부터 오랫동안 그렇게 살아왔다. 그 생각은 절대 하지 않으려 했으나, 밤에 막 잠이 들려는 순간이면 영혼이 떠나려 했고 아주 열심히 노력해야만 그것을 막을 수 있었다. 지금 생각해보면, 영혼이 실제로 빠져나가지는 않았을 것이라고, 적어도 그때는, 그해 여름에는 아직 그러지는 않았을 거라고 상당히 확신할 수 있지만, 어쨌든 실험을 해보고 싶은 마음은 전혀 없었다.

잠을 자지 않고 누워서 뭔가에 정신을 파는 방법은 여러 가지가 있었다. 우선 어렸을 때 송어 낚시를 하던 냇물을 떠올리고, 머릿속으로 그 냇물 전체를 아주 꼼꼼하게 따라 가며 낚시를 하곤 했다. 모든 통나무 밑, 둑의 모든 굽이, 깊은 물과 맑게 뻗은 여울을 하나도 빼놓지 않고 아주 꼼꼼하게 훑으며 낚시를 했다. 때로는 송어를 잡기도 했고 때로는 놓치기도 했다. 정오가 되면 낚시를 중단하고 점심을 먹었다. 때로는 냇물 위에 놓인 통나무에서 먹기도 하고, 때로는 나무 밑의 높은 둑에서 먹기도 했다. 늘 아주 천천히 점심을 먹으며, 먹는 동안 발아래 냇물을 보았다. 출발할 때 담배 깡통에 지렁이를 열 마리만 담아 오는 바람에 미끼가 바닥나는 일도 많았다. 미끼를 다 써버리면 지렁이를 더 찾아야 했다. 삼나무가 해를 가리는 냇가에서 때로는 무척 힘들게 강둑을 파헤치기도 했다. 풀은 없고 축축한 맨땅뿐이라 지렁이를 찾지 못할 때도 많았다. 하지만 항상 어떤 종류든 미끼감을 찾아냈고, 한번은 늪에서 미끼를 전혀 찾을 수 없어, 잡았던 송어 한 마리를 잘라 미끼로 쓴 적도 있었다.

때로는 늪의 초지에서, 풀 또는 양치류 밑에서 곤충을 찾아내 미끼로 썼다. 딱정벌레도 있고, 다리가 풀줄기처럼 생긴 곤충도 있고, 오래된 썩은 통나무 안에 사는 애벌레도 있었다. 세로로 길쭉한 갈색 머리가 달린 하얀 애벌레는 미늘에 붙어 있으려 하지를 않아, 차가운 물에 들어가면 그냥 흘러가 사라져버렸다. 가끔 지렁이가 나타나곤 하는 통나무 밑의 나무 진드기들은 통나무를 들어올리자마자 땅속으로 미끄러져 들어갔다. 한번은 오래된 통나무 밑에서 나온 도롱뇽을 미끼로 사용했다. 이 도롱뇽은 아주 작고 깨끗하고 민첩하고 색깔도 예뻤다. 도롱뇽은 아주 작은 발로 미늘에 매달리려 했다. 그렇게 한 번 쓴 이후로는, 눈에 아주 많이 띄었음에도 다시는 도롱뇽을 미끼로 쓰지 않았다. 귀뚜라미도 미늘에서 움직이는 모습 때문에 미끼로 쓰지 않았다.

　때로는 냇물이 넓게 트인 풀밭을 가로질러 흐르기도 했다. 그런 경우에는 마른풀에서 메뚜기를 잡아 미끼로 썼다. 때로는 메뚜기를 잡아 냇물에 던진 다음, 메뚜기가 냇물 위를 둥둥 떠가다 물살에 걸려 수면에서 빙글빙글 돌고, 이윽고 송어가 올라오면 사라져버리는 것을 지켜보기도 했다. 가끔은 밤에 냇물을 네댓 군데 옮겨다니며 낚시를 했다. 최대한 원류에 가까운 곳에서 시작하여 냇물을 따라 내려가며 낚시를 하는 것이다. 낚시가 너무 빨리 끝나 시간이 얼마 지나지 않았으면, 다시 냇물 전체를 되짚어가며 낚시를 했다. 냇물이 호수와 만나는 곳에서 낚시를 시작해 상류로 거슬러올라가며, 내려오는 동안 놓친 송어를 모두 잡으려 했다. 어떤 밤에는 냇물을 상상으로 만들어내기도 했는데, 그 가운데 몇 개는 아주 흥미진진했다. 마치 잠을 깬 상태에서 꿈을 꾸는 것 같았다. 그런 냇물 몇 개는 여전히 기억이 나고, 거기에서 실제로 낚시를 한 것 같은 생각이 든다. 내가 진짜로 알고 있는 냇물과 혼동이 되기도 한다. 나는 그 냇물들에 모두 이름을 붙였으며, 기차를 타고 그곳으로 갔다. 가끔 그 냇물까지 가려고 몇 마일을 걷기도 했다.

　그러나 어떤 밤에는 낚시를 할 수 없었다. 그런 밤이면 정신이 말짱하게 깨어 있는 상태에서 기도문을 되풀이해 외웠다. 내가 이제까지 알았던 모든 사람을 위해 기도하려 했다. 이것은 엄청난 시간을 잡아먹었다. 이제까지 알았던 모든 사람을 기억해내려면, 기억하는 최초의 사건까지 거슬러올라가야 했다. 내 경우에 그것은 내가 태어난 집의 다락방, 그리고 그 집의 들보 한 곳에 매달린 주석 상자에 든 어머니와 아버지의 결혼 케이크, 그리고 아버지가 어렸을 때 수집하여 알코올에 보존한 뱀 등 여러 표본이 담긴 다락방 안의 단지들이었다—그러나 단지에 든 알코올이 증발하면서 뱀을 비롯한 일부 표본은 등이 노출되어 희게 변색되어 있었다—그렇게 멀리 거슬러올라가 생각을 하다보면 아주 많은 사람을 기억하게 되었다. 그들 모두를 위해 기도를 하면, 각각의 사람을 위해 성모송과 주기도문을 외우면, 아주 많은 시간이 가고 마침내 날이 밝아왔다. 그리고 날이 밝아도 잘 수 있는 곳에 있다면 잠이 들 수 있었다.

그런 밤이면 나는 나에게 일어났던 모든 일을 기억하려 했다. 전쟁에 나가기 직전부터 시작하여 이 일에서 저 일로 하나씩 기억을 거슬러올라가는 것이다. 그러나 나는 고작 할아버지 집의 다락방까지밖에 거슬러올라가지 못한다는 것을 알게 되었다. 그러면 거기서부터 시작하여, 이제 역순으로 전쟁에 이를 때까지 다시 기억을 되짚어오곤 했다.

할아버지가 세상을 뜬 뒤 그 집에서 나와, 어머니가 설계하고 지은 새집으로 이사간 기억이 난다. 새집에 가져가지 않을 많은 것을 뒷마당에서 태웠는데, 다락방에 있던 그 단지들을 불속에 던지자 열기에 펑하고 터지며 알코올 때문에 불길이 치솟던 기억이 떠오른다. 단지에 들어 있던 뱀이 뒷마당의 불길에 타던 기억도 난다. 하지만 그 기억에는 사람이 전혀 없었다. 물건뿐이었다. 심지어 누가 그것을 태웠는지도 기억나지 않았다. 그래서 사람이 나올 때까지 내처 기억을 따라가다, 사람을 만나면 멈추고 그들을 위해 기도했다.

새집에서는 어머니가 늘 깨끗이 청소를 하고 쓰지 않는 물건을 깔끔하게 처분했던 기억이 난다. 한번은 아버지가 사냥 여행을 떠났을 때 어머니가 지하실을 철저하고 말끔하게 청소한 뒤 거기 있으면 안 될 것을 모조리 태웠다. 아버지가 집에 돌아와 마차에서 내려 말을 묶어놓을 때도, 집 옆의 길가에서는 여전히 불이 타오르고 있었다. 나는 아버지를 맞이하러 나갔다. 아버지는 나에게 산탄총을 건네주며 불을 보았다. "저게 뭐지?" 아버지가 물었다.

"지하실을 정리하고 있었어, 여보." 어머니가 현관에서 말했다. 어머니는 아버지를 맞이하러 나와 거기 서서 미소를 짓고 있었다. 아버지는 불을 보다가 뭔가를 걷어찼다. 그러더니 허리를 굽혀 잿더미 속에서 뭔가를 집었다. "갈퀴를 가져와라, 닉." 아버지가 나에게 말했다. 나는 지하실로 가서 갈퀴를 가져왔고, 아버지는 아주 꼼꼼하게 재를 갈퀴질했다. 아버지는 돌도끼와 가죽을 벗기는 돌칼과 화살촉을 만드는 연장과 도기 조각과 화살촉 여러 개를 건져냈다. 모두 불에 타 시커메지고 이가 빠진 상태였다. 아버지는 그 모든 것을 아주 꼼꼼한 갈퀴질로 긁어내, 길가의 풀밭에 펼쳐놓았다. 가죽 케이스에 든 산탄총과 사냥해 잡은 것이 담긴 자루들은 마차에서 내릴 때 놓아두었던 풀 위에 그대로 있었다.

"총하고 자루를 집으로 가지고 들어가라, 닉. 그리고 신문지 좀 내와." 아버지가 말했다. 어머니는 집안으로 들어가고 없었다. 나는 무거워 들고 가기 버거운데다 다리에 계속 부딪히는 산탄총과 사냥 자루 두 개를 들고 집을 향해 걷기 시작했다. "한 번에 하나씩 가져가거라."

아버지가 말했다. "한꺼번에 다 가져가려 하지 말고." 나는 사냥 자루를 내려놓은 뒤 산탄총을 안에 갖다 두고 아버지 사무실에 있는 신문 더미에서 신문을 한 장 빼 왔다. 아버지는 이가 빠진 시커먼 돌연장들을 전부 신문지에 늘어놓더니 한꺼번에 쌌다. "가장 좋은 화살촉이 모두 박살났구나." 아버지가 말했다. 아버지는 종이에 싼 것을 들고 집안으로 들어갔고, 나는 사냥 자루 두 개와 함께 바깥의 풀밭에 그대로 있었다. 잠시 후 나는 자루를 안으로 갖고 들어갔다. 이 기억에는 등장하는 사람이 둘밖에 없었고, 그래서 나는 그 두 사람을 위해 기도하곤 했다.

하지만 어떤 밤에는 기도문조차 기억나지 않았다. "하늘에서 이루어진 것같이 땅에서도 이루어지이다"까지밖에 나아가지 못했다. 처음부터 다시 시작했지만, 그 지점을 절대 통과할 수 없었다. 결국 기억이 나지 않는다는 사실을 받아들이고, 그날 밤에는 기도를 포기하고 다른 것을 시도할 수밖에 없었다. 그래서 어떤 밤에는 세상의 짐승 이름을 전부 떠올려보려 했다. 그다음에는 새, 그다음에는 물고기, 그다음에는 나라와 도시, 그다음에는 음식 종류와 시카고의 생각나는 거리 이름을 모두 떠올려보았다. 아무것도 더 기억이 나지 않을 때는 그냥 귀를 기울였다. 아무 소리도 들리지 않았던 밤은 떠오르지 않는다. 빛만 있다면 잠드는 건 두렵지 않았다. 내 영혼은 어두울 때만 나를 빠져나간다는 것을 알았기 때문이다. 그래서 당연하게도, 밤에 불을 켜놓을 수 있는 곳에 머무르는 적이 많았고, 거의 언제나 피곤하고 대개는 아주 졸렸기 때문에 불을 켠 채로 잠을 잤다. 물론 어두운 곳에서 나도 모르게 잠든 적도 분명 여러 번 있을 것이다. 하지만 알면서 잠든 적은 한 번도 없었다. 그래서 이날 밤에는 누에 소리에 귀를 기울였다. 밤에는 누에가 먹는 소리를 아주 또렷하게 들을 수 있고, 나는 누워서 눈을 뜬 채 누에 소리에 귀를 기울이고 있었다.

그곳에는 다른 사람이 한 명뿐이었고, 그도 깨어 있었다. 나는 그가 깨어 있는 소리에 귀를 기울였다. 오랫동안. 그는 깨어 있는 연습을 나만큼 많이 하지 않았는지 나처럼 조용히 누워 있지 못했다. 우리는 짚 위에 펼쳐놓은 담요에 누워 있었기 때문에 그가 움직이면 짚에서 소리가 났다. 그러나 누에는 우리가 내는 어떤 소리에도 겁을 먹지 않고 꾸준히 먹어댔다. 전선에서 후방으로 7킬로미터 떨어진 밖에서도 밤의 소리가 들렸지만, 어둠에 싸인 실내에서 나는 작은 소리들과는 달랐다. 실내의 다른 남자는 조용히 누워 있으려고 마음먹은 것 같았다. 그러나 다시 움직였다. 내가 깨어 있는 것을 알아채라고 나도 움직였다. 그는 시카고에서 십 년을 살았다. 1914년에 가족을 만나려고 귀국했다가 군인으로 끌려왔고, 영어를 했기 때문에 나에게 당번병으로 배당되었다. 그가 귀를 기울이는 소리가 들렸다. 그래서 나는 담요 안에서 다시 움직였다.

"잠이 오지 않습니까, *시뇨르 테넨테**?" 그가 물었다.

"응."

"저도 안 옵니다."

"왜?"

"모르겠습니다. 잠이 안 옵니다."

---

* '중위님'이라는 뜻의 이탈리아어.

"몸은 괜찮고?"

"그럼요. 건강합니다. 그냥 잠이 안 올 뿐입니다."

"잠시 이야기나 할까?" 내가 물었다.

"그럼요. 그런데 이 빌어먹을 곳에서 무슨 이야기를 할 수 있겠어요?"

"아주 좋은데 뭐." 내가 말했다.

"그래요," 그가 말했다. "괜찮죠."

"시카고에 있을 때 얘기를 해봐." 내가 말했다.

"아," 그가 말했다. "그건 전에 다 말씀드렸는데."

"어떻게 결혼했는지 얘기해봐."

"그것도 말씀드렸는데요."

"월요일에 받은 편지 — 그거 부인한테서 온 건가?"

"그럼요. 늘 저에게 편지를 씁니다. 가게를 해서 돈도 잘 벌고요."

"돌아가면 좋은 가게를 갖게 되겠군."

"그럼요. 집사람이 잘 운영하고 있습니다. 돈을 많이 벌지요."

"우리가 다 깨우는 거 아닐까? 이렇게 이야기를 해서?" 내가 물었다.

"아뇨. 못 듣습니다. 어차피 다들 돼지처럼 자니까요. 저는 다릅니다만." 그가 말했다. "저는 신경이 예민하거든요."

"조용히 얘기해." 내가 말했다. "담배 피우겠나?"

우리는 어둠 속에서 능숙하게 담배를 피웠다.

"담배를 많이 안 피우시던데요, *시뇨르 테넨테*."

"응. 거의 끊다시피 했거든."

"네," 그가 말했다. "아무 도움이 안 되죠. 아마 그래서 안 피워도 아쉽지 않게 되나봐요. 장님은 연기가 나오는 게 눈에 안 보이기 때문에 담배를 안 피운다는 얘기 들어보셨어요?"

"그럴 리가."

"말도 안 되는 소리라고 생각합니다, 저도요." 그가 말했다. "그냥 어디서 주워들은 거예요. 떠도는 얘기란 게 다 그렇지요 뭐."

우리는 둘 다 잠시 아무 말 없이 누에 소리에 귀를 기울였다.

"저 빌어먹을 누에 소리 들리세요?" 그가 물었다. "누에들이 씹는 소리 말이에요."

"재미있는 소리야." 내가 말했다.

"저기요, *시뇨르 테넨테*, 무슨 심각한 일이 있어서 못 주무시는 건가요? 주무시는 걸 본 적이 없어서요. 함께 다닌 이후로 밤에 주무신 적이 없잖아요."

"모르겠어, 존," 내가 말했다. "지난봄 초부터 계속 몸이 아주 안 좋더니 밤이 되면 이러네."

"저하고 똑같네요." 그가 말했다. "저는 애초에 이 전쟁에 끼지 말았어야 해요. 신경이 너무 예민하거든요."

"차차 좋아질지도 모르지."

"저기요, *시뇨르 테넨테*, 도대체 왜 이 전쟁에 끼셨습니까?"

"모르겠어, 존. 그러고 싶었어, 그때는."

"그러고 싶었다," 그가 말했다. "그거 참 지랄맞은 이유네요."

"우리 시끄럽게 떠들면 안 돼." 내가 말했다.

"꼭 돼지들처럼 자고 있는데요, 뭐." 그가 말했다. "어차피 영어는 알아듣지도 못하고요. 쟤네들은 빌어먹을 아무것도 몰라요. 전쟁이 끝나고 미국으로 돌아가면 어쩌실 겁니까?"

"신문사에 일자리를 얻을 거야."

"시카고에서요?"

"어쩌면."

"그 브리즈번이라는 사람이 쓴 거 읽어보신 적 있나요? 저는 집사람이 오려서 보내주는데."

"그럼."

"만나신 적은요?"

"아니, 하지만 보기는 했지."

"그 사람을 만나보고 싶어요. 글을 잘 쓰더라고요. 집사람은 영어를 읽지 못하지만 지금도 제가 집에 있을 때처럼 신문을 구독하고, 사설이랑 스포츠 면을 오려서 저한테 보내줍니다."

"아이들은 어떤가?"

"잘 있습니다. 딸아이 하나는 이제 사학년이에요. 있잖아요, *시뇨르 테넨테*, 저한테 자식이 없었으면 저는 지금 당번병이 아닐 거예요. 쭉 전선에 있었을 겁니다."

"자식이 있어 다행이로군."

"저도 그렇게 생각합니다. 다 좋은 아이들이지만 아들이 있었으면 해요. 딸만 셋이고 아들이 없거든요. 정말 지랄맞은 일이지요."

"자려고 좀 해보는 게 어때?"

"아뇨, 지금은 못 잡니다. 이제 완전히 깨어버렸거든요, *시뇨르 테넨테*. 그래도 이렇게 못 주무시는 건 걱정이 됩니다."

"괜찮을 거야, 존."

"당신처럼 젊은 분이 잠을 못 주무시다니."

"나는 괜찮아질 거야. 시간이 좀 걸릴 뿐이야."

"꼭 괜찮아지셔야 합니다. 사람이 잠을 안 자고 살 수는 없으니까요. 뭐 걱정되는 게 있습니까? 마음에 걸리는 일이라도?"

"아니, 존, 없는 것 같은데."

"결혼을 하셔야 해요, *시뇨르 테넨테*. 그럼 걱정이 없어질 겁니다."

"모르겠어."

"결혼을 하셔야 합니다. 돈 많고 착한 이탈리아 여자를 고르시지 그 래요? 원하는 대로 고르실 수 있을 거예요. 당신은 젊고 좋은 훈장도 받았고 멋지게 생겼으니까요. 부상도 두어 번 당하셨잖아요."

"이탈리아어를 잘 못해서 말이야."

"훌륭하게 하시는데요, 뭘. 게다가 이탈리아어를 하는 게 뭔 소용이 있답니까. 말은 필요 없어요. 결혼해버리세요."

"생각해보지."

"아는 여자는 좀 있죠, 그렇죠?"

"그럼."

"그럼 돈이 제일 많은 여자랑 결혼하세요. 이쪽 여자들이 교육받는 걸로 봐서는 틀림없이 좋은 부인이 되어줄 겁니다."

"생각해볼게."

"생각하지 마세요, *시뇨르 테넨테*. 해버리세요."

"알았어."

"남자는 결혼을 해야 해요. 절대 후회 안 하실 거예요. 남자는 모두 결혼을 해야 한다니까요."

"알았어," 내가 말했다. "잠을 좀 자도록 해보자고."

"알았습니다, *시뇨르 테넨테.* 다시 노력해보지요. 하지만 제가 한 말은 잊지 마세요."

"잊지 않을게." 내가 말했다. "자, 잠을 좀 자보자고, 존."

"알겠습니다." 그가 말했다. "주무실 수 있기를 바랍니다, *시뇨르 테넨테.*"

짚 위의 담요에서 몸을 뒤척이는 소리가 들리는가 싶더니 곧 아주 조용해졌다. 나는 그가 규칙적으로 숨을 쉬는 소리에 귀를 기울였다. 그는 이내 코를 골기 시작했다. 나는 그가 코를 고는 소리에 오랫동안 귀를 기울였다. 그러다 그가 코를 고는 소리에 귀를 기울이는 것을 그만두고 누에가 먹는 소리에 귀를 기울였다. 누에는 꾸준하게 먹고 잎에 똥을 누었다. 나에게는 새로 생각할 것이 있었다. 나는 눈을 뜨고 어둠 속에 누워 내가 알았던 모든 여자를 떠올리며, 그들이 어떤 아내가 될지 생각했다. 아주 흥미로운 생각거리라 한동안 송어 낚시는 사라지고, 기도는 끊겼다. 하지만 결국 나는 송어 낚시로 되돌아갔다. 냇물은 모두 기억할 수 있고 낚시에서는 늘 새로운 면을 발견하게 되는 반면, 여자들은 몇 번 생각한 뒤에는 흐릿해져 다시 머릿속에 불러올 수 없었기 때문이다. 마침내 여자들은 모두 희미해져 대체로 비슷하게 되어버렸고, 나는 여자들 생각은 거의 완전히 접었다. 하지만 기도는 계속했다. 밤에 존을 위해 기도를 많이 했고, 그와 그의 동기들은 10월 공세 전에 현역에서 벗어났다. 나는 그가 그곳에 없는 게 기뻤다. 있었다면 큰 걱정거리가 되었을 것이기 때문이다. 몇 달 뒤 그는 밀라노에 있는 병원으로 나를 보러 왔고, 내가 아직 결혼을 하지 않은 것에 크게 실망했다. 만일 내가 지금까지도 결혼하지 않은 것을 안다면 몹시 언

짧아할 것이 분명하다. 그는 미국으로 돌아갈 계획이었고, 결혼에 굳건한 확신을 갖고 있었으며, 결혼이 모든 것을 고쳐줄 거라고 생각했으니까.

깨끗하고 불이 환한 곳

늦은 시간이라 모두 카페를 떠나고, 나뭇잎들이 전등빛을 받아 그림자를 드리운 곳에 앉은 노인만 남았다. 낮에는 거리에 먼지가 일었지만 밤이 되면서 이슬이 먼지를 가라앉혔다. 노인은 밤늦게까지 앉아 있기를 좋아했다. 지금처럼 밤이 되면 조용해졌고, 노인은 귀가 들리지 않았음에도 낮과는 다르다는 것을 느꼈기 때문이다. 카페 안의 두 웨이터는 노인이 약간 취했다는 것을 알았다. 그는 좋은 손님이었지만 너무 취하면 돈을 내지 않고 간다는 것을 알았기 때문에 계속 지켜보고 있었다.

 "지난주에 저 노인네가 자살을 하려고 했어." 한 웨이터가 말했다.

 "왜요?"

 "절망에 빠졌거든."

"무슨 일이 있었나요?"

"없었어."

"없었는지 어떻게 알아요?"

"저 노인네는 돈이 많거든."

그들은 카페 문 옆의 벽에 바싹 붙인 탁자에 앉아 테라스를 보고 있었다. 테라스의 탁자들은 다 비고, 노인만 바람에 가볍게 일렁이는 나뭇잎 그늘에 앉아 있었다. 젊은 여자와 군인 한 쌍이 거리를 지나갔다. 가로등 빛이 군인의 웃옷 깃에 달린 황동 숫자에 반사되었다. 머리에 아무것도 쓰지 않은 여자는 군인의 보조에 맞추려고 걸음을 재촉하고 있었다.

"헌병한테 걸릴 텐데." 한 웨이터가 말했다.

"노리는 걸 얻는다면 그게 무슨 상관이겠어요?"

"길에서 얼쩡거리지 않는 게 좋을 거야. 헌병한테 잡혀. 헌병들이 오 분 전에 지나갔어."

그늘에 앉은 노인이 잔으로 받침접시를 두드렸다. 나이가 아래인 웨이터가 갔다.

"부르셨어요?"

노인이 그를 보았다. "브랜디 한 잔 더." 노인이 말했다.

"취하실 텐데요." 웨이터가 말했다. 노인이 그를 빤히 쳐다보았다. 웨이터는 물러났다.

"밤새 저러고 있을 거 같아요." 그가 동료에게 말했다. "난 이제 졸린데. 나는 세시 전에는 자본 적이 없어요. 저 노인네가 지난주에 자살에 성공했어야 했는데."

웨이터는 카페 안의 카운터에서 브랜디 병과 새 받침접시를 들고 노인의 탁자로 성큼성큼 걸어나갔다. 그는 받침접시를 놓고 잔에 브랜디를 가득 따랐다.

"지난주에 자살에 성공하셨어야죠." 그가 귀먹은 노인에게 말했다. 노인이 손가락을 까닥했다. "조금만 더." 그가 말했다. 웨이터는 잔에 술을 더 따랐고, 브랜디는 넘쳐서 잔 옆면을 따라 제일 위에 놓인 받침접시로 흘러내렸다. "고맙네." 노인이 말했다. 웨이터는 병을 들고 카페 안으로 돌아왔다. 그는 다시 동료가 있는 탁자에 앉았다.

"저 노인네 이제 취했어요." 그가 말했다.

"매일 밤 취하잖아."

"왜 자살하고 싶었을까요?"

"내가 어떻게 알겠어."

"어떻게 했대요?"

"밧줄로 목을 매달았어."

"누가 밧줄을 잘랐어요?"

"조카딸이."

"왜 말렸을까요?"

"저 노인네 영혼이 걱정되었겠지."

"돈이 얼마나 많아요?"

"엄청 많아."

"여든 살은 되었을 텐데."

"그쯤 되어 보이기는 하지."

"집에 좀 가주면 좋겠구먼. 세시 전에는 자본 적이 없다고요. 도대체 그 시간에 잠자리에 든다는 게 말이 돼요?"

"저 노인네는 좋아서 저렇게 안 자고 있는 거야."

"외로워서 그런 거죠. 나는 외롭지 않아요. 침대에서 나를 기다리는 마누라가 있단 말이에요."

"저 노인네도 한때는 마누라가 있었어."

"지금은 마누라가 있어도 아무 소용 없겠구먼."

"알 수 없지. 마누라가 있으면 지금보다 나아질지."

"조카딸이 돌보잖아요. 조카딸이 밧줄을 잘랐다면서요."

"그래."

"나는 저렇게까지 오래 살고 싶진 않아요. 노인이 되면 지저분해 져요."

"다 그렇지는 않아. 저 노인네는 깨끗해. 마실 때도 흘리지 않아. 지금도, 취했는데도. 저것 봐."

"보고 싶지 않아요. 어서 집에 가줬으면 좋겠어요. 일을 해야만 하는 사람들을 배려할 줄 몰라."

노인은 잔에서 눈을 들어 광장을 내다보다가, 웨이터들을 보았다.

"브랜디 한 잔 더." 그가 잔을 가리키며 말했다. 마음이 급한 웨이터 가 갔다.

"끝." 그는 멍청한 사람들이 취객이나 외국인한테 말할 때처럼 문장 성분을 생략하고 말했다. "오늘밤에는 더 못 마셔. 이제 문 닫았어."

"한 잔 더." 노인이 말했다.

"아니. 끝났다고." 웨이터는 행주로 탁자 가장자리를 닦으며 고개를 저었다.

노인은 일어서서 천천히 받침접시를 세더니 호주머니에서 가죽 동전 지갑을 꺼내 술값을 내고, 50센티모스*를 팁으로 남겼다.

웨이터는 그가 거리를 따라 내려가는 것을 지켜보았다. 아주 늙은 남자는 불안정하지만 위엄 있게 걷고 있었다.

"왜 그냥 앉아서 더 마시게 놔두지 않은 거야?" 마음이 급하지 않은 웨이터가 물었다. 그들은 셔터를 내리고 있었다. "아직 두시 반도 안 됐는데."

"집에 가서 자고 싶어요."

"한 시간이 뭐 그리 대단하다고?"

"저 노인네한테는 짧아도 나한테는 길어요."

"한 시간이면 다 똑같은 한 시간이지."

"꼭 노인네처럼 말하시네. 집에 술을 사가지고 가서 마시면 되잖아요."

"같지 않지."

"그래요, 같지는 않죠." 마누라가 있는 웨이터가 동의했다. 그도 억지를 부리고 싶지는 않았다. 다만 마음이 급할 뿐이었다.

"그런데 너는? 평소보다 일찍 집에 가는 게 겁나지 않아?"**

"나를 모욕하려는 건가요?"

"아니, 옴브레***, 농담일 뿐이야."

---

* 1869년부터 2002년까지 사용된 스페인의 통화 단위. 이후 유로화로 대체되었다.
** 아내의 부정행위를 발견하는 것이 겁나지 않느냐는 뜻.
*** 남성인 상대방을 허물없이 부르는 스페인어. 앞으로 이 단편에 나오는 모든 외국어는 스페인어이다.

"아뇨," 마음이 급한 웨이터가 금속 셔터를 다 내리고 일어서며 말했다. "나는 자신 있어요. 자신만만하다고요."

"너한테는 젊음, 자신감, 일자리가 있지." 나이가 위인 웨이터가 말했다. "모든 걸 다 갖고 있어."

"그러는 선배는 뭐가 부족한데요?"

"일 말고는 모든 게 부족하지."

"선배도 내가 가진 걸 다 갖고 있잖아요."

"아냐. 나는 자신감은 가져본 적이 없고, 이제 젊지도 않아."

"왜 이래요. 말도 안 되는 소리 그만하고 문이나 잠가요."

"나는 카페에 밤늦게까지 앉아 있고 싶어하는 쪽이야." 나이가 위인 웨이터가 말했다. "잠들고 싶지 않은 그 모든 사람 가운데 하나이고, 밤에 불빛이 필요한 그 모든 사람 가운데 하나이기도 하지."

"나는 집에 가서 자고 싶어요."

"우리는 부류가 달라." 나이가 위인 웨이터가 말했다. 그는 이제 퇴근하는 옷차림이었다. "단지 젊음과 자신감의 문제만은 아니야. 그런 것들이 정말 아름답기는 하지만. 매일 밤 나는 카페 문을 닫는 게 망설여져. 혹시 이곳이 필요한 사람이 있을까봐."

"밤새 여는 *보데가**들이 있잖아요, 옴브레."

"이해를 못하는군. 여기는 깨끗하고 쾌적한 카페야. 또 불이 환하지. 빛이 아주 좋고, 게다가, 이제는 나뭇잎 그림자도 있어."

"안녕히 가세요." 나이가 아래인 웨이터가 말했다.

---

* '술집'이라는 뜻.

"잘 가." 다른 웨이터가 말했다. 그는 전등을 끄며 자신과 대화를 이어나갔다. 물론 환해야지. 하지만 깨끗하고 쾌적할 필요도 있어. 음악은 원치 않아. 당연히 음악은 원치 않지. 또 술집 카운터 앞에서는 위엄 있게 서 있을 수가 없잖아. 이 시간에 갈 수 있는 데는 그런 곳뿐이지만. 그는 뭘 두려워하는 걸까? 이것은 두려움이나 걱정이 아니었다. 그가 너무나 잘 알고 있는 허무였다. 모든 게 허무였고, 사람 또한 허무였다. 다만 그뿐이기에, 필요한 것은 오직 빛, 그리고 약간의 깨끗함과 질서뿐이었다. 어떤 사람들은 허무 안에 살면서도 결코 그것을 느끼지 못하지만, 그는 그 모두가 *나다**임을 알았다. *이 푸에스 나다 이 나다 이 푸에스 나다.*** 나다에 계신 우리 나다, 이름이 나다를 받으시오며, 나라가 나다이시며 뜻이 나다에서 이루어진 것같이 나다에서도 이루어지이다. 이 나다에 우리에게 일용할 나다를 주시옵고 우리가 우리에게 나다한 자를 나다하여준 것같이 우리 나다를 나다해주시옵고 우리를 나다에 나다하게 하지 마시옵고 다만 나다에서 구하시옵소서. *푸에스 나다.* 허무로 가득한 허무님 기뻐하소서 허무께서 함께 계시니.*** 그는 미소를 지으며 반짝거리는 증기 압축 커피 기계가 있는 카운터 앞에 서 있었다.

"뭐로 하시겠소?" 바텐더가 물었다.

"*나다.*"

---

* '허무'라는 뜻.
** '그리고 또 허무 그리고 허무 그리고 또 허무'라는 뜻.
*** 주기도문과 성모송을 변형한 것.

"오트로 로코 마스."* 바텐더가 말하고 고개를 돌렸다.

"작은 컵으로." 웨이터가 말했다.

바텐더가 따라주었다.

"불은 아주 환하고 쾌적한데, 카운터를 제대로 닦지 않았군." 웨이터가 말했다.

바텐더는 그를 보았지만 대꾸하지 않았다. 대화를 하기에는 너무 늦은 밤이었다.

"한 *코피타***** 더?" 바텐더가 물었다.

"아니, 됐어." 웨이터는 이렇게 말하고 밖으로 나왔다. 그는 바와 *보데가*를 싫어했다. 그러나 깨끗하고 불이 환한 카페는 달랐다. 이제 그는 더 생각하지 않고 집으로, 자신의 방으로 갈 생각이었다. 침대에 누워, 마침내 밝아오는 날과 더불어 잘 생각이었다. 결국 불면증에 불과한 것일지도 몰라, 그는 혼잣말을 했다. 많은 사람이 거기 걸린 게 분명해.

---

* '미친놈이 또 있군'이라는 뜻.
** '잔'이라는 뜻.

가지 못할 길

공격 부대는 들판을 건너갔다. 움푹 꺼진 도로와 농가 몇 채에서 기관총을 쏘아대는 바람에 지체했으나, 시가지에서는 아무런 저항을 받지 않고 강둑까지 이르렀다. 니컬러스 애덤스는 길을 따라 자전거를 타고 가다 노면이 너무 심하게 망가진 곳에서는 자전거에서 내려 끌고 가기도 했다. 그는 죽은 자들의 위치를 보고 어떤 일이 벌어졌는지 알았다.

죽은 자들은 홀로, 혹은 여럿이 뒤엉킨 채 들판에 높이 자란 풀밭 속이나 길가에 누워 있었다. 호주머니는 밖으로 뒤집어지고, 시체 위에는 파리가 날아다녔으며, 각각의 시체 또는 한 무리의 시체 주위에는 종이가 흩어져 있었다.

길가의 풀과 곡식 사이에, 또 길 위 여기저기에 많은 것이 흩어져 있었다. 우선 상황이 괜찮았을 때 설치했을 야전 취사장, 그리고 수많은 송아지 가죽 잡낭, 막대 수류탄, 철모, 소총. 소총은 가끔 개머리판이 위로 올라오고 총검이 흙에 박힌 경우도 있었는데, 이런 경우에는 마지막 순간에 총검이 땅을 상당히 깊게 파고든 것이었다. 막대 수류탄, 철모, 소총, 참호 파는 연장, 탄약상자, 조명탄용 권총과 주위에 흩어진 조명탄, 구급상자, 가스마스크, 빈 가스마스크 통, 탄피 무더기 속 삼발이 위에 쭈그린 기관총. 탄약상자에서는 벨트식 탄창이 비죽 튀어나와 있고, 냉각용 캔은 물이 말라버린 채 모로 누워 있었으며, 노리쇠 뭉치는 사라졌고, 죽은 사수들은 기묘한 자세였으며, 그들 주위의 풀에는 어김없이 종이가 흩어져 있었다.

미사 기도서들이 있었고, 마치 대학 연감에 들어가는 풋볼 팀 사진처럼 건장한 모습으로 명랑하게 줄지어 서 있는 기관총 부대를 찍은 그림엽서집도 있었다. 이제 그들은 풀 위에 몸을 구부린 채 퉁퉁 부어 있었다. 오스트리아 군복을 입은 군인이 침대 위로 여자를 드러눕히는 선전용 그림엽서도 있었다. 엽서 속 인물들은 인상주의적 화풍으로 그려져 있었는데, 아주 매력적으로 묘사된 탓에, 여자의 입을 막으려고 치마를 머리 위로 걷어올리고 가끔 또다른 군인이 머리맡에 앉아 있는 실제 강간과는 아무런 공통점을 찾을 수 없었다. 공격 직전에 뿌려진 것이 분명한 이런 자극적인 우편엽서들이 많았다. 이런 것들이 외설적인 사진이 담긴 그림엽서들과 함께 흩어져 있었다. 또 마을 사진사가 마을 처녀들을 찍은 작은 사진, 이따금 아이들 사진, 그리고 편지, 편지, 편지가 있었다. 죽은 자들 주위에는 늘 종이가 많았는데, 이 공격이 남긴 잔해의 경우도 예외가 아니었다.

이들은 새로 죽은 자들이었으며, 누구도 이들의 호주머니 외에는 아무것도 건드리지 않았다. 닉은 아군 전사자, 또는 그가 여전히 아군 전사자라고 생각하는 시체가 놀랍도록 적다는 것을 알아챘다. 그들의 코트 역시 펼쳐져 있었고, 그들의 호주머니도 뒤집어져 있었다. 그들은 죽은 자세로 공격의 방식과 기술을 보여주었다. 더운 날씨 때문에 국적에 관계없이 모든 이의 몸이 똑같이 부풀어올랐다.

움푹 꺼진 도로를 최후 저지선으로 삼아 시가지를 방어한 것이 분명했지만, 시가지 안으로 후퇴한 오스트리아군은 거의 또는 전혀 없었다. 거리에는 시체가 세 구밖에 없었고, 이들은 달아나다 죽은 것으로 보였다. 시가지의 집들은 포격으로 부서져, 거리에는 떨어져나온 벽토와 모르타르가 많았다. 또 부서진 들보, 부서진 타일이 있었고, 구멍도 많았는데 일부는 겨자탄 때문에 테두리가 노랬다. 포탄 파편도 많았고, 잡석 더미 안에는 유산탄도 있었다. 시가지에는 사람이 전혀 없었다.

닉 애덤스는 포르나치를 떠나온 이후로 사람을 전혀 보지 못했다. 물론 녹색 잎이 무성하게 자란 시골길을 따라 달리다가 길 왼쪽에서 뽕나무잎의 장막 아래 감추어진 포들을 보기는 했다. 그는 해가 금속을 때려대는 곳에서 잎들 위로 열기가 피어오르는 것을 보고 그것을 알았다. 이제 그는 내처 시가지를 통과하다가 그곳에 인적이 완전히 사라진 것을 보고 놀랐다. 그는 강둑 아래 낮은 길로 나왔다. 시가지가 끝나는 곳에 길이 아래로 경사를 그리는 헐벗은 넓은 공간이 있었다. 그곳에서 그는 평온하게 뻗은 강과 반대편 둑의 낮은 곡선과 오스트리아군이 파놓은, 햇볕에 구워져 흰색으로 바랜 진흙을 볼 수 있었다. 지난번에 본 이후로 풀이 아주 무성해지고 녹음이 짙어지기는 했지만,

역사적인 장소가 되었다고 해서 이 하류에 어떤 변화가 생긴 것은 아니었다.

대대는 왼쪽 강둑을 따라 자리잡고 있었다. 강둑 상단에 잇따라 파인 구덩이에 몇 사람이 들어가 있었다. 닉은 그곳에 설치된 기관총들과 거치대에 걸린 신호탄을 보았다. 둑 옆면의 구멍에 들어가 있는 사람들은 자고 있었다. 수하誰何를 하는 사람은 아무도 없었다. 그는 계속 걸었다. 진흙 둑의 굽이를 돌았을 때 턱수염이 점점이 박히고 눈이 새빨간 데다 눈 주위도 벌건 젊은 소위가 권총을 겨누었다.

"누구냐?"

닉은 신분을 밝혔다.

"내가 그걸 어떻게 확인하지?"

닉은 사진과 신분과 제3군 인장이 찍힌 신분증을 보여주었다. 소위가 신분증을 낚아챘다.

"이건 내가 갖고 있겠다."

"그건 안 되지." 닉이 말했다. "신분증을 돌려주고 총은 치우쇼. 거기. 권총집에 넣으라고."

"네가 누군지 내가 어떻게 아나?"

"신분증에 나와 있잖아."

"신분증이 가짜라면? 그 신분증 이리 내."

"바보 같은 짓 마시고," 닉이 쾌활하게 말했다. "나를 중대장한테 데려다주쇼."

"대대본부로 보내겠다."

"좋지," 닉이 말했다. "파라비치니 대위 아쇼? 작은 콧수염을 기르고

키가 크고 건축가이고 영어를 하는 사람."

"대위님을 아나?"

"약간."

"대위님이 어느 중대를 지휘하지?"

"2중대."

"지금은 대대를 지휘하고 계신다."

"잘됐군." 닉이 말했다. 그는 파라가 괜찮다는 것을 알고 안심했다.
"어서 대대로 갑시다."

닉이 시가지 경계를 벗어날 때 유산탄 세 발이 어느 박살난 주택의
오른쪽 위에서 터졌고, 그후로는 포격이 없었다. 그러나 장교의 얼굴은
마치 포격 한가운데에 있는 사람처럼 보였다. 여전히 바짝 긴장한 상태
였고, 목소리도 자연스럽지 않았다. 그의 권총 때문에 닉은 신경이 곤
두섰다.

"그거 좀 치우쇼." 그가 말했다. "소위하고 적들 사이에는 커다란 강
하나가 흐르고 있잖소."

"네가 스파이라고 생각되면 바로 쏴버릴 거다." 소위가 말했다.

"자, 자," 닉이 말했다. "대대로 가자니까." 장교 때문에 닉은 신경이
바짝 곤두섰다.

그 어느 때보다 여위고 그 어느 때보다 영국인처럼 보이는 소령 대
리 파라비치니 대위는 닉이 경례를 하자 대대본부로 사용하는 참호의
탁자 뒤에서 일어났다.

"여," 그가 말했다. "못 알아봤는걸. 그 군복 입고 뭐하고 있는 건가?"

"저한테 이걸 입히더라고요."

"이렇게 보게 되니 정말 반갑네, 니콜로.*"

"그러게요. 건강해 보이시는군요. 쇼는 어땠어요?"

"우리가 아주 멋진 공격을 했지. 정말이야. 아주 멋진 공격이었어. 내가 보여주지. 보게."

그는 공격이 어떻게 진행되었는지 지도로 보여주었다.

"포르나치에서 오는 길입니다." 닉이 말했다. "공격이 어땠는지 볼 수 있었어요. 아주 훌륭했습니다."

"특별했지. 정말 특별했어. 지금 연대 소속인가?"

"아니요. 돌아다니면서 적에게 이 군복을 보여주는 게 제 역할인 것 같습니다."

"거 희한하군."

"적이 미군 군복을 입은 사람을 한 명 보면 다른 미군들도 곧 온다고 믿게 될 거라 생각하나보지요, 뭐."

"하지만 적이 이게 미군 군복인지 아닌지 어떻게 알아?"

"대위님이 적에게 알려줘야겠죠."

"아, 그렇군, 알겠어. 내가 자네를 적한테 선보일 상병을 하나 딸려보낼 테니까 가서 전선 시찰을 하도록 해."

"염병할 정치인처럼 말이죠." 닉이 말했다.

"민간인 복장이면 훨씬 위엄 있어 보일 텐데. 민간인 복장이야말로 정말 위엄 있는 거라고."

"홈부르크**를 쓰고 말이지요." 닉이 말했다.

---

* '니컬러스'를 이탈리아식으로 부른 것.

** 챙이 좁은 펠트 중절모.

"아니면 모피로 만든 페도라 중절모를 쓰거나."

"호주머니에는 담배니 그림엽서니 하는 것들을 잔뜩 넣어가지고 가는 게 좋겠죠." 닉이 말했다. "초콜릿이 가득 든 작은 잡낭도 하나 걸치고. 따뜻한 말을 한마디 하고 어깨를 두드리며 그걸 병사들에게 나누어 주는 겁니다. 하지만 담배도 그림엽서도 받지 못했고 초콜릿도 주지 않던데요. 그런 것도 없이 그냥 순회를 하라더라고요."

"자네가 모습을 보여주는 것만으로 부대에 큰 격려가 될 게 틀림없네."

"너무 그러지 마세요." 닉이 말했다. "안 그래도 마음이 아주 안 좋으니 말입니다. 원칙대로라면 제가 대위님한테 드릴 브랜디 한 병을 가져왔어야 하는 건데 말입니다."

"원칙대로라면이라." 파라가 처음으로 누레진 이를 드러내며 웃었다. "정말 아름다운 표현이야. 그라파* 좀 마시겠나?"

"고맙지만, 됐습니다." 닉이 말했다.

"에테르는 전혀 안 들었는데."

"그래도 그 맛이 나요." 닉은 갑자기, 완전하게 그 맛이 떠올랐다.

"있잖아, 군용 트럭을 타고 돌아오다가 자네가 이야기를 시작하기 전까지는 자네가 취했다는 걸 전혀 몰랐다니까."

"공격 때마다 술냄새를 풍기고 있었는데요." 닉이 말했다.

"나는 그렇게는 못해." 파라가 말했다. "첫번째 쇼 때, 맨 처음 쇼 때는 마셨지. 하지만 외려 안절부절못하게 되던걸. 그러다 무시무시하게

---

* 포도를 압착하고 나서 찌꺼기를 증류시켜 만든 술.

목이 말랐지."

"대위님한테는 술이 필요 없죠."

"자네는 공격 때 나보다 훨씬 용감해."

"아닙니다." 닉이 말했다. "제가 어떤지 알기 때문에 술냄새를 풍기는 쪽을 택하는 거죠. 그게 부끄럽지는 않습니다."

"자네가 술 취한 건 본 적이 없는데."

"없다고요?" 닉이 말했다. "한 번도요? 메스트레에서 포르토그란데까지 달리던 날 밤에 못 봤어요? 제가 자겠다고 하면서 자전거를 담요처럼 덮고 턱밑까지 끌어올렸잖아요."

"거기는 전선이 아니었잖아."

"제가 어떤 사람인가 하는 이야기는 그만하죠." 닉이 말했다. "제가 너무 잘 아는 주제라 더 생각하고 싶지 않거든요."

"잠시 여기 있다가 가는 게 좋겠네." 파라비치니가 말했다. "원한다면 낮잠을 좀 자도 되고. 포격이 있을 때도 적이 여기는 별로 건드리지 않거든. 아직 너무 더워서 나가기도 좀 그렇고."

"서두를 필요는 없을 것 같네요."

"그런데 자네 정말로 어때?"

"좋습니다. 정말 괜찮아요."

"아니. 진짜로 어떠냐고."

"괜찮습니다. 빛 같은 게 없으면 못 자긴 하지만요 지금 문제랄 건 그것뿐이에요."

"내가 두개골에 구멍을 뚫어야 한다고 말하지 않았나. 의사는 아니지만 그 정도는 안다고."

"글쎄, 의사들은 흡인치료를 하는 게 낫다고 생각했고, 그래서 그렇게 했잖아요. 뭐가 문젭니까? 제가 미친놈으로 보이지는 않잖아요, 안 그래요?"

"자네는 최고의 상태로 보여."

"일단 미친놈으로 공인되어버리면 지랄맞게 귀찮습니다." 닉이 말했다. "아무도 다시는 믿어주지 않거든요."

"나 같으면 낮잠을 자겠네, 니콜로." 파라비치니가 말했다. "여기는 우리가 알던 그런 대대본부가 아니야. 우리는 여기서 우리를 끌어내주기만 마냥 기다리고 있지. 자네는 지금 이 더위에 밖에 나가면 안 돼—명청한 짓이야. 그 침상을 쓰게."

"좀 눕는 게 좋겠군요." 닉이 말했다.

닉은 침상에 누웠다. 그는 자신이 이런 상태라는 데 몹시 실망했고, 그것이 파라비치니 대위에게 그렇게 분명하게 드러났다는 것에 훨씬 더 실망했다. 이곳은 막 전선에 나왔던 1899년도 훈련병 출신 소대가 공격 직전의 포격이 진행되는 동안 히스테리에 사로잡혔던 참호만큼 크지는 않았다. 그때 파라는 그에게 신참들을 한 번에 두 명씩 밖으로 데리고 나가 아무 일도 없을 것임을 보여주게 했다. 그 자신도 입술이 달달 떨리지 않도록 턱 끈을 꽉 조여 매고 있었다. 그곳을 차지한다 해도 계속 버틸 수 없다는 것을 알고 있었다. 그 모든 게 염병할 쓸데없는 짓임을 알고 있었다. 그 녀석이 소리지르는 걸 멈추지 않으면 콧등을 부숴놔. 그럼 달리 생각할 거리가 생길 테니까. 차라리 한 명 쏘는 게 낫겠지만 이젠 너무 늦었어. 오히려 상태가 더 나빠질 거야. 콧등을 부숴버려. 다섯시 이십분으로 당겨졌어. 이제 사 분밖에 없어. 저 다른 멍청한 새끼도 코를 부수고 빌어먹을 엉덩이를 걷어차 여기서 내보내. 다들 나갈 것 같은가? 안 나가면, 두 놈을 쏴버리고 다른 놈들은 어떻게든 여기서 몰아내봐. 계속 저놈들 뒤에 붙어 있어, 병장. 앞장서서 가봤자 아무 소용 없어. 가다보면 뒤에 한 놈도 따라오지 않는다는 걸 알게 될 테니까. 가면서 계속 그놈들을 앞으로 밀어올려. 이 무슨 쓸데없는 짓이야. 좋아. 그거야. 그러다가 손목시계를 보면서 그 조용한 목소리로, 그 귀하고 조용한 목소리로, "사보이아* 만세". 맨정신으로 돌격했다. 어디서 술을 얻을 여유가 없었기 때문이다. 두개골이 함몰된 뒤에는 그의 술을 찾을 수 없었다. 머리 한쪽 가장자리가 완전히 함몰된 상태였다. 그때부터 그것이 시작되었다. 맨정신으로 그 비탈을 올라갔다. 술냄새를 풍기지 않으면서 돌격한 유일한 경우였다. 그들이 돌아온 뒤 *텔레페리카*** 기지가 불탔다. 그런 것 같았다. 부상자 가운데 일부는 나흘 뒤에 내려왔고 일부는 내려오지 않았다. 하지만 우리는 올라갔고 우리는 돌아왔고 우리는 내려왔다—우리는 늘 내려왔다. 그리고 가비 델리스***가 묘하게도 깃털을 꽂고 나타났다. 일 년 전에 너는 나를 아기 인형이라고 불렀지 타다다 너는 내가 알고 지낼 만한 사람이라고 말했지 타다다 깃털을 꽂고, 깃털을 떼고, 위대한 가비. 내 이름도 해리 필서야. 우리는 언덕을 올라갈 때 가팔라지면 택시의 반대편으로 내렸지. 그는 매일 밤 꿈을 꿀 때 그 언덕, 비누 거품처럼 하얗게 부푼 사크레쾨르성당이 있는 언덕을 볼 수 있었다. 가끔 그의 여자가 거기에 있

---

* 공화제가 되기 전 이탈리아를 통치한 왕가.
** '케이블카'를 뜻하는 이탈리아어.
*** 프랑스의 유명한 댄서이며, 해리 필서는 그녀의 댄스 파트너였다.

170

었고, 가끔 그녀는 다른 사람과 함께 있었으며, 그는 그것을 이해할 수 없었다. 그러나 그런 밤이면 강이 평소보다 훨씬 넓어져 고요하게 흘렀고, 포살타 밖에는 버드나무에 완전히 둘러싸인 노랗게 칠한 낮은 집과 낮은 마구간이 있었다. 그리고 운하가 하나 있었다. 그는 실제로 거기에 수도 없이 가보았지만 운하는 한 번도 보지 못했다. 하지만 매일 밤 꿈속에서는 그 언덕만큼이나 분명하게 운하가 있었다. 다만 그것을 보는 게 겁날 뿐이었다. 그 집은 그 어떤 것보다도 큰 의미가 있었고, 그는 매일 밤 그 집을 보았다. 그 집은 그에게 필요한 것이었지만, 특히 버드나무로 둘러싸인 운하에 보트가 조용히 놓여 있을 때면 그는 겁을 먹었다. 그러나 강둑은 이 강과 같지 않았다. 강물은 포르토그란데에서처럼 낮았다. 그곳에서는 적이 소총을 높이 들고 물이 차오른 땅을 가로질러 허우적거리며 오는 것이 보였다. 마침내 적은 소총과 함께 물속에 쓰러졌다. 누가 그렇게 하라고 명령했을까? 빌어먹을, 장면이 이렇게 뒤죽박죽 뒤섞이지만 않으면 제대로 따라가볼 수 있을 텐데. 그래서 그는 모든 것을 아주 세세히 눈여겨보았다. 모든 것을 똑바로 유지하려고. 자신이 정확히 어디 있는지 알려고. 하지만 지금처럼 까닭 없이 갑자기 혼란에 빠졌다. 그는 대대본부의 침상에 누워 있었다. 파라가 지휘하는 대대였다. 그리고 그는 염병할 미군 군복을 입고 있었다. 그는 일어나 앉아 주위를 둘러보았다. 모두 그를 지켜보고 있었다. 파라는 나가고 없었다. 그는 다시 누웠다.

파리와 관련된 부분은 오래전부터 나타났고 그것은 겁나지 않았다. 그녀가 다른 사람과 함께 떠나버렸을 때를 제외하면. 그리고 그들이 똑같은 운전사의 택시를 다시 탈지도 모른다는 두려움. 그 대목에서는 그것이 겁났다. 전선에 대해서라면 전혀 겁나지 않았다. 사실 이제 전선 꿈은 전혀 꾸지도 않았다. 겁이 나서 떨쳐버릴 수 없는 것은 그 길고 노란 집과 강의 달라진 폭이었다. 이제 그는 여기 그 강에 돌아와 있었다. 방금 똑같은 시가지를 통과했다. 그러나 그 집은 없었다. 또 강도 그가 생각했던 것과 달랐다. 그렇다면 그는 매일 밤 어디에 갔던 것이고, 무엇이 위험했던 것일까? 왜 집과 긴 마구간과 운하 때문에 포격 때보다 더 겁을 먹고 땀에 흠뻑 젖어 잠을 깼던 것일까?

그는 일어나 앉았다. 두 다리를 조심스럽게 침상 아래로 내렸다. 오래 뻗고 있으면 늘 다리가 뻣뻣해졌다. 닉은 자신을 빤히 바라보는 부관, 통신병, 문가에 있는 두 연락병의 눈길을 받아내며 천이 덮인 참호용 철모를 썼다.

"초콜릿, 그림엽서, 담배가 없는 게 아쉽군." 그가 말했다. "하지만 군복은 입고 있잖아."

"소령님은 곧 돌아오실 거요." 부관이 말했다. 이 군대에서 부관은 장교가 아니로군.

"이 군복이 딱히 정확하다고 할 수는 없어." 닉이 그들에게 말했다. "그래도 뭘 의미하는지는 알 수 있겠지. 곧 미군 수백만 명이 여기로 온다는 거야."

"여기로 미군을 보낼 거라고 생각하는 거요?" 부관이 물었다.

"아, 그렇고말고. 나보다 두 배는 큰 미군들. 건강하고, 마음이 깨끗하고, 밤에는 자고, 부상당한 적이 없고, 폭발에 날아간 적이 없고, 머리가 함몰된 적이 없고, 두려움에 떨어본 적이 없고, 술을 마시지 않고, 남겨두고 온 여자한테 충실한 미군. 그 가운데 다수는 매독에 걸린 적도 없지. 훌륭한 녀석들이야. 두고 봐."

"그쪽은 이탈리아 사람이오?" 부관이 물었다.

"아니, 아메리카에서 왔지. 군복을 봐. 스파뇰리니가 만들었는데, 딱히 정확하다고는 할 수 없어."

"북아메리카요 남아메리카요?"

"북아메리카." 닉이 말했다. 그는 그것이 다가오는 것을 느꼈다. 진정해야 했다.

"하지만 이탈리아 말을 하는데."

"하면 어때서? 내가 이탈리아 말을 하는 게 거슬려? 나는 이탈리아 말을 할 권리가 없나?"

"이탈리아 훈장을 달았는데."

"그냥 리본과 종이일 뿐이야. 훈장은 나중에 와. 아니면 사람들한테 훈장을 맡아달라고 하는데 그 사람들이 사라져. 아니면 훈장이 짐과 함께 사라지거나. 밀라노에 가면 다른 훈장을 살 수도 있어. 중요한 건 종이야. 그걸 기분 나쁘게 생각하면 안 돼. 전선에 오래 있다보면 너도 몇 개 생길 테니까."

"나는 에리트레아 전투에 참전한 사람이오." 부관이 뻣뻣하게 말했다. "트리폴리에서 싸웠소."

"이렇게 만나다니 굉장한 일이군." 닉은 손을 내밀었다. "틀림없이 힘든 시절이었을 텐데. 그 리본을 알아보겠군. 혹시 카르소*에 있었나?"

"나는 막 이 전쟁에 불려나왔소. 내 등급은 너무 나이가 많아서."

---

* 이탈리아 북동부와 슬로베니아 남동부에 걸쳐 있는 고산지대.

"한때 나는 징집 연령에 미달이었지." 닉이 말했다. "하지만 이제는 전쟁에서 빠지는 쪽으로 재편성되었어."

"그런데 왜 지금 여기 있는 거요?"

"미군 군복을 보여주는 일을 하고 있지." 닉이 말했다. "아주 중대한 임무라고 생각하지 않나? 이건 목이 약간 끼지만, 곧 이런 군복을 입은 수도 없이 많은 군인이 풀무치처럼 몰려오는 걸 보게 될 거야. 메뚜기, 있잖아, 미국에서 메뚜기라고 부르는 게 사실은 풀무치야. 진짜 메뚜기는 작고 녹색이고 상대적으로 약해. 하지만 메뚜기를 칠 년마다 돌아오는 풀무치나 독특하고 지속적인 소리를 내는 매미하고 혼동하면 안 돼. 지금 당장은 그 소리가 기억나지 않는군. 기억해보려고 하는데 기억이 안 나. 소리 들릴 뻔했는데 지금은 완전히 사라져버렸어. 실례지만 여기서 대화를 좀 중단해도 될까?"

"가서 소령님을 찾아봐." 부관이 한 연락병에게 말했다. "이제 보니 부상을 당했군요." 그가 닉에게 말했다.

"여러 곳에." 닉이 말했다. "흉터에 관심이 있으면 아주 재미있는 걸 몇 개 보여줄 수도 있지만 그것보다는 메뚜기 이야기를 하고 싶군. 그러니까 우리가 메뚜기라고 부르는 거 말이야. 실제로는 풀무치인 거. 이 곤충은 한때 내 인생에서 아주 중요한 역할을 했어. 너도 흥미가 있을지 몰라. 내가 말하는 동안 군복을 봐도 돼."

부관이 두번째 연락병에게 손짓을 하자, 그도 밖으로 나갔다.

"군복을 잘 한번 봐. 말했듯이, 스파뇰리니가 만든 거야. 너도 보는 게 좋겠어." 닉이 통신병에게 말했다. "나는 사실 계급이 없거든. 우리는 미국 영사 밑에서 일해. 이건 네가 봐도 아무 문제 될 게 없어. 원한다면 뚫어져라 봐도 돼. 내가 미국 풀무치 이야기를 해주지. 우리는 늘 우리가 중간 갈색이라고 부르던 놈들을 좋아했어. 물에서 가장 잘 버티고, 물고기들이 그놈을 좋아하거든. 날아다닐 수 있는 큰 놈들은 방울뱀이 꼬리를 흔들 때 내는 방울소리하고 약간 비슷한 소리를 내. 아주 메마른 소리지. 날개 색깔이 아주 화려한데, 밝은 빨간색도 있어. 검은 줄무늬가 있는 노란색도 있고. 하지만 물에 들어가면 날개가 부서져서 아주 너절한 미끼가 돼. 반면 중간 갈색은 통통하고, 단단하고, 즙이 많은 메뚜기야. 제군은 아마 평생 보기 어렵겠지만, 그렇게 보기 힘든 걸 추천해도 괜찮다면 바로 그걸 추천하겠어. 하지만 분명히 강조하는데, 이 곤충을 손으로 잡으려고 쫓아다니거나 방망이를 휘둘러 맞히려고 하면 하루 낚시에 쓸 만한 양을 절대 모을 수가 없어. 그건 정말 말도 안 되는 짓이고, 쓸데없는 시간 낭비야. 다시 말하는데, 제군, 그렇게 해서는 아무런 효과도 없다. 정확한 방법, 그러니까 나에게 이야기할 기회를 준다면 휴대 병기 강좌 시간마다 모든 젊은 장교에게 가르칠 방법은, 누가 아나, 내가 그런 데서 이야기를 하게 될지, 어쨌든 그 방법은 저인망, 아니면 일반 모기장으로 만든 그물을 사용하는 거다. 두 장교가 이 긴 그물의 양쪽을 잡는다. 그러니까 각각 한쪽 끝을 잡는 거다. 이제 둘은 허리를 굽히고, 한 손으로 그물 아래쪽 끝부분을 잡고, 다른 손으로는 위쪽 끝을 잡은 다음에 바람에 갖다대는 거다. 그러면 바람을 타고 나는 메뚜기들이 날아가다 그물에 부딪혀 그 주름에 갇히게 된다. 그러면 아무리 재주가 없어도 정말 많은 양을 잡을 수가 있다. 내 견해로는 이런 메뚜기 그물을 만들 만한 모기장을 가지고 있지 않은 장교는 없을 거다. 내 말이 분명히 전달되었기를 바란다, 제군. 질문 있나?

이 강좌에서 이해가 가지 않는 것이 있으면 질문해라. 말해봐. 없나? 그럼 이 사항에 관해서는 이제 마무리하고자 한다. 끝으로 저 위대한 군인이자 신사인 헨리 월슨 경의 말을 인용하겠다. 제군, 제군은 통치하거나 통치당할 수밖에 없다. 반복하겠다. 제군, 제군이 기억했으면 하는 것은 한 가지다. 제군이 이 방을 나가면서 가지고 갔으면 하는 게 단한 가지라는 거다. 제군, 제군은 통치하거나, 아니면, 통치당할 수밖에 없다. 이상이다, 제군. 해산."

그는 천이 덮인 철모를 벗었다가 다시 쓴 다음, 허리를 굽히고 참호의 낮은 입구를 빠져나갔다. 파라가 연락병 두 명과 함께 푹 꺼진 도로를 따라 다가오고 있었다. 해가 있는 곳으로 나오니 무척 더웠다. 닉은 철모를 벗었다.

"이런 것들을 적시는 방식이 있어야만 해." 그가 말했다. "나는 이걸 강에서 적셔야겠어." 그는 강둑을 오르기 시작했다.

"니콜로," 파라비치니가 불렀다. "니콜로. 어디 가나?"

"사실 꼭 갈 필요는 없습니다." 닉이 두 손에 철모를 들고 비탈을 내려왔다. "젖었든 말랐든 빌어먹을 귀찮네요. 이런 걸 늘 쓰고 다니십니까?"

"늘 쓰고 다니지." 파라가 말했다. "그래서 대머리가 되고 있다네. 안으로 가세."

안에서 파라는 그에게 앉으라고 말했다.

"정말이지 이런 건 빌어먹을 아무 소용 없다는 걸 아시잖아요." 닉이 말했다. "처음 썼을 때는 안심이 되었던 게 기억납니다. 하지만 여기에 뇌가 가득찬 걸 너무 자주 봤어요."

"니콜로," 파라가 말했다. "자네는 돌아가야 할 것 같네. 자네가 말한 보급품을 받기 전에는 전선에 오지 않는 게 좋을 것 같아. 여기서는 자네가 할 일이 없어. 자네가 돌아다니면, 게다가 좋은 걸 나누어주겠다고 하면, 사람들이 모일 거고 그럼 포격을 부르는 꼴이 돼. 그런 일이 일어나게 내버려둘 수는 없네."

"저도 그게 어리석은 짓이라는 걸 압니다." 닉이 말했다. "그건 제 생각이 아니었어요. 여단이 여기 있다는 얘기를 듣고 대위님이나 제가 아는 다른 사람을 만날 수 있을 거라고 생각했죠. 첸손이나 산도나로 갈 수도 있었습니다. 산도나로 가서 다리를 다시 보고 싶어요."

"자네가 별다른 목적 없이 돌아다니는 건 허락할 수 없네." 파라비치니 대위가 말했다.

"알겠습니다." 닉이 말했다. 그는 다시 그것이 다가오는 것을 느꼈다.

"이해하겠나?"

"물론입니다." 닉이 말했다. 그는 그것을 가두어두려고 애쓰고 있었다.

"그런 일을 한다면 밤에 해야 하네."

"당연하죠." 닉이 말했다. 그는 이제 그것을 멈출 수 없음을 알았다.

"보다시피, 나는 지금 대대를 지휘하고 있네." 파라가 말했다.

"대위님이 못할 게 뭐가 있겠습니까?" 닉이 말했다. 이제 그것이 왔다. "읽고 쓸 수 있는데, 안 그런가요?"

"그렇지." 파라가 부드럽게 말했다.

"문제는 대위님이 빌어먹게 조그만 대대를 지휘하고 있다는 겁니다. 이 대대에 다시 힘이 생기면, 대위님은 그 즉시 예전 중대를 돌려받게 될걸요. 그런데 왜 죽은 자들을 묻지 않는 겁니까? 지금까지 볼 만큼 봤습니다. 물론 다시 봐도 상관없습니다. 제 입장에서 말하자면 언제 묻어도 상관없습니다. 하지만 대위님한테는 묻는 게 훨씬 좋을 겁니다. 모두 염병할 병에 걸릴 겁니다."

"자전거는 어디에 두었나?"

"마지막 집 안에요."

"괜찮을 것 같나?"

"걱정 마십쇼." 닉이 말했다. "조금 이따 가볼 거니까요."

"잠시 누워 있게, 니콜로."

"알겠습니다."

그는 눈을 감았다. 이번에는 소총의 가늠쇠 너머로 그를 바라보는 턱수염이 난 남자가 아주 차분한 모습으로 방아쇠를 당기고, 하얀 섬광과 함께 곤봉으로 두들겨맞는 듯한 충격이 다가오고, 무릎을 꿇고, 뜨겁고 들척지근하게 숨이 막히고, 돌격하는 병사들이 옆을 지나가는 동안 바위에 숨을 토해내는 장면 대신, 낮은 마구간이 딸린 길고 노란 집과 평소보다 훨씬 넓고 고요한 강이 보였다. "맙소사," 그가 말했다. "가는 게 좋겠네요."

닉은 일어섰다.

"가겠습니다, 파라," 그가 말했다. "지금 오후에 자전거를 타고 돌아가겠습니다. 혹시 보급품이 도착하면 오늘밤에 가지고 오겠습니다. 만일 오지 않으면, 가지고 올 게 생겼을 때 밤에 오겠습니다."

"자전거를 타기에는 아직 더운데." 파라비치니 대위가 말했다.

"걱정하실 필요 없습니다." 닉이 말했다. "이제 한동안은 괜찮아요.

아까는 한 번 그랬지만 별것 아니었어요. 점점 나아지고 있습니다. 시작되면 알 수 있어요. 말이 아주 많아지거든요."

"연락병을 딸려보내지."

"안 그러시는 게 좋겠습니다. 길을 알아요."

"곧 다시 올 거지?"

"그럼요."

"연락병을—"

"아뇨," 닉이 말했다. "신뢰의 표시로."

"그래, 그럼 *차오**."

"*차오.*" 닉이 말했다. 그는 움푹 꺼진 길을 따라 자전거를 두고 온 곳으로 되짚어가기 시작했다. 오후니까 운하만 지나면 길에 그늘이 질 터였다. 운하 너머에는 길 양편에 전혀 포탄을 맞지 않은 나무가 있었다. 언젠가 바로 그 길에서 행군을 하다가, 눈 속에서 창을 들고 말을 타고 가는 사보이아 제3기병연대를 지나친 적이 있었다. 차가운 공기 때문에 말의 숨이 깃털처럼 보였다. 아니, 그건 다른 곳이었어. 어디였더라?

"그 빌어먹을 자전거가 있는 곳으로 가는 게 좋겠어." 닉이 혼잣말을 했다. "포르나치로 가는 길을 잃고 싶지 않아."

---

* 만나거나 헤어질 때 쓰는 이탈리아어 인사.

프랜시스 머콤버의
짧고 행복한 삶

이제 점심시간이라 그들은 식당 텐트의 녹색 이중 플라이 밑에 앉아 마치 아무 일도 없었던 것처럼 행동하고 있었다.

"라임주스로 하실래요, 레몬스쿼시로 하실래요?" 머콤버가 물었다.

"김렛*으로 하지요." 로버트 윌슨이 말했다.

"나도 김렛이요. 뭔가가 좀 필요해요." 머콤버의 아내가 말했다.

"내가 봐도 지금은 그걸 마셔야 할 것 같군." 머콤버도 동의했다. "김 렛 석 잔을 만들라고 해."

주방 담당은 이미 일을 시작하여, 텐트에 그늘을 드리우는 나무들 사이로 불어오는 바람을 맞으며 축축하게 땀을 흘리고 있는 캔버스 천

---

* 진과 라임주스를 섞은 술.

냉각 주머니에 든 병들을 꺼냈다.

"얼마나 줘야 하는 거죠?" 머콤버가 물었다.

"1퀴드*면 충분할 거요." 윌슨이 말했다. "버릇을 잘못 들이고 싶지 않다면."

"감독이 그걸 밑에 나누어줄까요?"

"물론이죠."

프랜시스 머콤버는 삼십 분 전 주방 담당, 시중 담당, 가죽 손질 담당 그리고 짐꾼의 팔과 어깨에 실려 의기양양하게 야영지 가장자리에서 자신의 텐트까지 왔다. 엽총 담당들은 이 시위 행렬에 끼지 않았다. 원주민 보이들이 텐트 입구에 내려주자 머콤버는 그들 한 명 한 명과 악수를 하고, 축하를 받은 다음 텐트 안으로 들어가 아내가 들어올 때까지 침대에 앉아 있었다. 안으로 들어온 아내는 아무 말도 하지 않았다. 그는 바로 텐트를 나가 휴대용 대야에 얼굴과 손을 씻고 식당 텐트로 건너가 그늘에 부는 산들바람을 맞으며 편안한 캔버스 천 의자에 앉았다.

"드디어 사자를 잡았네요." 로버트 윌슨이 말했다. "그것도 죽여주게 멋진 놈으로."

머콤버 부인은 얼른 윌슨 쪽으로 눈길을 돌렸다. 그녀는 대단히 잘 생기고 자신을 잘 관리한 여자로, 미모와 사회적 지위를 겸비했으며, 그 덕분에 오 년 전에는 한 번도 써보지 않은 화장품을 홍보하는 사진 모델이 되어주는 대가로 5천 달러를 받기도 했다. 프랜시스 머콤버와

---

* 파운드를 가리키는 속어.

는 십일 년 전에 결혼했다.

"괜찮은 사자예요, 그렇죠?" 머콤버가 말했다. 이제 그의 아내는 머콤버를 보고 있었다. 두 남자 모두를 마치 전에 한 번도 본 적이 없는 사람처럼 쳐다보고 있었다.

한 남자, 백인 사냥꾼 윌슨은 사실 지금까지 제대로 본 적이 없는 셈이라고 그녀는 생각했다. 중키에 머리카락은 모래 빛깔이고, 짧고 꺼칠한 콧수염에, 얼굴은 아주 붉고, 눈은 아주 차갑고 파랬는데, 웃음을 지을 때면 보기 좋게 파이는 눈초리 쪽으로 흰 주름이 잡혔다. 그는 지금 그녀에게 웃음을 짓고 있었다. 그녀는 그의 얼굴에서 시선을 떼어, 목에서 헐렁한 튜닉의 양쪽으로 경사를 그리며 내려가는 어깨선을 따라갔다. 튜닉의 왼쪽 가슴, 호주머니가 있어야 할 자리에는 커다란 탄약통 네 개가 고리에 걸려 있었다. 그녀의 시선은 윌슨의 커다란 갈색 손에서 낡은 슬랙스, 아주 더러운 장화로 옮겨갔다가 다시 붉은 얼굴로 돌아갔다. 햇볕에 달구어진 얼굴의 붉은색이 하얀 선에서 멈추어 있는 것이 눈에 띄었다. 지금은 텐트 폴을 고정한 말뚝에 걸려 있는 스테트슨 모자가 이마에 둥글게 남긴 선이었다.

"자, 사자를 위하여." 로버트 윌슨이 말했다. 그는 그녀를 향해 다시 웃음을 지었고, 그녀는 웃음기 없이 호기심어린 눈으로 남편을 보았다.

프랜시스 머콤버는 아주 큰 키에, 뼈대가 그렇게 긴 것치고는 아주 건장하다고도 할 수 있는 체격이었다. 피부는 거무스름했으며, 머리는 조정 선수처럼 짧게 잘랐고, 입술은 얇은 편으로, 전체적으로 잘생겼다고 할 만했다. 그도 윌슨이 입은 것과 같은 종류의 사파리 복장이었지만, 다만 새 옷이라는 점이 달랐다. 나이는 서른다섯으로, 아주 단단한 몸을 유지해왔으며, 코트 경기를 잘했고, 큰 물고기를 낚아 월척 기록도 여러 번 세웠지만, 조금 전 자신이 겁쟁이라는 것을 아주 공개적으로 드러내고 말았다.

"사자를 위하여." 머콤버가 말했다. "아까 그 일은 정말 뭐라고 감사를 드려야 할지."

머콤버의 아내 마거릿은 그에게서 눈길을 떼어 다시 윌슨에게로 옮겼다.

"사자 이야기는 하지 말죠." 그녀가 말했다.

윌슨은 웃음기 없이 그녀의 표정을 살폈고, 이번에는 그녀가 그를 향해 웃음을 지었다.

"오늘은 아주 이상한 날이에요." 그녀가 말했다. "그런데 정오에는 텐트 아래라 해도 모자를 써야 하는 거 아닌가요? 윌슨 씨가 그렇게 말했잖아요, 안 그래요?"

"쓸 수도 있지요." 윌슨이 말했다.

"있잖아요, 얼굴이 아주 빨가네요, 윌슨 씨." 그녀가 말하고 다시 웃음을 지었다.

"술 때문이죠." 윌슨이 말했다.

"아닌 것 같은데요." 그녀가 말했다. "프랜시스도 많이 마시지만 절대 빨개지지 않아요."

"오늘은 빨개." 머콤버가 농담을 해보았다.

"아니," 마거릿이 말했다. "오늘 빨간 건 내 얼굴이야. 하지만 윌슨 씨는 늘 빨개."

"인종적인 문제일 거요." 윌슨이 말했다. "보쇼, 혹시 내 얼굴 얘기는 이제 그만 화제에서 빼주실 생각이 없으신지?"

"이제 막 시작했는데요."

"그만합시다." 윌슨이 말했다.

"대화가 아주 어려워지겠네요." 마거릿이 말했다.

"실없는 소리 마, 마고." 그녀의 남편이 말했다.

"괜찮소," 윌슨이 말했다. "죽여주게 멋진 사자를 잡았는데."

마고는 두 남자를 동시에 보았고, 두 사람 모두 마고가 곧 울 것임을 알았다. 윌슨은 아까부터 그 순간이 오고 있음을 알고 두려워하던 차였다. 머콤버는 이미 두려워하는 단계를 지났다.

"그런 일이 없었다면 좋았을걸. 아, 정말이지 그런 일이 없었다면." 마고는 이렇게 말하더니 자신의 텐트로 향했다. 우는 소리를 내지는 않았지만, 남자들은 그녀가 입고 있는 장밋빛 자외선 차단 셔츠에 감싸인 어깨가 들썩이는 것을 볼 수 있었다.

"여자들은 속이 잘도 뒤집히지." 윌슨이 키 큰 남자에게 말했다. "뭐 대수겠소. 신경이 예민해진 거겠지. 이런저런 일로."

"아니요," 머콤버가 말했다. "평생 저런 소리를 들어도 할말 없을 것 같습니다."

"무슨 소리. 거인도 자빠뜨리는 놈이나 한잔합시다." 윌슨이 말했다. "다 잊어버리고. 어차피 별거 아니니까."

"노력해볼 수는 있겠죠." 머콤버가 말했다. "그래도 윌슨 씨가 나를 위해 해준 일은 잊지 않겠습니다."

"별것도 아닌데요." 윌슨이 말했다. "대단찮은 일이오."

그렇게 그들은 야영지 그늘에 앉아 있었다. 텐트는 우듬지가 널찍한 아카시아 나무들 아래 자리잡고 있었고, 그 뒤쪽으로는 바위가 점점이 박힌 벼랑이 우뚝 솟아 있었다. 앞쪽으로는 바위가 가득한 시내의 가장자리까지 풀밭이 펼쳐져 있었고, 그 너머는 숲이었다. 그들은 딱 적당하게 시원한 술을 마시며 서로의 눈을 피했고, 보이들은 점심을 차리고 있었다. 윌슨은 보이들이 이제 모두 그 사실을 안다는 것을 눈치챘다. 그는 머콤버의 시중을 드는 보이가 식탁에 접시를 놓으면서 호기심어린 표정으로 주인을 바라보는 것이 눈에 띄자 스와힐리어로 야단을 쳤다. 보이는 무표정한 얼굴로 고개를 돌렸다.

"뭐라고 한 겁니까?" 머콤버가 물었다.

"아무것도 아니오. 정신 차리고 서둘지 않으면 가장 실한 걸로 골라 열다섯 대쯤 안겨줄 거라고 했소."

"뭘 말입니까? 채찍질입니까?"

"그건 완전히 불법이지요." 윌슨이 말했다. "대신 벌금을 물리게 되어 있소."

"아직도 채찍질을 하긴 하나보죠?"

"아, 그럼요. 저 아이들이 불평을 해대면 꽤나 시끄러워지겠지만 그런 일은 없어요. 벌금을 내는 것보다는 맞는 게 낫다고 생각하니까."

"정말 이상하군요!" 머콤버가 말했다.

"사실 이상할 것도 없어요." 윌슨이 말했다. "댁이라면 어쩌겠소? 몇 대 맞고 치우겠소, 아니면 돈을 포기하겠소?"

그러나 윌슨은 그런 질문을 한 것이 민망하여 머콤버가 대답하기 전에 말을 이어갔다. "우리 모두 매일 맞고 꺾이며 사는 셈이지, 안 그렇소. 이런 식으로든 저런 식으로든 말이오."

그 말도 별로 나을 것이 없었다. '맙소사,' 윌슨은 생각했다. '이거 영락없는 외교관 노릇이로군, 참 나.'

"그래요, 맞고 꺾이면서 살지요." 머콤버가 여전히 윌슨을 보지 못하는 채로 말했다. "그 사자 일은 정말 미안하게 생각합니다. 하지만 이야기가 더 퍼질 필요는 없겠죠, 안 그렇습니까? 그러니까 아무도 그 이야기를 들을 필요는 없다는 겁니다, 안 그래요?"

"그러니까 내가 무타이가 클럽에서 그 이야기를 할 거냐는 얘기요?" 이제 윌슨은 차가운 눈으로 머콤버를 보고 있었다. 이것은 예상하지 못했던 일이다. 그러니까 이 인간은 염병할 겁쟁이일 뿐 아니라 염병할 뭣 같은 인간이기도 하군. 그래도 조금 전까지는 이 친구를 꽤 좋게 생각했는데. 하지만 미국인을 어떻게 알겠는가?

"안 하오." 윌슨이 말했다. "나는 직업 사냥꾼이오. 우리는 고객 이야기는 절대 하지 않소. 그 점에 관해서는 마음을 푹 놓아도 좋소. 하지만 우리한테 이야기를 하지 말아달라고 부탁하는 건 예의가 아니지."

윌슨은 이 부부와 이제 그만 따로 지내는 것이 훨씬 편하겠다고 판단했다. 그러면 혼자 식사하게 될 것이고, 식사하면서 책을 읽을 수도 있을 것이다. 각자 따로 먹는 것이다. 그러면 아주 의례적인 관계에서 사파리를 통해서만 그들을 보게 될 테고— 프랑스 사람들이 그걸 뭐라고 부르더라? 품위 있는 배려— 그게 이런 감정적인 쓰레기를 겪는 것보다는 빌어먹을, 훨씬 편할 것이다. 그에게 모욕을 주고 깨끗하고 멋지게 갈라서는 것이다. 그러면 식사를 하면서 책을 읽을 수 있고, 그러면서도 그들의 위스키는 계속 마실 수 있을 것이다. 이것은 사파리가 맛이 갔을 때 사용하는 관용구였다. 다른 백인 사냥꾼을 우연히 만나

"어떻게 되어가오?" 하고 물었을 때 "아, 그 사람들 위스키는 계속 마시고 있지요" 하고 대답하면 다 끝장났다는 의미였다.

"미안합니다." 머콤버가 말하며 중년에 이르러서도 사춘기에 머물러 있는 미국인의 얼굴로 그를 보았다. 월슨은 머콤버의 뱃사람처럼 짧게 자른 머리, 여간해서는 교활한 구석이 드러나지 않는 멋진 눈, 훌륭한 코, 얇은 입술, 잘생긴 턱을 유심히 보았다. "미안합니다. 그건 미처 생각지 못했네요. 내가 모르는 게 아주 많거든요."

이러면 나더러 어쩌란 말인가, 월슨은 생각했다. 얼른 깨끗하게 갈라설 마음의 준비를 다 했는데, 지금 이 자식은 방금 모욕을 당하고도 바로 사과를 하고 있으니. 월슨은 한번 더 시도해보았다. "내가 이야기하고 다닐 거란 걱정은 마쇼." 그가 말했다. "나도 먹고살아야 하니까. 알다시피 아프리카에서는 총으로 사자를 못 맞히는 여자가 없고, 도망치는 백인 남자도 없소."

"나는 토끼처럼 도망쳤습니다." 머콤버가 말했다.

허, 이런 식으로 말하는 남자를 도대체 어쩌면 좋단 말인가, 월슨은 생각했다.

월슨은 파랗고 차분한 기관총 사수의 눈으로 머콤버를 보았고, 머콤버는 그를 마주보며 웃음을 지었다. 눈빛에 담긴 상처의 흔적만 못 본 체한다면 기분좋은 미소라 할 만했다.

"물소 사냥에서 만회할 수 있을지도 모르겠습니다." 머콤버가 말했다. "다음에는 물소잖습니까?"

"원하신다면 내일 아침에." 월슨이 머콤버에게 말했다. 어쩌면 그가 틀린 것인지도 몰랐다. 확실히 이것이 그 일을 제대로 받아들이는 방법이었다. 정말이지 미국인에 관해서는 빌어먹을 어떤 것도 알 수가 없다니까. 그는 다시 머콤버를 믿어주고 있었다. 그날 아침을 잊을 수만 있다면. 하지만 물론 그럴 수는 없었다. 그날 아침은 그보다 나쁠 수가 없었다.

"*멤사히브**가 오시는군." 윌슨이 말했다. 그녀는 다시 기운을 회복한 듯 명랑하고 아주 어여쁜 모습으로 텐트에서 걸어오고 있었다. 그녀의 얼굴은 더없이 완벽한 타원형이었다. 너무 완벽해서 외려 멍청한 여자일 거라고 생각하게 될 정도였다. 하지만 그녀는 멍청하지 않았다. 윌슨은 생각했다, 아니야, 멍청하지 않지.

"아름다운 빨간 얼굴의 윌슨 씨는 어떠신가요? 프랜시스, 기분이 좀 나아졌나요, 내 진주 같은 사람?"

"아, 한결." 머콤버가 말했다.

"다 잊어버리기로 했어요." 그녀가 탁자 앞에 앉으며 말했다. "프랜시스가 사자를 죽이는 일을 잘하든 못하든 뭐가 대수겠어요. 그게 이 사람이 하는 일도 아닌데. 그거야 윌슨 씨가 하는 일이죠. 윌슨 씨는 뭐든 죽이는 데 정말 뛰어나더군요. 실제로 뭐든지 잘 죽이죠, 그렇죠?"

"아, 뭐든지." 윌슨이 말했다. "그냥 뭐든지." 이 여자들이 세상에서 가장 강해, 윌슨은 생각했다. 가장 강하고, 가장 잔인하고, 가장 센 맹수이고, 가장 매력적이야. 여자가 강해질수록 그 여자의 남자는 약해지거나 신경이 갈기갈기 찢어지지. 아니면 애초에 자기가 다룰 수 있는 남자를 고르는 건가? 결혼할 나이에는 그 정도까지는 알지 못할 텐데, 윌슨은

---

* 원래 인도에서 백인 여성을 높여 부르던 말로, 여러 언어로 퍼져 사용되었다.

생각했다. 그는 그동안 미국 여자들을 겪어볼 만큼 겪어본 것을 다행으로 여겼다. 이 여자는 아주 매력적이었기 때문이다.

"아침에 물소를 잡으러 갈 거요." 윌슨이 그녀에게 말했다.

"나도 가겠어요." 그녀가 말했다.

"아니, 안 됩니다."

"아, 돼요, 갈 거예요. 가면 안 돼, 프랜시스?"

"그냥 야영지에 있는 게 어때?"

"무슨 일이 있어도 갈 거야." 그녀가 말했다. "무슨 일이 있어도 오늘 같은 구경을 놓칠 수는 없지."

윌슨은 생각했다. 그녀가 자리를 떴을 때, 아까 울러 갔을 때는 죽여 주게 멋진 여자처럼 보였는데. 이해하고, 깨닫고, 저 남자와 자기 자신 때문에 아파하고, 상황을 제대로 파악한 것 같았는데. 그런데 한 이십 분 사라졌다가 그냥 그 미국 여성의 잔인함이라는 광택제를 온몸에 쫙 바르고 다시 나타나다니. 가장 지독한 여자들이야. 정말이지 가장 지독해.

"그럼 우리가 내일 당신을 위해 쇼를 한번 더 하지." 프랜시스 머콤버가 말했다.

"오면 안 됩니다." 윌슨이 말했다.

"정말 잘못 알고 계시네요." 그녀가 윌슨에게 말했다. "나는 윌슨 씨가 공연하는 걸 **정말** 다시 보고 싶어요. 오늘 아침에는 멋졌거든요. 그것들 머리를 날려버리는 걸 멋지다고 할 수 있을지는 모르겠지만."

"점심이 나오는군요." 윌슨이 말했다. "아주 명랑하시네요, 네?"

"안 그럴 이유가 없잖아요? 따분해지려고 여기 온 것도 아닌데."

"음, 따분하지는 않았지요." 윌슨이 말했다. 시냇물에 잠긴 바위들과 그 너머 나무들이 우거진 높은 둑이 보였고, 아침의 그 일이 떠올랐다.

"아, 맞아요." 그녀가 말했다. "매혹적이었죠. 그리고 내일도 그럴 거예요. 내가 내일을 얼마나 고대하는지 모르실걸요."

"일런드 고기를 내왔군요." 윌슨이 말했다.

"산토끼처럼 펄쩍펄쩍 뛰는 커다란 암소 같은 거 말이죠?"

"그렇게 말할 수도 있겠네요." 윌슨이 말했다.

"아주 맛좋은 고기야." 머콤버가 말했다.

"당신이 쏜 거야, 프랜시스?" 그녀가 물었다.

"응."

"이건 위험하지 않죠, 그렇죠?"

"달려들 때만 위험하죠." 윌슨이 말했다.

"정말 다행이네요."

"심술을 조금만 덜 부리는 게 어때, 마고." 머콤버가 말하며 일런드 스테이크를 자르고, 고기 조각을 펜 포크 등에 으깬 감자, 그레이비소스, 당근을 얹었다.

"그래줄 수 있을 것 같은데." 그녀가 말했다. "당신이 그렇게 예쁘게 말을 하니 말이야."

"오늘밤에는 사자를 잡은 기념으로 샴페인을 마실 겁니다." 윌슨이 말했다. "정오에는 좀 심하게 더워서요."

"아, 사자." 마고가 말했다. "사자를 깜빡 잊고 있었네!"

그러니까 이 여자는 지금 저자를 갖고 놀고 있구먼, 응, 로버트 윌슨은 생각했다. 아니면 자기 딴에는 이런 모습을 보여주는 게 최선이라고 생각하는 걸까? 남편이 염병할 겁쟁이라는 걸 알게 된 여자는 어떻게 행동해야 하는 걸까? 이 여자는 더럽게 잔인하지만, 사실 여자들은 다 잔인하지. 물론 여자들은 다스리려 하고, 다스리려면 때로는 잔인해져야 해. 그래도 여자들의 빌어먹을 공포정치는 이제 더는 보기 싫어.

"일런드 좀더 드시지요." 윌슨이 그녀에게 정중하게 말했다.

그날 오후 늦게 윌슨과 머콤버는 원주민 운전사, 엽총 담당 두 명과 함께 자동차를 타고 나갔다. 머콤버 부인은 야영지에 머물렀다. 지금은 밖에 나가기에는 너무 더워, 그녀는 말했다. 내일 아침 일찍 함께 갈 거야. 차를 타고 떠나면서 윌슨은 그녀가 커다란 나무 아래 서 있는 것을 보았다. 살짝 장밋빛을 띤 카키색 옷을 입고 거무스름한 머리를 뒤로 잡아당겨 목덜미 아래쪽에서 하나로 묶은 그녀는 아름답다기보다는 예쁘장해 보였다. 마치 영국에 와 있는 것처럼 얼굴이 싱싱하군, 윌슨은 생각했다. 그녀는 그들을 향해 손을 흔들었고, 자동차는 풀이 높이 자란 저습지를 통과한 다음 둥글게 곡선을 그리며 나무들 사이를 지나 대초원의 작은 구릉으로 들어갔다.

그들은 초원에서 임팔라 무리를 발견하고, 차에서 내려 넓게 벌어진 긴 뿔이 달린 늙은 수놈을 몰래 따라갔다. 머콤버는 200야드는 족히 떨어진 곳에서 칭찬할 만한 사격 솜씨로 그 수컷을 쓰러뜨렸으며, 그와 동시에 임팔라 무리는 다리를 높이 들어올리고 길게 도약해 서로의 등 위로 뛰어오르며 미친듯이 흩어져 달아났다. 가끔 꿈에서나 볼 법한, 공중에 둥둥 떠다니는 것 같은 믿을 수 없는 도약이었다.

"멋진 사격 솜씨였소." 윌슨이 말했다. "작은 표적인데."

"쏠 만한 머리였나요?" 머콤버가 물었다.

"훌륭한 머리요." 윌슨이 말했다. "앞으로도 그렇게만 쏘면 아무 문제 없을 거요."

"내일 물소를 찾을 수 있을 것 같아요?"

"가능성이 높죠. 그 녀석들은 아침 일찍 먹이를 찾으러 나오니까, 운이 좋으면 넓게 트인 데서 녀석들을 잡을 수도 있을 거요."

"그 사자 일을 씻어버리고 싶습니다." 머콤버가 말했다. "아내한테 그런 모습을 보이는 게 별로 유쾌한 일은 아니거든요."

나 같으면 아내가 있든 없든 그런 짓을 하는 게, 혹은 그런 짓을 한 뒤에 그 이야기를 하는 게 훨씬 유쾌하지 않은 일일 것 같은데, 윌슨은 생각했다. 하지만 그는 말했다. "나 같으면 그 생각은 더 안 할 거요. 처음 사자를 만나면 누구든 당황할 수 있으니까. 다 끝난 일이오."

그러나 그날 밤 저녁식사를 마치고 잠자리에 들기 전 모닥불 가에서 위스키 소다를 한잔하고 나서 모기장 밑의 침상에 누워 밤의 소리에 귀를 기울이고 있는 프랜시스 머콤버에게는 다 끝난 일이 아니었다. 다 끝난 것도 아니었고, 시작한 것도 아니었다. 그것은 일어났던 그대로 그 자리에 있었고, 어떤 부분은 지울 수 없이 강조되어 있었으며, 그는 그로 인해 비참한 수치심을 느꼈다. 그러나 내면에서 느껴지는 차갑고 텅 빈 두려움이 수치심보다 컸다. 한때 자신감이 있던 자리는 완전히 텅 비어버리고 그곳에 차갑고 끈적끈적한 구멍 같은 두려움이 들어섰으며, 그것 때문에 구역질이 났다. 그 두려움은 지금도 그의 안에 그대로 남아 있었다.

그 두려움은 전날 밤 잠에서 깨 시내 상류 쪽 어디에선가 사자가 포효하는 소리를 들었을 때부터 시작되었다. 깊은 저음이었는데, 그 끝의 기침하듯 컥컥거리는 소리 때문에 마치 사자가 바로 텐트 밖에 있는 듯한 느낌이 들었다. 프랜시스 머콤버는 밤에 잠을 깨 그 소리를 듣고 두려움을 느꼈다. 아내는 조용히 숨을 쉬며 자고 있었다. 두렵다고 말할 사람도, 함께 두려워할 사람도 없었다. 혼자 누운 그는 이런 소말리아 속담이 있다는 것을 알지 못했다. 용감한 남자도 사자 때문에 반드시 세 번 겁을 먹는다. 처음 사자의 발자국을 볼 때, 처음 사자가 울부짖는 소리를 들을 때, 처음 사자와 마주할 때. 아직 해가 뜨기 전, 밖에 나가 랜턴을 켜놓고 식당 텐트에서 아침을 먹을 때 사자는 다시 울부짖었으며, 프랜시스는 사자가 바로 야영지 가장자리에 있다고 생각했다.

"늙은 녀석인 것 같군." 로버트 윌슨이 훈제 청어와 커피에서 고개를 들며 말했다. "기침소리를 들어보쇼."

"아주 가까이 와 있나요?"

"물길을 따라 1마일 정도 위쪽에."

"보게 될까요?"

"한번 찾아봅시다."

"사자 울부짖는 소리가 이렇게 멀리까지 들리나요? 마치 여기 야영지 안에 있는 것처럼 들리는데요."

"지랄맞게 멀리까지 들리죠." 로버트 윌슨이 말했다. "소리가 저렇게 전달되는 걸 보면 참 묘하지. 어쨌든 쏠 만한 고양이이기를 바라는 마음이오. 보이들 이야기로는 이 근처에 아주 큰 놈이 있다고 하던데."

"쏘게 된다면 어디를 맞혀야 저 녀석이 멈춥니까?" 머콤버가 물었다.

"어깨." 윌슨이 말했다. "할 수 있다면 목을 맞히고. 뼈를 쏴요. 뼈를 부러뜨려 주저앉히는 거요."

"제대로 맞힐 수 있으면 좋겠는데." 머콤버가 말했다.

"아주 잘 쏘시던데, 뭐." 윌슨이 말했다. "천천히 쏴요. 확실하게 표적을 확보한 다음에. 첫 발이 중요해요."

"어디까지 왔을 때 쏘죠?"

"알 수 없소. 그건 사자한테 물어볼 일이라고 할 수 있지. 확실하다 싶을 만큼 가까이 오지 않으면 쏘지 마쇼."

"100야드쯤이면 될까요?" 머콤버가 물었다.

윌슨은 빠른 눈길로 그를 보았다.

"100이면 적당할 거요. 어쩌면 조금 더 끌고 들어와야 할지도 모르고. 100을 많이 넘었으면 운에 맡긴 채 쏘지는 말고. 100이면 괜찮은 거리요. 그 정도 거리면 어디든 맞힐 수 있으니까. *멤사히브*가 오시는군."

"안녕히 주무셨어요?" 그녀가 말했다. "저 사자를 잡으러 가는 건가요?"

"아침을 드시자마자 갈 겁니다." 윌슨이 말했다. "기분은 어떠세요?"

"최고예요." 그녀가 말했다. "정말 흥분돼요."

"나는 가서 준비가 다 됐는지 보지요." 윌슨이 자리에서 일어났다. 그가 떠나는데 사자가 다시 울부짖었다.

"시끄러운 놈이로구먼." 윌슨이 말했다. "우리가 저러지 못하게 할 거요."

"왜 그래, 프랜시스?" 그녀가 남편에게 물었다.

"아무것도 아니야." 머콤버가 말했다.

"아니긴 뭐가 아니야." 그녀가 말했다. "무슨 걱정 있어?"

"아무것도 아니라니까." 그가 말했다.

"말해봐," 그녀가 그를 보았다. "몸이 안 좋아?"

"저 빌어먹을 울부짖는 소리 때문이야." 그가 말했다. "밤새도록 저랬다고."

"왜 나를 깨우지 않고." 그녀가 말했다. "밤에 저 소리를 듣지 못해 아쉽네."

"저 빌어먹을 걸 죽여야 해." 머콤버가 괴로운 목소리로 말했다.

"뭐, 그러려고 여기 온 거 아닌가, 안 그래?"

"그렇지. 하지만 신경이 곤두섰어. 저게 울부짖는 걸 듣고 있자니 몹시 거슬려."

"그럼 뭐, 윌슨이 말한 대로, 저걸 죽여서 저러지 못하게 해."

"그래, 여보," 프랜시스 머콤버가 말했다. "참 쉬운 일처럼 들리네, 응?"

"무서워서 그러는 건 아니지, 그렇지?"

"물론 아니지. 하지만 밤새 저놈이 울부짖는 걸 들었더니 신경이 곤두서."

"당신이 멋지게 해치울 거야." 그녀가 말했다. "그럴 거라는 거 알아. 그걸 보고 싶어 죽겠어."

"어서 아침 먹어. 그럼 출발할 테니까."

"아직 밝지도 않았는데," 그녀가 말했다. "이런 말도 안 되는 시간에."

바로 그때 사자가 가슴 깊은 곳에서 나오는 신음을 토하듯 울부짖었다. 갑자기 목구멍에서 터져나온 진동이 상승하며 공기를 흔들다가, 한숨과 가슴속 깊은 곳의 묵직한 끙끙거림으로 끝을 맺는 느낌이었다.

"꼭 이 야영지 안에서 나는 소리 같아." 머콤버의 아내가 말했다.

"맙소사," 머콤버가 말했다. "나는 저 빌어먹을 소리가 싫어."

"아주 인상적인데."

"인상적이라니. 소름 끼치지."

로버트 윌슨이 짧고, 흉측하고, 충격적일 정도로 큰 구멍이 뚫린 505구경 깁스 엽총을 들고 싱글거리며 다가왔다.

"가죠." 그가 말했다. "머콤버 씨의 스프링필드 소총과 큰 총은 엽총 담당이 갖고 있소. 차에 실을 건 다 실었고. 덩어리*는 갖고 있습니까?"

"네."

"나도 준비됐어요." 머콤버 부인이 말했다.

"저놈이 소리를 그만 지르게 해야겠소." 윌슨이 말했다. "앞에 타쇼. *멤사히브*는 여기 뒤에 나하고 앉으시면 되고."

그들은 자동차에 탔고, 어스레한 첫 햇빛 속에서 나무들 사이를 지나 시내 상류 쪽으로 올라갔다. 머콤버는 소총의 개머리를 젖히고 금속 외피를 씌운 총알이 들어 있는 것을 확인한 다음, 노리쇠를 밀고 소총의 안전장치를 채웠다. 자신의 손이 떨리는 것이 보였다. 손으로 호주머니 안의 탄약통을 만져보고, 튜닉 앞자락의 고리에 건 탄약통을 쓰다듬었다. 그는 상자 형태의 문 없는 자동차 뒷자리에 함께 앉은 윌슨과 아내를 돌아보았다. 둘 다 들떠서 싱글거리고 있었다. 윌슨이 앞쪽으로 몸을 기울이며 소곤거렸다.

"새들이 아래로 내려오는 걸 보쇼. 그 늙은 녀석이 잡은 먹이를 좀 남겨두었다는 뜻이오."

---

* 금속 외피를 씌운 단단한 총알을 가리키는 말.

머콤버는 반대편 물가 나무들 위로 콘도르들이 선회하다 아래로 급강하는 것을 볼 수 있었다.

"그놈이 이쪽으로 물을 마시러 올 가능성이 있소." 윌슨이 작은 소리로 말했다. "쉬러 가기 전에. 잘 보고 있어요."

이 근처에서는 시내가 바위로 가득한 바닥까지 깊이 파고들고 있었다. 그들은 높은 냇둑을 따라 천천히 구불구불 차를 몰며 커다란 나무들 사이로 들어갔다 나왔다 했다. 머콤버는 반대편 둑을 보고 있다가 윌슨이 팔을 잡는 것을 느꼈다. 차가 멈추었다.

"저기 있네요." 이렇게 소곤거리는 소리가 들렸다. "오른쪽 앞에. 내려서 잡으쇼. 멋진 사자요."

머콤버도 이제 사자를 보았다. 사자는 몸통 옆면을 거의 완전히 드러낸 채 높이 든 커다란 머리를 그들 쪽으로 돌리고 서 있었다. 그들 쪽으로 불어오는 이른아침의 산들바람에 사자의 거무스름한 갈기가 약간 흔들렸다. 아침의 희끄무레한 빛 속에서, 냇둑 높은 곳에 서 있는 사자의 실루엣은 거대해 보였다. 어깨는 묵직했고, 몸통은 매끈한 곡선을 그리며 거대하게 부풀어올라 있었다.

"거리가 얼마나 되죠?" 머콤버가 물으며 소총을 들어올렸다.

"75쯤. 내려서 잡으쇼."

"그냥 여기서 쏘면 안 되나요?"

"차에서 쏘는 법은 없소." 윌슨이 귓가에 대고 말하는 소리가 들렸다. "어서 나가쇼. 놈이 하루종일 저기서 기다리진 않을 테니."

머콤버는 앞좌석 옆의 곡선형 출입구에서 밑의 계단으로 발을 내딛고, 거기서 다시 땅으로 내려섰다. 사자는 그대로 서서 그의 눈에는 그

저 실루엣으로만 보이는 이 물체, 무슨 거대한 코뿔소처럼 덩치가 큰 물체 쪽을 당당하고 냉정하게 바라보고 있었다. 사람 냄새는 아직 그에게 전해지지 않았다. 사자는 커다란 머리를 좌우로 약간 움직이며 그 물체를 지켜보았다. 두렵지는 않았지만 그냥 그런 것을 맞은편에 두고 물을 마시러 둑 아래로 내려가는 것이 망설여져 그 물체를 지켜보고 있는데 인간 형체가 그 물체로부터 떨어져나오는 것이 보였다. 묵직한 머리를 돌려 몸을 가려줄 나무들이 있는 곳을 향해 빙그르 방향을 트는 순간, 탕 하는 요란한 소리가 들리더니 금속 외피를 씌운 220그레인 무게의 30-06구경 탄환이 강하게 몸을 때리는 것이 느껴졌다. 탄환이 옆구리를 물어뜯고 찢어발기면서 갑자기 뱃속에서 델 것처럼 뜨거운 메스꺼움이 치밀었다. 사자는 상처 입은 꽉 찬 배를 흔들며 큰 발로 육중하고 빠르게 걸어, 나무들을 지나 몸을 가려줄 키 큰 풀을 향해 갔다. 다시 요란한 소리가 그를 스쳐가며 허공을 찢어발겼다. 그리고 또다시 요란한 소리가 났다. 총알이 아래쪽 갈비뼈를 때린 뒤 계속해서 찢고 들어오면서 입에 갑자기 뜨거운 피거품이 고이는 것이 느껴지자, 사자는 눈에 띄지 않고 몸을 웅크릴 수 있는 키 큰 풀을 향해 전속력으로 달려갔다. 그렇게 몸을 숨기면 저 요란한 소리를 내는 것이 가까이 다가올 것이고, 그때 쏜살같이 뛰쳐나가 그것을 든 인간을 잡는다는 계산이었다.

머콤버는 차에서 내릴 때 사자가 어떤 기분일지 생각하지 않았다. 그저 자신의 손이 부들부들 떨리고, 차에서 멀어질수록 다리를 움직이는 것조차 거의 불가능해지고 있다는 것만 알고 있을 뿐이었다. 허벅지는 뻣뻣했지만, 근육들이 펄떡거리는 것은 느낄 수 있었다. 그는 소총을 들어올리고, 사자의 머리와 어깨가 만나는 곳을 겨냥하여 방아쇠를 당겼다. 이러다 손가락이 부러질지도 모른다는 생각이 들 때까지 당겼지만 아무 일도 일어나지 않았다. 그제야 안전장치를 풀지 않았다는 것을 깨닫고, 안전장치를 풀기 위해 소총을 내리며 얼어붙은 다리를 움직여 한 걸음 더 내디뎠다. 사자는 그의 실루엣이 차의 실루엣으로부터 분명하게 분리되는 것을 보고 몸을 돌려 빠른 걸음으로 멀어지고 있었다. 머콤버는 총을 쏘았고, 총알이 제대로 맞았음을 알려주는 퍽 하는 소리를 들었지만, 사자는 계속 걸어갔다. 머콤버는 다시 총을 쏘았고, 총알이 빠른 걸음으로 걸어가는 사자 너머로 흙먼지를 일으키는 것을 모두가 보았다. 그는 조금 아래를 겨냥하자고 되뇌면서 다시 총을 쏘았고, 이번에는 총알이 사자의 몸에 맞는 소리를 모두가 들었다. 하지만 사자는 이제 전속력으로 달려 그가 노리쇠를 앞으로 밀기도 전에 키 큰 풀 속으로 들어가버렸다.

머콤버는 뱃속에 메스꺼움을 느끼며 서 있었다. 공이치기를 당긴 스프링필드를 움켜쥔 두 손이 부들부들 떨렸다. 아내와 로버트 윌슨이 옆에 서 있었다. 엽총 담당 두 명도 그의 옆에 서서 와캄바어로 떠들고 있었다.

"맞혔어." 머콤버가 말했다. "두 번이나 맞혔어."

"배에 맞았지요. 그리고 앞쪽 어딘가에도." 윌슨이 심드렁하게 대꾸했다. 엽총 담당들은 아주 침울한 얼굴이었다. 아무 말이 없었다.

"죽였을 수도 있소." 윌슨이 말을 이어갔다. "조금 기다렸다가 안으로 들어가 확인해봐야겠소."

"그게 무슨 소립니까?"

"고통이 심해질 때까지 기다렸다가 쫓아가자는 거요."

"아." 머콤버가 말했다.

"지랄맞게 멋진 사자요." 월슨이 명랑하게 말했다. "하지만 나쁜 곳으로 들어가버렸소."

"왜 나쁘다는 거죠?"

"그 앞까지 가기 전에는 볼 수가 없으니까."

"아." 머콤버가 말했다.

"갑시다." 월슨이 말했다. "*멤사히브*는 여기 차 안에 계시면 되고. 우리는 핏자국을 보러 가는 거요."

"여기 있어, 마고." 머콤버가 아내에게 말했다. 입안이 바싹 말라 말하기도 어려웠다.

"왜?" 그녀가 물었다.

"월슨이 그러라잖아."

"우리는 어떻게 되었는지 보러 갈 겁니다." 월슨이 말했다. "부인은 여기 계세요. 여기 있는 게 외려 잘 보일 거요."

"알았어요."

월슨이 스와힐리어로 운전사에게 말했다. 운전사는 고개를 끄덕이며 대답했다. "네, *브와나**."

그들은 가파른 둑을 내려가 시내를 건넌 뒤, 바위를 넘고 돌아 튀어나온 뿌리를 잡으며 건너편 둑으로 올라갔고, 마침내 그 근처에서 머콤버가 처음 봤을 때 사자가 빠른 걸음으로 걷던 곳을 발견했다. 엽총 담

---

* 아프리카의 일부 지역에서 남자에 대한 존칭으로 쓰는 말.

당들이 풀줄기로 키 작은 풀 위의 시커먼 피를 가리켰다. 핏자국은 냇둑의 나무들 뒤로 이어져 있었다.

"이제 어떻게 하죠?" 머콤버가 물었다.

"선택의 여지가 별로 없소." 윌슨이 말했다. "차를 이쪽으로 가져올 수는 없소. 둑이 너무 가팔라요. 녀석이 좀더 뻣뻣해지게 놓아두었다가 머콤버 씨하고 내가 들어가 찾아봅시다."

"풀에 불을 놓으면 안 될까요?" 머콤버가 물었다.

"너무 싱싱해서 불이 안 붙을 거요."

"몰이꾼들을 보내면 안 될까요?"

윌슨이 재는 듯한 눈으로 머콤버를 바라보았다. "물론 그럴 순 있죠." 그가 말했다. "하지만 그러다가 몰이꾼들 목숨이 위태로워질 수도 있소. 보다시피 우리는 사자가 상처를 입었다는 걸 알고 있소. 상처 입지 않은 사자는 몰 수 있죠. 그럼 사자는 소리에 앞서서 움직일 테니까. 하지만 상처 입은 사자는 공격을 해요. 마주치기 전에는 놈을 볼 수가 없소. 토끼 한 마리 숨을 수 없을 거라고 생각하는 곳에 납작하게 엎드려 숨어 있을 거요. 그런 상황이 벌어질 수 있는 곳으로 보이들을 보내는 건 좋지 않아요. 누군가는 다치게 되어 있으니까."

"엽총 담당들은?"

"아, 엽총 담당은 우리하고 함께 가죠. 그게 그들 샤우리*니까. 보다시피, 그러기로 계약했고. 하지만 즐거운 표정은 아니지, 안 그래요?"

"나는 저 안에 들어가고 싶지 않은데요." 머콤버가 말했다. 그는 말

---

* '일'이라는 뜻의 스와힐리어.

을 뱉고 나서야 자기 입에서 그 말이 나왔다는 것을 깨달았다.

"나도 마찬가지요." 윌슨이 아주 명랑하게 말했다. "하지만 정말로 선택의 여지가 없소." 그러더니 다시 생각하는 것처럼 머콤버를 흘끗 보았고, 그 순간 그가 얼마나 떨고 있는지, 그의 표정이 얼마나 처량한지 알 수 있었다.

"물론 머콤버 씨가 안에 들어갈 필요는 없죠." 윌슨이 말했다. "뭐, 이런 일 때문에 내가 고용된 거니까. 그래서 내 보수가 그렇게 비싼 것이기도 하고."

"그럼 혼자 들어가겠단 말인가요? 저놈을 그냥 저기 놔두면 안 되나요?"

사자와 사자가 야기한 문제에 완전히 몰두해 있었던 터라, 머콤버가 말이 꽤 많아졌다는 것만 알아챘을 뿐, 그 외에는 그에 관해 별생각을 하지 않았던 로버트 윌슨은 갑자기 호텔에서 엉뚱한 문을 열었다가 창피스러운 꼴을 봐버린 듯한 느낌을 받았다.

"무슨 말인지?"

"저놈을 그냥 놔두면 안 되느냐는 겁니다."

"그러니까 저 녀석이 총에 맞지 않은 척하자는 거요?"

"아니요. 그냥 내버려두자는 겁니다."

"그렇게는 안 되죠."

"왜 안 됩니까?"

"우선 저 녀석이 심한 고통을 겪고 있을 게 분명하니까. 또 한 가지는 다른 사람이 저 녀석과 우연히 마주치게 될지도 모른다는 거요."

"그렇군요."

"하지만 머콤버 씨는 전혀 움직일 필요가 없소."

"나도 가고 싶습니다." 머콤버가 말했다. "다만 겁이 난다, 그런 말입니다."

"안에 들어가면 내가 앞장을 서겠소." 윌슨이 말했다. "콩고니한테는 핏자국을 따라가라 하고. 머콤버 씨는 내 뒤에서, 조금 옆쪽에 서서 따라오쇼. 가다가 녀석이 으르렁거리는 소리를 듣게 될 가능성이 높아요. 녀석이 눈에 띄면 우리 둘 다 쏘는 거요. 아무 걱정 마쇼. 내가 머콤버 씨를 든든히 받쳐줄 테니까. 하지만, 있잖소, 어쩌면 안 가시는 게 나을지도 모르겠소. 그게 훨씬 나을지도 모르오. 내가 처리하는 동안 가서 *멤사히브*하고 함께 있지 그래요?"

"아니, 가고 싶어요."

"좋소." 윌슨이 말했다. "하지만 내키지 않으면 가지 마쇼. 뭐, 이건 이제 내 *샤우리*니까."

"가고 싶습니다." 머콤버가 말했다.

그들은 나무 밑에 앉아 담배를 피웠다.

"기다리는 동안 돌아가서 *멤사히브*하고 이야기를 하겠소?" 윌슨이 물었다.

"아니요."

"그럼 내가 잠깐 가서 좀 기다려야 할 것 같다고 말하고 오죠."

"좋습니다." 머콤버가 말했다. 그는 거기 그대로 앉아 있었다. 겨드랑이에서 땀이 흐르고, 입안이 마르고, 뱃속이 텅 빈 느낌이었다. 윌슨한테 나는 안 갈 테니 혼자 가서 사자를 끝장내라고 말할 용기를 찾고 싶었다. 그는 알지 못했다. 윌슨이 머콤버의 상태를 진작 눈치채고 부인한테 돌려보냈어야 하는데 그러지 못한 것 때문에 격분해 있다는 사실을. 그렇게 앉아 있자니 윌슨이 다시 나타났다. "큰 총을 가져왔소." 그가 말했다. "받으쇼. 이제 저 녀석한테 시간은 충분히 준 것 같소. 갑시다."

머콤버가 큰 총을 받아들자 윌슨이 말했다.

"내 뒤에 오되, 5야드쯤 오른쪽에 있다가 내가 시키는 대로만 하쇼." 그러더니 윌슨은 우울의 표본처럼 보이는 두 엽총 담당에게 스와힐리어로 뭐라고 말했다.

"갑시다." 그가 말했다.

"물 좀 마셔도 될까요?" 머콤버가 물었다. 윌슨이 허리띠에 수통을 차고 있는 나이든 엽총 담당에게 말하자, 엽총 담당은 허리띠를 풀고 마개를 따서 수통을 머콤버에게 건넸다. 수통은 무척 무겁게 느껴졌고, 수통을 싼 펠트 천이 손에 닿자 싸구려 털이 잔뜩 박혀 있다는 것을 알 수 있었다. 그는 물을 마시려고 수통을 들어올리며, 정면의 키 큰 풀들과 그 뒤의 우듬지가 납작한 나무들을 보았다. 그들을 향해 가벼운 바람이 불어왔고, 바람에 풀이 부드럽게 물결쳤다. 머콤버는 엽총 담당을 보았고 그 또한 공포로 괴로워하고 있다는 것을 알 수 있었다.

커다란 사자는 풀밭 안으로 35야드 들어간 곳의 땅바닥에 납작 엎드려 있었다. 귀는 뒤로 젖혀졌고, 움직임이라고는 끝에 검은 털이 더부룩한 긴 꼬리를 위아래로 약간 꿈틀거리는 정도였다. 사자는 여기 숨을 곳에 이르자마자 더는 움직일 수 없게 되었다. 가득찬 배를 뚫은 상처 때문에 괴로웠고, 허파를 뚫은 상처 때문에 힘이 빠졌으며 숨을 쉴 때마다 입에 피거품이 엷게 번졌다. 옆구리는 축축하고 뜨거웠으며, 금속 외피를 씌운 총알들이 황갈색 가죽에 낸 작은 구멍에는 파리가 꼬여들었다. 증오 때문에 가늘어진 크고 노란 눈은 정면을 똑바로 바라보며 숨쉴 때마다 찾아오는 통증에 껌뻑일 뿐이었고, 발톱은 햇볕에 달구어진 부드러운 흙을 파고들었다. 사자는 자신의 모든 것, 통증, 괴로움, 증오, 그리고 남은 모든 힘을 전부 응축해서 돌진을 위한 절대적 집중 상태를 만들어내고 있었다. 사람들의 말소리가 들렸지만, 사자는 그들이 풀밭 안으로 들어오자마자 돌격할 수 있도록 자신의 모든 것을 그러모아 준비하며 기다렸다. 사람들 목소리가 가까이서 들리자 꼬리가 뻣뻣해지면서 위아래로 꿈틀거렸고, 그들이 풀밭 가장자리에 들어서자 사자는 기침을 하듯 컥컥거리며 돌격했다.

나이든 엽총 담당 콩고니는 맨 앞에서 핏자국을 살피고, 윌슨은 큰 총을 쏠 준비를 한 채로 무슨 움직임이 있나 풀을 살피고, 두번째 엽총 담당은 앞을 보며 귀를 기울이고, 머콤버는 소총의 공이치기를 당긴 채 윌슨에게 바싹 붙어 가고 있었다. 막 풀밭에 들어서는 순간, 머콤버는 피에 목이 막힌, 기침하듯 컥컥거리는 소리를 들었고, 풀 속에서 무언가가 빠르게 휙 움직이는 것을 보았다. 다음 순간 그는 자신이 달리고 있다는 것을 알았다. 공황에 빠져 개활지를 미친듯이 달리고 있었다. 시내를 향해 달리고 있었다.

윌슨의 커다란 소총에서 카-라-앙! 하는 소리가 들리더니, 이어 두번째로 카라앙! 하는 커다란 소리가 들렸다. 머콤버가 고개를 돌리자, 머리가 반쯤 날아간 것 같은 섬뜩한 모습의 사자가 풀밭 가장자리에서 윌슨을 향해 기어가고, 얼굴이 붉은 남자가 짧고 볼품없는 소총의 노리쇠를 만지더니 신중하게 겨냥하는 것이 보였다. 다시 총구에서 폭발이 일어나듯 카라앙! 소리가 났다. 엉금엉금 기던 육중하고 누런 사자의 몸통이 뻣뻣해지고 박살난 거대한 머리가 앞으로 수그러졌다. 머콤버는 장전된 소총을 든 채 달려가던 벌판에 홀로 서 있다가, 흑인 두 명과 백인 한 명이 경멸에 찬 표정으로 그를 돌아보는 것을 보고 사자가 죽었다는 것을 알았다. 머콤버는 윌슨을 향해 다가갔다. 그의 기다란 몸 전체가 치욕을 적나라하게 드러내는 것 같았다. 윌슨이 머콤버를 보며 말했다.

"사진 찍고 싶소?"

"아니요." 머콤버가 말했다.

그것을 끝으로 차에 도착할 때까지 아무도 말이 없었다. 차에 와서 윌슨이 말했다.

"죽여주게 멋진 사자야. 보이들이 가죽을 벗길 거요. 우리는 여기 그 늘에 있는 게 좋겠소."

아내는 머콤버를 보지 않았고 머콤버도 그녀를 보지 않았다. 그는 뒷자리의 그녀 옆에 앉았고, 윌슨은 앞자리에 앉았다. 머콤버가 아내 쪽을 보지 않은 채 손을 뻗어 그녀의 손을 잡았으나 그녀는 곧 손을 빼 냈다. 그는 시내 건너에서 엽총 담당들이 사자 가죽을 벗기는 모습을 바라보다가 아내가 모든 것을 보았다는 사실을 알았다. 그렇게 앉아 있 다가 그의 아내가 손을 앞으로 뻗어 윌슨의 어깨를 잡았다. 윌슨이 고 개를 돌리자 그녀는 의자의 낮은 등받이 너머로 몸을 기울여 그의 입 에 키스했다.

"어이쿠야." 윌슨의 얼굴이 자연스럽게 햇볕에 그을린 색깔보다 더 빨개졌다.

"로버트 윌슨 씨." 그녀가 말했다. "아름다운 빨간 얼굴의 로버트 윌슨 씨."

그러더니 그녀는 다시 머콤버 옆에 앉아 시내 건너 사자가 누워 있는 곳으로 눈길을 돌렸다. 흑인들이 가죽에서 살을 발라내는 동안 사자는 흰 근육과 힘줄이 드러난 벌거벗은 앞다리를 위로 들어올리고 부풀어오른 흰 배를 드러낸 채 누워 있었다. 마침내 엽총 담당들이 축축하고 무거운 가죽을 가져와 둘둘 말아 들고 뒷자리에 올라타자 차가 움직이기 시작했다. 야영지에 돌아올 때까지 아무도 더는 말을 하지 않았다.

이것이 사자 이야기의 전말이었다. 머콤버는 사자가 돌진하기 전에 어떤 기분이었는지, 2톤의 위력을 발휘하는 총구 속도를 가진 505구경의 믿어지지 않는 파괴력으로 입을 얻어맞았을 때 어떤 기분이었는지, 살을 찢는 요란한 소리가 두번째로 엉덩이를 강타한 뒤 자신을 파괴한 그 요란하게 폭발하는 것을 향해 엉금엉금 기어갔을 때 무엇 때문에 그것을 계속 그렇게 쫓아갔는지 알지 못했다. 윌슨은 그에 관해 무언가를 알고 있었지만, 그냥 이렇게만 표현할 뿐이었다. "죽여주게 멋진 사자야." 하지만 머콤버는 윌슨이 어떤 기분인지도 알지 못했다. 아내가 어떤 기분인지도 알지 못했다. 그녀가 자신과 끝을 냈다는 것 외에는.

아내는 전에도 그와 끝을 낸 적이 있지만 결코 오래가지는 않았다. 그는 큰 부자였고, 더 큰 부자가 될 것이었기 때문이다. 그는 그녀가 이번에도 자신을 영영 떠나지는 않을 것임을 알았다. 그것은 그가 진정으로 알고 있는 몇 안 되는 것들 가운데 하나였다. 그는 그것을 알았고, 오토바이 ─ 가장 먼저 안 것이었다 ─ 를 알았고, 오리 사냥을 알았고,

송어, 연어, 큰 바닷물고기를 낚는 법을 알았고, 책, 많은 책, 너무 많은 책에 나오는 섹스를 알았고, 코트 경기를 알았고, 개를 알았고, 말은 잘 알지 못했고, 자신의 돈을 꽉 붙드는 법을 알았고, 자신의 세계에서 거래되는 다른 것들 대부분을 알았고, 아내가 자신을 떠나지 않을 것임을 알았다. 아내는 한때 굉장한 미인이었고 아프리카에서는 여전히 굉장한 미인이었지만, 고국에서는 이제 그를 떠나 형편이 더 나아질 수 있을 만큼 굉장한 미인은 아니었다. 그녀는 그것을 알았고, 그도 그것을 알았다. 그녀는 그를 떠날 기회를 놓쳤고, 그는 그것을 알았다. 만일 그가 과거에 여자들에게 나은 실력을 보였다면 아내는 아마 그가 아름다운 새 아내를 얻을지도 모른다고 걱정했을 것이다. 하지만 그녀도 그를 너무 잘 알았기 때문에 걱정하지 않았다. 또 그는 아내에게 늘 큰 관용을 베풀었는데, 그것이 그의 가장 훌륭한 점으로 보이기도 했다. 간혹 가장 위험한 면으로 비치기도 했지만.

대체로 그들은 비교적 행복한 결혼생활을 하는 부부, 종종 파탄이 났다는 소문이 돌지만 실제로는 절대 그런 일이 일어나지 않는 부부로 알려져 있었다. 그리고 사교계 칼럼니스트가 언급했듯이, 그들은 마틴 존슨 부부가 수많은 영화에서 사자 올드 심바, 물소, 코끼리 템보를 쫓고 자연사박물관에 들어갈 표본을 수집하는 모습을 보여주며 조명하기 전까지는 **가장 짙은 암흑의 아프리카**라고 알려져 있던 곳에서 **사파리** 여행을 하며, 많은 부러움을 사는 그들의 지속적 **로맨스**에 양념 이상의 모험을 보태고 있었다. 그 칼럼니스트는 이들이 과거에 적어도 세 차례 **파탄 직전까지** 간 적이 있다고 보도했으며, 실제로 그런 적이 있었다. 그러나 그들은 늘 화해했다. 그들에게는 결합을 유지할 만한 탄탄한 기초가 있었다. 마고는 머콤버가 이혼을 하기에는 너무 아름다웠고, 머콤버는 마고가 버리기에는 돈이 너무 많았다.

새벽 세시쯤이었다. 사자 생각을 접어두고 잠시 잠이 들었던 프랜시스 머콤버는 도중에 한 번 잠을 깼다가 다시 잠이 들었고, 머리에 유혈이 낭자한 사자가 그의 몸 위에 우뚝 서 있는 꿈에 겁을 먹고 갑자기 깨어나 자기 심장이 두근거리는 소리에 귀를 기울이다가, 텐트의 다른 침상에 누워 있어야 할 아내가 없다는 것을 깨달았다. 그는 그 사실 때문에 두 시간 동안 잠을 이루지 못하고 누워 있었다.

두 시간이 지나자 아내가 텐트로 들어와 자신의 모기장을 걷어올리더니 조심스럽게 침대로 기어들어갔다.

"어디 갔다 왔어?" 머콤버가 어둠 속에서 물었다.

"어머," 그녀가 말했다. "깼어?"

"어디 갔다 왔냐니까?"

"바람 좀 쐬러 나갔다 왔어."

"잘도 그랬겠다."

"무슨 말을 듣고 싶은 거야, 여보?"

"어디 갔다 왔냐고?"

"바람 좀 쐬러 나갔다 왔다니까."

"이제 그게 그 짓을 지칭하는 새로운 표현이 된 거로군. 당신은 **정말**이지 암캐 같은 년이야."

"그러는 당신은 겁쟁이고."

"그래," 그가 말했다. "그게 뭐 어때서?"

"내 입장에서야 아무 문제 아니지. 어쨌든 이야기 그만해, 여보. 나

아주 졸리니까."

"내가 뭐든지 받아들일 거라 생각하는군."

"그러리라는 걸 알고 있지, 착한 당신은."

"글쎄, 안 그럴걸."

"제발, 여보, 이야기는 그만하자. 나 정말 졸려."

"이제 그런 일은 없어야 하는 거잖아. 그런 일은 없을 거라고 약속했
잖아."

"어쩌나, 이제 생겨버렸는걸." 그녀가 달착지근하게 말했다.

"우리가 이 여행을 하면 그런 일은 절대 없을 거라고 했잖아. 당신이
약속했잖아."

"그래, 여보. 나도 그러려고 했어. 하지만 여행은 어제 엉망이 됐어.
우리가 그 이야기를 할 필요는 없잖아, 안 그래?"

"당신이 유리한 입장일 때는 오래 기다려주지 않는군, 그렇지?"

"제발 이야기 좀 그만해. 많이 졸려, 여보."

"나는 이야기할 거야."

"그럼 나는 빼줘. 나는 잘 테니까." 그리고 그녀는 잠들었다.

동트기 전 아침식사를 하러 셋이 모두 식탁에 앉았을 때, 프랜시스
머콤버는 자신이 이제까지 싫어한 수많은 사람 중에서 로버트 윌슨을
가장 싫어한다는 것을 알게 되었다.

"잘 주무셨소?" 윌슨이 파이프를 채우며 쉰 목소리로 말했다.

"그쪽은?"

"최고로." 백인 사냥꾼이 그에게 말했다.

이런 나쁜 새끼, 머콤버는 생각했다, 이 건방진 새끼.

그러니까 여자가 들어가면서 남자를 깨운 모양이군. 윌슨은 그 차분
하고 차가운 눈으로 두 사람을 보며 생각했다. 참, 왜 이자는 자기 마누
라를 제대로 간수하지 못하는 거야? 내가 뭐라고 생각하는 거야, 빌어
먹을 성인군자라도 되는 줄 아나? 자기 마누라는 자기가 알아서 챙겨
야지. 이건 이자의 잘못이야.

"물소를 찾을 것 같나요?" 마고가 살구 접시를 옆으로 밀며 물었다.

"가능성이 있죠." 윌슨이 말하며 그녀에게 웃음 지었다. "부인은 그냥
야영지에 계시는 게 어떻겠소?"

"무슨 일이 있어도 그건 싫어요." 그녀가 말했다.

"야영지에 계시라고 명령을 내리시죠." 윌슨이 머콤버에게 말했다.

"그쪽이 명령하쇼." 머콤버가 차갑게 말했다.

"명령 같은 건 하지 않기로 해요. 또," 마고는 머콤버 쪽을 보며 아주
유쾌하게 덧붙였다. "바보 같은 짓도요, 프랜시스."

"출발 준비는 됐습니까?" 머콤버가 물었다.

"언제라도." 윌슨이 말했다. "멤사히브도 가기를 바라시는 거요?"

"내가 바라든 안 바라든 달라질 게 있겠습니까?"

마음대로 해, 로버트 윌슨은 생각했다. 젠장, 전부 다 마음대로 하라
고. 그러니까 결국 이렇게 되는군. 참 나, 결국 이렇게 되고 마는 거야.

"달라질 건 없죠." 그가 말했다.

"혹시 그쪽이 내 아내와 야영지에 남고 나 혼자 물소 사냥을 내보내
고 싶은 건 아니오?" 머콤버가 물었다.

"그럴 수야 없죠." 윌슨이 말했다. "내가 머콤버 씨라면 그런 말도 안
되는 소리는 하지 않을 거요."

"말도 안 되는 소리가 아니야. 나는 역겨운 거야."

"거 나쁜 말이로군, 역겹다니."

"프랜시스, 제발 좀 양식 있는 사람답게 말해줄래?" 그의 아내가 말했다.

"빌어먹을, 나는 지금 너무 양식 있게 말하고 있어." 머콤버가 말했다. "당신은 이런 더러운 음식을 먹어본 적이 있어?"

"음식에 무슨 문제가 있소?" 윌슨이 조용히 물었다.

"음식만이 아니라 다른 것도 모두 다 더러워."

"나라면 좀 차분하게 굴 것 같은데, 그렇게 나불거리지 않고 말이오." 윌슨이 아주 나직하게 말했다. "식탁에서 시중드는 보이는 영어를 좀 알아듣는단 말이오."

"젠장, 보이야 알아듣든 말든."

윌슨은 일어서더니 파이프를 빨며 성큼성큼 걸어가서 자신을 기다리며 서 있던 엽총 담당 한 명에게 스와힐리어로 몇 마디 했다. 머콤버와 그의 아내는 계속 식탁에 앉아 있었다. 머콤버는 자신의 커피잔을 노려보았다.

"소동을 부리면 갈라설 거야, 여보." 마고가 조용히 말했다.

"아니, 당신은 그렇게 못해."

"한번 두고 보시지."

"당신은 나하고 갈라서지 못해."

"그래," 그녀가 말했다. "나는 당신하고 갈라서지 않고 당신은 얌전하게 구는 거야."

"얌전하게 굴라고? 이거 말하는 것 좀 보게. 얌전하게 굴라."

"그래. 얌전하게 굴라고."

"당신이나 얌전하게 굴려고 노력해보지 그래?"

"나는 오랫동안 노력해왔어. 아주 오랫동안."

"나는 저 벌건 낯짝의 돼지 새끼가 싫어." 머콤버가 말했다. "저놈 꼴도 보기 싫다고."

"정말이지 아주 좋은 사람인데."

"아, 입 다물어." 머콤버가 소리치다시피 했다. 바로 그때 자동차가 다가와 식당 텐트 앞에 멈추더니 운전사와 엽총 담당 두 명이 내렸다. 윌슨이 다가와 식탁에 앉은 부부를 보았다.

"사냥하러 갈 거요?" 그가 물었다.

"가요," 머콤버가 일어서며 말했다. "간다고."

"모직 옷을 가져가는 게 좋을 거요. 차 안은 서늘할 테니." 윌슨이 말했다.

"나는 가죽 재킷을 가져올게요." 마고가 말했다.

"보이가 이미 챙겼소." 윌슨이 그녀에게 말했다. 윌슨은 운전사와 함께 앞자리에 탔고, 프랜시스 머콤버와 그의 아내는 아무 말 없이 뒷자리에 탔다.

저 멍청한 작자가 내 뒤통수를 날려버리겠다는 생각은 하지 않았으면 좋겠는데, 윌슨은 생각했다. 사파리에서 여자는 **정말로** 골치 아픈 존재야.

차는 흐릿한 햇빛을 받으며 구물구물 아래로 내려가 얕은 여울목에서 시내를 건너 가파른 둑을 사선으로 올라갔다. 전날 윌슨이 보이들에게 공원처럼 숲이 울창한 건너편의 구릉으로 갈 수 있도록 삽으로 길을 만들어놓으라고 지시해둔 곳이었다.

좋은 아침이로군, 윌슨은 생각했다. 간밤에 내린 이슬이 묵직했다. 바퀴들이 풀과 낮은 덤불을 통과하면서 짓이겨진 풀잎 냄새가 났다. 버베나 같은 냄새였다. 그는 차가 길이 없는 공원 같은 들판을 통과할 때 나는 이른아침 이슬 냄새, 짓이겨진 고사리, 이른아침 안개 사이로 검게 나타나는 나무줄기의 모습을 좋아했다. 그는 이제 뒷자리의 두 사람은 마음에서 내보내고 물소 생각을 하고 있었다. 그가 쫓는 물소는 낮에는 심하게 질퍽거리는 늪에 들어가 있어 사냥하는 것이 불가능했지만, 밤이면 먹이를 찾아 개활지로 나오기 때문에, 차로 물소와 늪 사이를 째고 들어갈 수 있다면 머콤버가 개활지에서 물소를 잡을 가능성이 꽤 높을 것 같았다. 그는 숲이 우거져 시야가 확보되지 않는 곳에서 머콤버와 물소 사냥을 하고 싶지 않았다. 사실 머콤버와는 물소든 뭐든 사냥하고 싶지 않았지만, 그는 직업 사냥꾼이었고 한창때는 별별 괴팍한 사람들과도 사냥을 한 적이 있었다. 만일 오늘 물소를 잡는다면 이제 코뿔소만 남게 되는 셈이었고, 그러면 저 가엾은 남자의 위험한 사냥도 끝이 나니 상황이 나아질지도 몰랐다. 그 자신도 저 여자와 더는 얽힐 일이 없을 테고, 머콤버도 그 일을 극복하게 될 것이다. 보아하니 저자는 전에도 그런 일을 많이 겪은 것이 틀림없어. 불쌍한 놈. 처음 겪는 것도 아니니 극복하는 방법도 틀림없이 익혔겠지. 뭐, 어차피 저 자식의 빌어먹을 잘못이니까.

그는, 로버트 윌슨은, 어쩌다 뜻밖의 행운이 생길 경우 그것을 놓치지 않기 위해 사파리에 이인용 침상을 가지고 다녔다. 한번은 어떤 고객, 자극을 좇고 모험을 좋아하는 국제적인 무리를 이끌고 사냥을 했는데, 그 무리의 여자들은 백인 사냥꾼과 한 침상을 쓰지 않으면 사냥꾼이 돈값을 제대로 한 게 아니라고 생각했다. 그때는 그 여자들 몇 명을 꽤 좋아했지만 그들과 헤어지고 난 뒤에는 경멸하게 되었다. 하지만 그는 그들 덕분에 먹고살았다. 그리고 그들이 그를 고용하고 있는 한은 그들의 기준이 곧 그의 기준이었다.

모든 것에서 그들의 기준이 곧 그의 기준이었으나 사냥만은 예외였다. 그는 죽이는 것에 관해서는 그 나름의 기준이 있었으며, 이 점에서는 그들도 그의 기준에 따르거나 아니면 다른 사냥꾼을 찾아야 했다. 그는 그들이 모두 이 점에서는 그를 존중한다는 것도 알고 있었다. 하지만 머콤버는 이상한 사람이었다. 정말 이상한 사람이었다. 그리고 또 그의 마누라. 어, 그의 마누라. 그래, 그의 마누라. 흠, 그의 마누라. 뭐, 이제 월슨은 그 모든 생각을 떨쳐버렸다. 그는 고개를 돌려 그들을 보았다. 머콤버는 성이 나 험상궂은 표정으로 앉아 있었다. 마고는 그에게 웃음을 지었다. 그녀는 오늘 더 젊어 보였고, 더 순수하고 싱그러워 보였다. 미모를 생계수단으로 삼는 사람의 아름다움처럼 보이지 않았다. 하긴 저 마음속에 뭐가 있는지는 아무도 모르지, 월슨은 생각했다. 어젯밤에 그녀는 말수가 적었다. 그걸 생각하자 그녀를 보는 것이 즐거웠다.

자동차는 약간 비탈진 곳을 올라가 나무들 사이로 나아가다가 초원 같은 개활지로 들어선 뒤, 가장자리의 나무들이 만드는 그늘을 따라 계속 나아갔다. 운전사는 천천히 차를 몰았고, 월슨은 초원과 건너편 가장자리 쪽을 주의깊게 쭉 훑어보았다. 그는 차를 세우고 쌍안경으로 개활지를 살폈다. 이윽고 운전사에게 계속 가라고 손짓하자 차가 천천히 움직였다. 운전사는 혹멧돼지 구덩이를 피하고 개미들이 지어놓은 진흙 성을 빙 돌아서 갔다. 이윽고 윌슨은 개활지를 살피다 갑자기 고개를 돌리며 말했다.

"이야, 저기 있네!"

차가 앞으로 휙 튀어나갔고, 윌슨이 운전사에게 스와힐리어로 빠르게 말을 하는 동안 머콤버는 그가 가리킨 곳을 살폈다. 길고 육중하여 거의 원통처럼 생긴 거대하고 검은 짐승 세 마리가 보였다. 짐승들은 탁 트인 초원 건너편 가장자리를 가로질러 크고 검은 유조차처럼 빠르게 움직이고 있었다. 목을 뻣뻣하게 굳히고, 몸통도 뻣뻣하게 굳히고 전속력으로 내달렸다. 머리를 쑥 내밀고 내달리는 물소의 넓게 벌어지고 끝이 흰 검은 뿔이 보였다. 머리는 움직이지 않았다.

"늙은 수소 세 마리로군." 윌슨이 말했다. "저 녀석들이 늪에 가기 전에 우리가 차단할 거요."

차는 시속 45마일로 넓게 트인 들판을 미친듯이 가로지르고 있었고, 머콤버가 지켜보는 가운데 물소는 점점 커져, 마침내 거대한 소 한 마리의 딱지가 덕지덕지 앉은 털 없는 잿빛 몸통이 눈에 들어왔다. 놈의 목은 어깨의 일부였다. 일렬로 늘어서서 앞으로 고꾸라질 듯 꾸준히 달려가는 다른 물소들 뒤에 약간 처져 달려가는 놈의 뿔이 검게 빛났다. 그 순간 차가 길을 뛰어넘은 것처럼 흔들렸고, 그들은 물소에게 바싹 다가갔다. 머콤버는 앞으로 돌진하는 소의 거대한 몸, 털이 성기게 자란 가죽에 묻은 흙, 널찍하게 돌출한 뿔, 넓은 콧구멍이 뚫린 뒤어나온 주둥이를 볼 수 있었다. 그가 소총을 들어올리자 윌슨이 소리쳤다. "이런 멍청이, 차에서는 안 돼!" 하지만 그에게 두려움은 없었고, 오직 윌슨에 대한 증오만 있을 뿐이었다. 운전사가 브레이크를 꽉 밟아 차가 옆으로 미끄러지며 땅을 파헤치다 거의 멈추자, 윌슨이 한쪽으로 내렸고 머콤버는 다른 쪽으로 내렸다. 머콤버는 아직 빠르게 옆으로 움직이는 땅에 발이 닿자 비틀거렸지만, 멀어져가는 물소를 향해 총을 쏘았고, 총알이 퍽 하고 소의 몸에 박히는 소리를 들었다. 그는 계속 멀어져가는 물소를 향해 소총의 총알을 다 쓰고 나서야 앞쪽 어깨 안에 총알을 박아넣어야 한다는 것을 떠올렸다. 그리고 서툰 손놀림으로 재장전을 하다가 물소가 쓰러진 것을 보았다. 소는 무릎을 꿇고 커다란 머리를 흔들고 있었다. 머콤버는 여전히 질주하는 다른 두 마리를 보면서 앞서가는 녀석을 쏘았고, 맞혔다. 다시 쏘았지만 이번에는 빗나갔다. 그때 윌슨의 총에서 카라앙 하는 요란한 소리가 들렸고, 선두의 물소가 앞으로 미끄러지며 땅에 코를 박는 것이 보였다.

"나머지 한 놈을 잡아." 윌슨이 말했다. "지금 쏴!"

하지만 남은 한 마리는 여전히 빠른 속도로 계속 내달렸고, 머콤버의 총알은 빗나가 먼지만 솟구쳤다. 윌슨도 맞히지 못해 먼지가 구름처럼 피어올랐다. 윌슨은 "그만. 너무 멀어!" 하고 소리치며 그의 팔을 잡았고, 둘은 다시 차에 탔다. 차는 머콤버와 윌슨을 양옆에 매단 채 흔들리며 울퉁불퉁한 땅을 쏜살같이 달려, 묵직한 목을 앞세우고 곤두박질치듯 꾸준하게 직선으로 움직이는 물소의 빠른 걸음을 쫓아갔다.

그들은 물소 뒤를 따라잡았다. 머콤버는 소총에 총알을 채우다 탄약통을 땅에 떨어뜨렸다. 총알 하나가 약실에 잘못 걸려 물린 것을 빼냈다. 이제 차는 물소에게 거의 다가가 있었다. 윌슨이 "멈춰" 하고 소리치자 제동이 걸린 차는 미끄러지다 뒤집힐 뻔했다. 머콤버는 앞으로 쓰러질듯 차에서 내려 노리쇠를 앞으로 쾅 밀고, 빠르게 달리는 물소의 둥글고 검은 등을 겨냥하며 최대한 앞쪽 먼 곳을 맞히겠다는 생각으로 쏘았다. 겨냥을 하고 다시 쏘았고, 또다시, 또다시 쏘았다. 총알은 모두 물소를 맞혔지만 눈에 띄는 영향은 주지 못했다. 그러자 윌슨이 총을 쏘았고, 그 시끄러운 소리에 귀가 먹먹할 지경이었지만, 머콤버는 소가 비틀거리는 것을 볼 수 있었다. 머콤버는 신중하게 겨냥하여 다시 쏘았고, 물소는 무릎을 꿇고 주저앉았다.

"됐소." 윌슨이 말했다. "잘했소. 저놈이 세번째요."

머콤버는 취한 듯 마음이 들뜨는 것을 느꼈다.

"윌슨 씨가 몇 발이나 쐈죠?" 그가 물었다.

"딱 세 발." 윌슨이 말했다. "머콤버 씨가 첫번째 소를 죽였소. 가장 큰 놈이었지. 나머지 둘은 머콤버 씨가 끝장을 낼 수 있도록 내가 도왔고, 혹시라도 놈들이 안 보이는 곳으로 들어갈까봐 걱정했소. 머콤버 씨가 잡은 거요. 나는 그저 마무리를 좀 도운 거고. 정말 잘 쐈소."

"차로 갑시다." 머콤버가 말했다. "한잔하고 싶네요."

"저 물소부터 마무리해야지요." 윌슨이 그에게 말했다. 물소는 무릎을 꿇고 앉아 사납게 머리를 휙휙 젖히다, 그들이 다가가자 성이 나 작고 움푹 꺼진 눈으로 노려보며 큰 소리로 울부짖었다.

"이 녀석이 일어나지 않나 잘 봐야 하오." 윌슨이 말하더니 덧붙였다. "약간 몸통 쪽으로 가서 목을 쏴서 확실히 잡아버리쇼. 귀 바로 뒤쪽이오."

머콤버는 성이 나 휙휙 젖혀대는 거대한 목의 중앙을 신중하게 겨냥하고 쏘았다. 그 한 방에 머리가 앞으로 푹 고꾸라졌다.

"됐소." 윌슨이 말했다. "척추를 맞힌 거요. 이놈들 굉장해 보이죠, 안 그렇소?"

"술이나 한잔 합시다." 머콤버가 말했다. 평생 이렇게 기분이 좋았던 적이 없었다.

머콤버의 아내는 새하얗게 질린 얼굴로 차 안에 앉아 있었다. "대단하던데, 당신," 그녀가 머콤버에게 말했다. "이렇게 거칠게 내달리는 차에 타본 것도 처음이고."

"험했소?" 윌슨이 물었다.

"무시무시했어요. 평생 이렇게 겁났던 적이 없었어요."

"다들 한잔하지." 머콤버가 말했다.

"좋고말고." 윌슨이 말했다. "우선 멤사히브부터 드리죠." 그녀는 휴대용 술병을 입에 대고 아무것도 타지 않은 위스키를 마셨고, 술이 목을 넘어가자 약간 몸을 떨었다. 그녀는 병을 머콤버에게 건넸고, 머콤버는 윌슨에게 건넸다.

"소름 끼치게 흥미진진했어요." 그녀가 말했다. "무시무시한 두통이 생기더라고요. 그런데 차에서 그것들을 쏘는 게 허용되는 줄은 몰랐네요."

"아무도 차에서는 쏘지 않았소." 윌슨이 차갑게 말했다.

"내 말은 차로 추격했다는 거예요."

"보통은 안 그러죠." 윌슨이 말했다. "하지만 막상 그렇게 쫓아가보니 꽤나 자극적입니다. 구멍이나 이런저런 것들로 가득한 평원을 가로질러 그렇게 차를 몰고 가는 게 걸어서 사냥하는 것보다는 위험을 무릅쓰는 쪽이죠. 물소는 마음만 먹었으면 우리가 쏠 때마다 우리를 공격할 수도 있었소. 그놈들에게도 기회를 다 준 셈이지. 하지만 나 같으면 이

얘기는 아무한테도 안 할 거요. 굳이 따지고 들자면 불법이니까."

"내가 보기에도 아주 불공평했어요." 마고가 말했다. "자동차를 타고 그 무력하고 커다란 것들을 추격하다니."

"그래요?" 윌슨이 말했다.

"나이로비에서 이 일을 알면 어떻게 될까요?"

"우선 내가 면허를 잃겠죠. 다른 불쾌한 일도 생기고." 윌슨이 휴대용 술병을 입에 대고 한 모금 마시고 나서 말을 이었다. "나는 실업자가 될 거요."

"정말이요?"

"네, 정말이요."

"옳아," 머콤버가 이날 처음으로 웃음을 지으며 말했다. "이제 마고가 윌슨 씨 약점을 쥔 셈이네요."

"말 한번 예쁘게 하네, 프랜시스." 마고 머콤버가 말했다. 윌슨은 두 사람을 동시에 보았다. 네 글자짜리 남자가 다섯 글자짜리 여자와 결혼을 하면* 자식들은 몇 글자짜리 인간이 될까, 그는 그런 생각을 하고 있었다. 하지만 그가 한 말은, "엽총 담당 한 명이 보이지 않네. 알고 있었소?"였다.

"맙소사, 몰랐는데요." 머콤버가 말했다.

"저기 오네요." 윌슨이 말했다. "괜찮군. 첫번째 소를 사냥한 곳에서 이쪽으로 올 때 뒤처진 거네."

니트 모자, 카키 튜닉, 반바지, 고무 샌들 차림으로 절뚝거리며 다가

---

* 네 글자와 다섯 글자는 각각 shit, bitch라는 욕을 완곡하게 표현한 것이다.

오는 중년의 엽총 담당은 우울한 얼굴에 넌더리 난다는 표정이었다. 그는 다가오며 윌슨에게 스와힐리어로 소리를 질렀고, 모두 백인 사냥꾼의 얼굴빛이 변하는 것을 보았다.

"뭐라는 거예요?" 마고가 물었다.

"첫번째 소가 일어서서 덤불 속으로 들어갔다는군요." 윌슨이 아무런 감정이 실리지 않은 목소리로 말했다.

"아." 머콤버가 멍한 표정으로 말했다.

"그럼 꼭 그 사자처럼 되겠군요." 마고가 기대감 가득한 어조로 말했다.

"절대 그 빌어먹을 사자처럼 되지는 않을 거요." 윌슨이 그녀에게 말했다. "한잔 더 하시겠소, 머콤버?"

"네, 고맙습니다." 머콤버가 말했다. 사자에게 느꼈던 감정이 되살아날 것이라고 생각했지만, 그렇지는 않았다. 정말이지 평생 처음으로 두렵다는 느낌에서 완전히 벗어나 있었다. 두려움 대신 의기양양한 느낌을 또렷하게 맛보고 있었다.

"가서 두번째 소를 볼 거요." 윌슨이 말했다. "운전사한테 차를 그늘에 대놓으라고 말하죠."

"어쩌려고요?" 마거릿 머콤버가 물었다.

"물소를 살펴보려고요." 윌슨이 말했다.

"나도 갈래요."

"갑시다."

세 사람은 두번째 물소가 넓은 자리를 차지하고 시커멓게 누워 있는 개활지까지 갔다. 머리는 앞의 풀밭에 늘어지고, 육중한 뿔은 넓게 펼쳐져 있었다.

"아주 훌륭한 머리인데." 윌슨이 말했다. "뿔 사이의 폭이 50인치 가까이 되겠는걸."

머콤버는 기쁜 표정으로 물소를 보고 있었다.

"보기 흉하네." 마고가 말했다. "그늘로 들어가면 안 되나요?"

"안 되긴요." 윌슨이 말했다. "보쇼." 그는 머콤버에게 말하며 손가락으로 가리켰다. "저기 저 조그만 덤불 보이죠?"

"네."

"저기가 첫번째 소가 들어간 곳이오. 엽총 담당 말이 자기가 뒤처졌을 때 소는 쓰러져 있었다네요. 그 친구는 우리가 미친듯이 질주하고, 나머지 물소 두 마리가 달려가는 것을 지켜보고 있었답니다. 그런데 고개를 들어보니 소가 일어서서 자기를 노려보고 있더란 거요. 엽총 담당은 부리나케 도망쳤고, 소는 천천히 저 덤불 속으로 들어가버린 거죠."

"지금 쫓아 들어가도 되나요?" 머콤버가 의욕에 차서 물었다.

윌슨은 재는 듯한 눈으로 그를 보았다. 이거 정말 이상한 작자네, 그는 생각했다. 어제는 무서워서 다 죽어가더니 오늘은 불이라도 삼킬 듯 기세가 등등해.

"아니, 그 녀석한테 시간을 좀 주고 나서요."

"어서 그늘로 들어가요." 마고가 말했다. 그녀는 얼굴이 하얬고 아파 보였다.

그들은 홀로 서서 가지를 넓게 뻗고 있는 나무 밑에 대어놓은 자동차로 가서 모두 올라탔다.

"그 녀석이 저 안에서 죽었을 가능성도 있소." 윌슨이 자기 생각을 이야기했다. "조금 이따가 한번 가봅시다."

머콤버는 이제까지 알지 못했던 격렬하고 비이성적인 행복을 느꼈다.

"이야, 아까 그런 게 바로 짐승을 쫓는다는 거야." 그가 말했다. "지금까지 그런 기분은 느껴본 적이 없어. 대단하지 않았어, 마고?"

"싫었어."

"왜?"

"싫었어." 그녀가 불쾌한 듯 말했다. "혐오스러웠어."

"있잖습니까, 앞으로는 그 무엇도 두렵지 않을 것 같네요." 머콤버가 윌슨에게 말했다. "처음 그 물소를 보고 뒤쫓기 시작한 뒤로 내 안에서 무슨 일이 일어났어요. 댐이 터진 것 같아요. 절대적 흥분 상태였습니다."

"그럼 간이 깨끗이 씻겨 겁이 사라지죠." 윌슨이 말했다. "사람들한테는 참 희한한 일들이 일어난다니까요."

머콤버의 얼굴이 빛나고 있었다. "있잖아요, 정말로 나한테 어떤 일이 일어난 게 분명해요." 그가 말했다. "지금은 내가 완전히 달라진 느낌이라고요."

그의 아내는 아무 말 없이 묘한 눈으로 그를 보았다. 그녀는 좌석에 등을 완전히 기대고 앉아 있었고, 머콤버는 앞으로 몸을 기울이고 앉아 앞좌석의 윌슨에게 이야기를 했으며, 윌슨은 옆으로 몸을 돌리고 등받이 너머로 이야기를 했다.

"있잖아요, 사자를 한 마리 더 잡아보고 싶습니다." 머콤버가 말했다. "이제는 정말로 두렵지 않아요. 사실 말이지, 지들이 나를 어쩔 수 있겠습니까?"

"바로 그거요." 월슨이 말했다. "최악이라고 해봤자 죽기밖에 더하겠소. 그 대사가 어떻게 되더라? 셰익스피어인데. 죽이게 멋진 구절인데. 기억이 나려나. 아, 죽여주게 좋은 건데. 한때는 혼자 속으로 인용하곤 했는데. 어디 보자. '맹세코, 나는 상관하지 않아. 남자는 한 번밖에 못 죽고, 우리는 죽음을 신에게 빚지고 있으니까. 어느 쪽이든 될 대로 되라지. 올해 죽는 사람이 내년에 또 죽을 일은 없지 않겠어.'* 죽여주게 훌륭하지 않소, 응?"

월슨은 자신이 의지하며 사는 이런 말을 꺼내든 것이 몹시 창피했지만, 전에도 어른이 되는 남자들을 본 적이 있었고, 그것은 그에게 늘 감동을 주었다. 그것은 단지 나이가 스물한 살이 되느냐 마느냐의 문제가 아니었던 것이다.

머콤버에게 이런 일이 일어나는 데는 사냥이라는 이상한 기회, 미리 걱정할 겨를 없이 갑자기 행동에 돌입할 기회가 필요했지만, 어떻게 일어났느냐에 상관없이 그런 일이 일어난 것만큼은 분명한 사실이었다. 지금 이 녀석을 좀 봐, 월슨은 생각했다. 사실 어떤 사람들은 아주 오랫동안 꼬맹이에서 벗어나지 못했다. 간혹 평생 벗어나지 못하는 경우도 있었다. 그런 사람들은 나이가 쉰이 되어도 생긴 게 애 같지. 잘난 미국인 꼬맹이-어른들. 더럽게 이상한 인간들이야. 하지만 지금 이 머콤버는 마음에 들었다. 더럽게 이상한 친구야. 어쩌면 이제 더는 부인을 빼앗기는 일도 없을지 몰랐다. 그래, 그건 더럽게 좋은 일이지. 더럽게 좋

---

* 셰익스피어의 『헨리 4세』에 나오는 구절.

은 일이야. 이놈은 아마 평생 두려워하며 살았을 거야. 뭐 때문에 그런 두려움이 시작되었는지는 모르지. 하지만 이제는 끝났어. 물소를 잡을 때는 두려워할 새가 없었다. 게다가 화도 났고. 자동차도 있었고. 자동차는 상황을 익숙하게 만들어주었다. 이제 정말 기세가 등등해. 그는 전쟁에서도 똑같은 효과가 나타나는 것을 보았다. 이런 상황은 동정을 잃는 것보다도 큰 변화를 가져왔다. 마치 수술을 해서 잘라낸 것처럼 공포가 사라졌다. 대신 그 자리에 다른 어떤 것이 자라났다. 남자들이 가지고 있는 중요한 것이. 그것이 그들을 남자로 만들어주었다. 여자들도 그것을 알았다. 빌어먹을 공포가 그들에게서 사라졌다는 것을.

뒷좌석 구석에서 마거릿 머콤버는 두 남자를 보았다. 윌슨에게는 아무런 변화가 없었다. 그녀는 전날 그의 위대한 재능이 무엇인지 처음 깨달았을 때 그를 보던 눈으로 윌슨을 보고 있었다. 하지만 이제 그녀는 프랜시스 머콤버에게서 변화를 보았다.

"이제 곧 벌어질 일을 두고 윌슨 씨도 그런 행복을 느끼나요?" 머콤버가 자신의 새로운 자산을 계속 탐사하며 물었다.

"그런 말은 하면 안 되지." 윌슨이 상대의 얼굴을 보며 말했다. "무섭다고 말하는 게 시류에 훨씬 잘 맞으니까. 말이 나와서 하는 얘기지만, 앞으로도 무서워하게 될 거요, 자주."

"하지만 윌슨 씨도 곧 하게 될 행동 때문에 행복을 느끼고 있죠?"

"그렇소," 윌슨이 말했다. "그런 행복감이 있죠. 하지만 이런 이야기를 너무 많이 하는 것은 좋지 않소. 말로 모든 걸 날려버리는 셈이니까. 너무 자주 입에 올리면 어떤 일에도 기쁨을 느낄 수 없소."

"둘 다 말도 안 되는 소리를 하는군요." 마고가 말했다. "자동차를 타고 무력한 동물 몇 마리 추격했다고 해서 마치 영웅이나 된 것처럼 이야기하네요."

"미안하오," 윌슨이 말했다. "내가 허튼소리를 너무 많이 했네요." 이여자는 벌써 그 걱정을 하고 있구나, 그는 생각했다.

"우리가 무슨 이야기를 하는지 모르면 좀 빠져주지 그래?" 머콤버가아내에게 말했다.

"당신 아주 용감해졌네, 아주 갑자기 말이야." 그의 아내는 경멸을 담아 말했지만, 그녀의 경멸에는 확신이 결여되어 있었다. 그녀는 뭔가를몹시 두려워하고 있었다.

머콤버는 웃음을 터뜨렸다. 아주 자연스럽고 기운찬 웃음이었다. "맞아, 나는 **용감해졌어.**" 그가 말했다. "정말로 용감해졌어."

"좀 늦은 거 아니야?" 마고가 싸늘하게 말했다. 그녀는 과거에 오랫동안 자신이 할 수 있는 최선을 다했고, 지금 그들이 이런 식으로 함께사는 것은 어느 한 사람의 잘못이 아니었기 때문이다.

"나한테는 아니야." 머콤버가 말했다.

마고는 아무 말 없이 좌석 구석에 다시 등을 기댔다.

"이제 저 녀석한테 시간을 충분히 준 거 아닌가요?" 머콤버가 쾌활한목소리로 윌슨에게 물었다.

"한번 가봐도 되겠네요." 윌슨이 말했다. "덩어리는 남았소?"

"엽총 담당한테 몇 개 있습니다."

윌슨이 스와힐리어로 소리치자 물소의 머리 가죽을 벗기고 있던 나이든 엽총 담당이 일어나 호주머니에서 덩어리 한 상자를 꺼내 머콤버에게 건네주었고, 머콤버는 탄창을 채운 뒤 남은 총알을 호주머니에 집어넣었다.

"스프링필드를 사용하는 게 좋을 거요." 윌슨이 말했다. "머콤버 씨는 거기에 익숙하니까. 만리허*는 차의 *멤사히브*에게 맡겨두쇼. 무거운 총은 엽총 담당이 들고 올 수 있소. 나한테는 이 빌어먹을 대포가 있고. 자, 이제 물소 이야기를 하겠소." 그는 머콤버가 걱정하는 것을 바라지 않았기 때문에 그 이야기를 마지막까지 아껴두었다. "물소는 돌진해 올 때 머리를 높이 들고 곧장 밀고 나오지요. 그래서 돌출한 뿔이 뇌에 총알이 들어가는 걸 막게 되지. 뇌를 쏠 수 있는 유일한 방법은 똑바로 코안을 쏘는 거요. 물소를 잡을 수 있는 다른 방법은 가슴을 쏘거나, 아니면 옆쪽에 있을 경우 목이나 어깨를 쏘는 거요. 물소는 총을 한번 맞은 다음에는 미친듯이 날뛰며 달려들기 때문에 죽이기가 무척 힘들어요. 그러니 멋진 모습을 보여주려고 하지 마쇼. 가장 쉬운 방법으로 쏴야 해요. 자, 보이들이 물소의 머리 가죽을 다 벗겼군. 출발할까요?"

그가 엽총 담당들을 부르자 그들이 손을 닦으며 다가왔지만, 나이든 엽총 담당만 뒤에 탔다.

"콩고니만 데려갈 거요." 윌슨이 말했다. "다른 엽총 담당은 남아서 새들이 다가오지 않도록 지켜볼 거고."

차가 개활지를 천천히 가로질러, 넓은 저습지를 관통하는 마른 물길을 따라 혀 모양으로 녹지를 이루고 있는 나무들의 섬을 향해 다가가자 머콤버는 가슴이 두근거리고 다시 입이 마르는 것을 느꼈다. 하지만 그것은 공포가 아니라 흥분이었다.

---

* 오스트리아의 페르디난트 만리허가 고안한 수렵용 소총.

"여기가 그 녀석이 들어간 곳이오." 윌슨이 말하고는 엽총 담당을 향해 스와힐리어로 지시했다. "핏자국을 따라가."

차는 긴 덤불과 평행으로 나란히 서 있었다. 머콤버, 윌슨, 엽총 담당이 차에서 내렸다. 머콤버는 고개를 돌려 아내를 보았다. 아내는 옆에 소총을 놓아둔 채 그를 바라보고 있었다. 그는 그녀에게 손을 흔들었지만, 그녀는 마주 흔들지 않았다.

앞쪽 덤불은 아주 빽빽했고 땅은 퍼석퍼석했다. 중년의 엽총 담당은 심하게 땀을 흘리고 있었고, 윌슨은 눈까지 모자를 내려쓰고 있었다. 머콤버 바로 앞에 그의 붉은 목이 보였다. 갑자기 엽총 담당이 스와힐리어로 윌슨에게 뭐라고 하더니 앞으로 달려나갔다.

"저 안에 죽어 있다는군요." 윌슨이 말했다. "멋지게 해치우셨구먼." 그가 몸을 돌려 머콤버의 손을 잡았다. 그들이 악수를 하며 마주보고 웃는데, 엽총 담당이 미친듯이 소리를 질렀다. 그들은 엽총 담당이 옆걸음으로, 게처럼 빠르게 덤불에서 나오고, 이어 물소가 뛰어나오는 것을 보았다. 코를 내밀고, 입은 꾹 다물고, 피를 뚝뚝 흘리며, 육중한 머리를 앞으로 똑바로 쳐들고 돌진해 오고 있었다. 그들을 바라보는 작고 움푹 꺼진 눈에 핏발이 서 있었다. 앞에 있던 윌슨은 무릎을 꿇고 총을 쏘았다. 머콤버도 총을 쏘았지만 윌슨의 총소리가 요란한 탓에 자기 총소리는 듣지 못하고, 거대하게 돌출한 뿔에서 슬레이트 같은 파편이 튀는 것만 보았다. 물소의 머리가 홱 젖혀졌다. 그는 넓은 콧구멍을 겨냥하고 다시 쏘았다. 다시 뿔이 덜컥 흔들리고 파편이 날아가는 것이 보였다. 이제 윌슨은 보이지 않았다. 머콤버는 물소의 거대한 몸뚱어리가 그를 덮치기 직전, 총이 코를 앞세우고 다가오는 물소의 머리와 거의 수평이 되었을 때 신중하게 겨냥을 한 다음 다시 쏘았다. 그는 놈의 작고 사악한 눈과 머리가 아래로 떨어지는 것을 볼 수 있었고, 그 순간 갑자기 눈을 멀게 하는 백열의 빛이 머릿속에서 폭발하는 것을 느꼈다. 그것이 그가 지상에서 마지막으로 느낀 것이었다.

윌슨은 물소의 어깨를 쏘려고 옆으로 재빨리 움직여 몸을 웅크리고 있었다. 머콤버는 그 자리에 굳게 서서 코를 노렸지만, 그때마다 약간 높이 쏘아 묵직한 뿔만 맞히는 바람에 슬레이트 지붕을 쏜 것처럼 뿔이 쪼개지고 깎이기만 했다. 차에 있던 머콤버 부인은 물소가 막 뿔로 머콤버를 들이받을 것처럼 보이는 순간 6.5구경 만리허로 물소를 쏘았으나, 총알은 남편의 두개골 하단에서 2인치 정도 위쪽 약간 옆을 맞혔다.

프랜시스 머콤버는 이제 물소가 옆으로 쓰러진 지점에서 2야드도 떨어지지 않은 곳에 엎어져 있었고, 부인은 윌슨 옆에서 무릎을 꿇고 남편을 내려다보고 있었다.

"나라면 남편 몸을 뒤집지 않겠소." 윌슨이 말했다.

여자는 발작적으로 울고 있었다.

"차에 돌아가 있는 게 좋을 것 같은데." 윌슨이 말했다. "소총은 어디 있죠?"

그녀는 고개를 저었다. 얼굴이 일그러져 있었다. 엽총 담당이 소총을 집어들었다.

"거기 그대로 놔둬." 윌슨이 말했다. 그가 말을 이었다. "가서 압둘라를 데려와. 사고의 증인이 될 수 있게."

그는 무릎을 꿇고 호주머니에서 손수건을 꺼내 프랜시스 머콤버의 짧게 깎은 머리를 덮었고, 손수건은 놓인 자리에서 움직이지 않았다. 피가 건조하고 푸석푸석한 흙속으로 스며들었다.

윌슨은 일어서서 옆으로 누운 물소를 보았다. 다리를 쭉 뻗었고, 털이 성기게 자란 배에는 진드기들이 기어다니고 있었다. '지랄맞게 멋진 소로군.' 그의 두뇌는 자동적으로 그 사실을 인지했다. '족히 50인치는 되겠는걸. 그보다 크거나. 그래, 그보다 커.' 그는 운전사를 불러 주검 위에 담요를 펼치고 그 옆을 떠나지 말라고 말했다. 그러고는 자동차로 갔다. 여자는 차 한구석에 앉아 울고 있었다.

"아주 멋지게 해치웠군." 그가 단조로운 목소리로 말했다. "가만있었으면 저 사람이 당신을 떠났을 테니까."

"그만해요." 그녀가 말했다.

"물론 사고였지." 그가 말했다. "나도 그렇게 알고 있소."

"그만." 그녀가 말했다.

"걱정 마쇼." 그가 말했다. "불쾌한 일들이야 좀 있겠지만, 이제 내가 사진을 몇 장 찍어놓을 건데 그게 검시 배심에서 아주 쓸모가 있을 거요. 엽총 담당과 운전사의 증언도 있을 거고. 당신은 아무 문제 없을 거요."

"그만." 그녀가 말했다.

"할일이 지랄맞게 많군." 그가 말했다. "우리 셋을 나이로비로 데려다줄 비행기를 무전으로 부르려면 호수로 트럭을 한 대 보내야겠네. 왜 독을 쓰지 않았소? 영국에서는 다들 그렇게 하는데."

"그만. 그만해요. 그만." 여자가 울부짖었다.

윌슨은 광택 없는 파란 눈으로 그녀를 보았다.

"이제 다 끝났소." 그가 말했다. "약간 화가 났지. 당신 남편이 마음에 들기 시작했던 터라."

"아, 제발 그만해요." 그녀가 말했다. "제발 그만해요."

"좀 낫군." 윌슨이 말했다. "제발이란 말이 들어가니 훨씬 나아. 이제 그만하지."

킬리만자로의 눈

킬리만자로는 해발 1만 9710피트의 눈 덮인 산으로, 아프리카에서 가장 높다고 한다. 그 서쪽 봉우리는 마사이어로 '응가예 응가이', 즉 '신의 집'이라고 부른다. 서쪽 봉우리 가까운 곳에 얼어서 말라붙은 표범 사체가 있다. 이 표범이 무엇을 찾아 그 높은 곳까지 왔는지 아무도 그 이유를 알지 못한다.

"놀라운 점은 통증이 사라졌다는 거야." 그가 말했다. "이제 시작되었다는 걸 알려주는 신호지."

"정말 사라졌어?"

"정말이지 않고. 하지만 냄새는 정말 미안해. 꽤나 성가실 텐데."

"무슨 소리! 제발 그런 말 하지 마."

"저것들 좀 봐." 그가 말했다. "저것들이 저렇게 몰려오는 건 이걸 봤기 때문일까, 아니면 냄새를 맡았기 때문일까?"

남자가 누운 침상은 자귀나무의 넓은 그늘에 있었으며, 그가 그늘 너머로 내다보는 눈부신 평원에는 커다란 새 세 마리가 흉측한 모습으로 쭈그리고 앉아 있었다. 하늘에서도 여남은 마리가 날아다니며, 빠르게 움직이는 그림자들을 아래로 던졌다.

"저것들은 트럭이 고장난 날부터 저기 있었어." 그가 말했다. "하지만 땅에 내려앉은 건 오늘이 처음이야. 처음에는 혹시 소설에 써먹을 수 없을까 해서 저 녀석들이 나는 모습을 꼼꼼하게 살펴보았지. 지금 생각하니 우스운 짓이었지만."

"그런 식으로 말하지 않으면 좋겠어." 그녀가 말했다.

"그냥 주절대는 거야." 그가 말했다. "말하면 훨씬 편하니까. 하지만 당신을 괴롭히고 싶지는 않아."

"나를 괴롭히는 게 아니라는 거 알잖아." 그녀가 말했다. "단지 내가 아무것도 할 수 없다는 것 때문에 신경이 곤두서 있을 뿐이야. 하지만 비행기가 올 때까지 최대한 편하게 있을 수 있도록 우리가 노력해볼 수도 있는 거 아니겠어."

"아니면 비행기가 오지 않을 때까지."

"내가 뭘 할 수 있는지 좀 얘기해줘. 분명히 내가 할 수 있는 일이 있을 거야."

"다리를 떼어내줘. 그럼 고통이 멈출지도 모르지. 진짜 그럴지 의심스럽기는 하지만. 아니면 총으로 나를 쏴줄 수도 있고. 당신도 이제 총 잘 쏘니까. 내가 가르쳐줬잖아."

"제발 그런 식으로 말하지 마. 책을 읽어줄까?"

"뭘 읽을 건데?"

"가방에 든 책 중에 우리가 아직 읽지 않은 거 아무거나."

"가만히 듣고 있는 건 못해." 그가 말했다. "말하는 게 가장 편해. 우리가 싸움을 하면 시간이 빨리 갈 거야."

"나는 싸움 안 해. 절대 하고 싶지 않아. 우리 이제 싸우지 마. 아무리

신경이 예민해지더라도. 어쩌면 사람들이 오늘 다른 트럭으로 돌아올지도 몰라. 비행기가 올지도 모르고."

"나는 여기서 움직이고 싶지 않아." 남자가 말했다. "이제 움직여봐야 당신 마음을 편하게 해준다는 것 말고는 아무런 의미가 없어."

"그건 겁쟁이의 생각이야."

"남자가 욕 좀 안 들으면서 편안하게 죽게 해줄 수 없나? 지금 나를 비방해봤자 무슨 소용이 있어?"

"당신은 죽지 않아."

"멍청한 소리 하지 마. 나는 지금 죽어가고 있어. 저 빌어먹을 것들한테 물어봐." 그는 흉측하게 생겨먹은 거대한 새들이 있는 곳을 건너다보았다. 새들은 불거진 깃털 속에 민대가리를 파묻고 있었다. 네번째 새가 활공을 하며 지상으로 내려와 종종걸음으로 달리더니, 이내 어기적거리며 느릿느릿 다른 새들한테 다가갔다.

"저 새들은 야영지마다 다 있어. 당신이 눈여겨보지 않았을 뿐이지. 포기하지 않는 한 죽지 않아."

"그따위 말은 어디서 읽었어? 당신은 정말 빌어먹을 바보야."

"다른 사람 생각을 하면 좋을지도 몰라."

"맙소사," 그가 말했다. "그게 지금까지 내 본업이었잖아."

그러더니 그는 누워서 뜨거운 평원의 가물거리는 아지랑이 너머 수풀 가장자리를 한동안 조용히 바라보았다. 노란색을 배경으로 아주 작은 흰 점으로 보이는 톰슨가젤 몇 마리가 있었다. 더 멀리, 초록의 수풀을 배경으로 하얗게 자리잡은 얼룩말 한 무리가 보였다. 이곳은 언덕을 배경으로 커다란 나무들 밑에 자리한 쾌적한 야영지로, 마실 물도 있었고, 가까운 곳에는 아침이면 사막꿩들이 떼를 지어 날아드는 거의 마른 물웅덩이도 있었다.

"정말 책 읽어주는 거 싫어?" 그녀가 물었다. 그녀는 그의 침상 옆 캔버스 천 의자에 앉아 있었다. "산들바람도 불어오는데."

"사양하겠어."

"트럭이 올지도 몰라."

"빌어먹을 트럭 같은 건 관심 없어."

"나는 있어."

"당신은 원래 내가 관심 없는 아주 많은 빌어먹을 것들에 관심을 가지잖아."

"그렇게 많지는 않아, 해리."

"한잔하는 건 어때?"

"당신한테 나쁠 것 같은데. 블랙의 책에 알코올은 일절 피하라고 나와 있어. 당신은 술 마시면 안 돼."

"몰로!" 그가 소리쳤다.

"네, *브와나*."

"위스키 소다를 가져와."

"네, *브와나*."

"마시면 안 돼." 그녀가 말했다. "그게 바로 내가 말한 포기라는 거야. 책에 나쁘다고 나와 있어. 나도 그게 당신한테 나쁘다는 걸 알고 있고."

"아니야," 그가 말했다. "나한테 좋아."

이제 다 끝났군, 그는 생각했다. 이제 나 스스로 끝장을 낼 기회는 결코 오지 않겠군. 그냥 이렇게 끝나는 거야, 술 가지고 말다툼이나 하면서. 오른쪽 다리에 괴저가 시작된 이후로 그는 아무런 통증을 느끼지 못했고, 통증과 함께 공포도 사라졌다. 이제 그가 느끼는 것이라곤 이게 끝이라는 데서 오는 커다란 피로와 분노뿐이었다. 지금 다가오고 있는 이것에 그는 호기심이 거의 없었다. 오랜 세월 이것에 대한 강박에 사로잡혀 있었지만, 이제 이것은 그 자체로는 아무런 의미가 없었다. 그냥 적당히 피로해지는 것만으로도 쉽게 이렇게 될 수 있다니 신기했다.

이제는 잘 쓸 수 있을 만큼 깊이 알게 되면 쓰려고 아껴두었던 것들을 영영 쓰지 못할 터였다. 뭐, 그것을 써보려고 애만 쓰다 결국 쓰지 못하는 일도 함께 없어지겠지만. 사실은 어차피 영영 쓸 수 없는 것들이었는지도 몰랐다. 그랬기 때문에 옆으로 밀어놓은 채 쓰는 일을 미루어왔던 것인지도 몰랐다. 뭐, 어느 쪽인지는 영영 알 수 없겠지, 이제는.

"오지 않았으면 좋았을 것을." 여자가 말했다. 그녀는 잔을 들고 입술을 깨물며 그를 보고 있었다. "파리에 있었다면 이런 일은 절대 없었을 텐데. 당신은 늘 파리를 사랑한다고 이야기했잖아. 파리에 그대로 있든가, 아니면 다른 어디라도 갈 수 있었는데. 나는 어디라도 갔을 거야. 당신이 원하는 데는 어디든 가겠다고 했잖아. 당신이 사냥을 원했으면 함께 헝가리로 사냥을 가서 편안하게 지낼 수도 있었을 텐데."

"당신의 빌어먹을 돈 덕분이지." 그가 말했다.

"그렇게 말하는 건 부당해." 그녀가 말했다. "그 돈은 내 돈인 동시에 당신 돈이기도 해. 나는 모든 걸 버렸고, 당신이 가고 싶어하는 곳은 어디든 갔고, 당신이 하고 싶어하는 건 뭐든 했어. 하지만 여기는 오지 않았으면 좋았을 텐데."

"당신이 여기를 사랑한다고 했잖아."

"당신이 괜찮을 때는 그랬지. 하지만 이제는 싫어. 왜 당신 다리에 이런 일이 일어나야 했는지 모르겠어. 우리가 무슨 잘못을 했다고 이런 일이 일어난 거야?"

"처음 긁혔을 때 내가 아이오딘을 바르는 걸 깜빡한 게 잘못이겠지. 그뒤에는 완전히 잊고 있었어. 나는 절대 감염되지 않을 거라 생각했으니까. 그러다 나중에 상태가 나빠졌을 때, 다른 살균제가 떨어져서 약한 석탄산 용액을 쓴 게 아마 문제였을 거야. 그것 때문에 실핏줄이 마비되면서 괴저가 시작된 것 같아." 그는 그녀를 보았다. "또 뭐가 있을까?"

"내 말은 그게 아니야."

"만일 우리가 어설픈 키쿠유족 운전사가 아니라 훌륭한 정비공을 고용했다면, 그 정비공은 오일을 점검했을 거고 트럭 베어링이 과열되어 못 쓰게 되는 일도 없었을 거야."

"내 말은 그게 아니야."

"당신이 당신 가족들, 당신의 염병할 올드웨스트베리, 새러토가, 팜 비치 사람들을 버리고 나를 택하지만 않았다면—"

"왜 이래, 나는 당신을 사랑했어. 그런 말은 부당해. 나는 지금도 당신을 사랑해. 앞으로도 늘 당신을 사랑할 거야. 당신은 나를 사랑하지 않아?"

"그래," 남자가 말했다. "사랑하지 않아. 한 적도 없고."

"해리, 무슨 소리를 하는 거야? 머리가 어떻게 되었나봐."

"아니. 나는 애초에 어떻게 될 머리가 없는 사람이야."

"그거 마시지 마." 그녀가 말했다. "응, 제발 그거 마시지 마. 우리 할 수 있는 건 다 해봐야지."

"당신이나 해." 그가 말했다. "나는 피곤해."

이제 그는 마음속에서 카라아아치* 기차역을 보고 있었다. 그는 배낭을 들고 서 있었다. 지금 어둠을 가르고 다가오는 것은 심플론 오리엔트 열차의 전조등이었으며, 그는 퇴각 후 트라키아**를 떠나는 중이었다. 이것도 그가 쓰려고 아껴두었던 것이다. 이것과 더불어 불가리아에서 아침식사 때 창밖을 내다보다가 산의 눈을 본 일. 난센의 비서가 노인 난센에게 저게 눈이냐고 물었더니 노인은 그것을 보고 대답했지. 아니, 저건 눈이 아니야. 눈이 오기에는 너무 일러. 그러자 비서는 다른 여자들에게 그 말을 되풀이했지. 봤지, 아니래. 저건 눈이 아니야. 그러자 모두 말했지. 눈이 아니구나, 우리가 잘못 알았구나. 하지만 그것은 눈이 맞았고, 노인은 주민 교환 계획을 추진하면서 그들을 모두 눈 속으로 올려보냈다. 그해 겨울 그들이 죽을 때까지 거기서 밟고 다닌 것은 눈이었다.

그해 저 위 가우에르탈*** 골짜기에서 크리스마스 주간 내내 내린 것도 눈이었다. 그해에 그들은 크고 네모난 자기磁器 스토브가 방의 절반을 차지하고 있는 나무꾼 집에서 살았고, 너도밤나무 잎을 채운 매트

* 튀르키예 북서부의 에디르네 지역에 있는 정착지. 1차 발칸전쟁 때 뤼레부르가즈-카라아아치-프나르히사르 방어선의 일부였다.
** 발칸반도 동남부 지방. 발칸전쟁이 일어난 지역이다.
*** 오스트리아 포어아를베르크 연방주에 위치한 차군스 마을에 있는 골짜기.

리스에서 잤다. 그때 도망병이 발에 부상을 입고 눈 속에 피를 뿌리며 왔다. 도망병은 헌병이 바로 뒤에 쫓아온다고 말했고, 그들은 그에게 양모 양말을 준 다음, 그의 발자국이 바람에 쓸린 눈에 덮일 때까지 헌병들을 붙잡고 이야기를 나누며 시간을 끌었다.

슈룬츠에서는 크리스마스에 눈이 너무 환하게 빛나서, *바인슈투베** 에 앉아 사람들이 교회에서 집으로 돌아가는 광경을 내다볼 때는 눈이 시릴 정도였다. 그곳에서 사람들은 무거운 스키를 어깨에 지고, 가파른 소나무 언덕들 사이의 강가에 난, 썰매로 매끈매끈해지고 오줌 때문에 노래진 길을 따라 위로 올라갔다가, 마들레너 산장 위의 빙하를 멋지게 달려내려왔다. 눈은 케이크에 입힌 설탕처럼 매끄러워 보였고 가루분처럼 가벼웠다. 그는 새처럼 아래로 활강하는 그 속도 덕분에 가능했던 소리 없는 질주를 기억했다.

그들은 눈보라가 치던 그때 마들레너 산장에서 일주일간 눈에 묶여, 랜턴을 켜놓고 자욱한 담배 연기 속에서 카드를 쳤다. 렌트 씨가 잃는 액수가 늘어나면서 판돈도 계속 커졌다. 마침내 렌트 씨는 다 잃었다. 모든 것을, *스키슐레***의 돈과 그 시즌에 번 이윤 전부에 자본금까지. 코가 긴 렌트 씨가 카드를 집어들자마자, "*상 부아르*"*** 하고 말하며 바로 펼쳐 보이던 모습이 눈에 선하게 떠올랐다. 그때는 늘 도박이 벌어졌다. 눈이 오지 않으면 도박을 했고, 눈이 너무 많이 오면 또 도박을 했다. 그는 자신의 인생에서 도박을 하며 보낸 그 모든 시간을 생각

---

* '와인과 음식을 파는 술집'이라는 뜻의 독일어.
** '스키학교'라는 뜻의 독일어.
*** '보지 않고'라는 뜻의 프랑스어.

했다.

그러나 그는 그것에 관해서는 지금까지 한 줄도 쓴 적이 없었다. 바커가 비행기를 몰고 전선들을 가로질러 오스트리아 장교들의 휴가 열차를 폭격하고, 흩어져 달아나는 장교들에게 기총소사를 했던 그날, 평원을 가로질러 산들이 모습을 드러내던 그 춥고 쾌청한 크리스마스 날에 관해서도 쓰지 못했다. 나중에 바커가 식당으로 들어와 그 이야기를 시작했을 때가 기억났다. 얼마나 조용해졌던지. 그러다 누군가가 입을 열었다. "이런 빌어먹을 살인자 새끼."

그가 나중에 함께 스키를 탄 오스트리아인은 그때 그들이 죽인 오스트리아인과 같았다. 아니, 같지 않았다. 그해 내내 함께 스키를 탔던 한스는 카이저예거* 출신이었는데, 제재소 위의 작은 골짜기를 따라 올라가며 함께 토끼 사냥을 할 때 파수비오 전투와 페르티카라와 아살로네 공격 이야기를 주고받았지만, 그는 그것에 관해 한마디도 쓰지 않았다. 몬테코로나도, 세테코무니도, 아르시에로도 마찬가지였다.

포어아를베르크와 아를베르크에서 겨울을 몇 번이나 보냈던가? 네 번이었다. 그 순간, 선물을 사기 위해 그들이 블루덴츠에 걸어들어갔을 때 여우를 팔러 왔던 남자도 기억났다. 고급 키르슈**에서 나던 버찌씨의 맛도, 껍질처럼 단단하게 굳은 눈 위로 빠르게 미끄러지며 쏜살같이 몰려오던 가루눈도 기억했다. "하이! 호! 롤리는 말했지!" 하고 노래를 부르며 가파른 낭떠러지까지 마지막 구간을 직선으로 내려오다 세 번 방향을 틀어 과수원을 지나고, 그대로 도랑을 뛰어넘어 여관

---

* 옛 오스트리아 산악 지대의 사냥꾼 병사.
** 버찌를 증류한 과일 브랜디.

뒤의 얼음 덮인 도로로 올라서던 일도. 바인딩을 풀고, 스키를 발로 걷어차 벗은 다음 술집의 나무 외벽에 기대 세워놓을 때, 창에서는 램프의 빛이 비치고 있었고 안에서는 새 와인 냄새가 나는 연기 자욱한 온기 속에서 사람들이 아코디언을 연주하고 있었다.

"파리에서는 우리가 어디 묵었더라?" 그는 이제 아프리카에서 옆의 캔버스 천 의자에 앉아 있는 여자에게 묻고 있었다.

"크리용에서. 당신도 알잖아."

"내가 어째서 그걸 알지?"

"우리는 항상 거기서 묵었으니까."

"아냐. 항상은 아니야."

"거기하고 생제르맹의 파비용 앙리 카트르야. 당신이 거기를 아주 사랑한다고 했잖아."

"사랑은 똥더미야." 해리가 말했다. "그리고 나는 그 위로 올라가 꼬꼬댁 울어대는 수탉이고."

그녀가 말을 받았다. "설사 당신이 떠날 수밖에 없다 해도, 당신 뒤에 남는 것들을 꼭 그렇게 다 죽여 없앨 필요가 있어? 모든 걸 다 없애야만 하는 거냐고. 당신의 말과 아내를 죽이고, 안장과 갑옷까지 모두 태워야만 하는 거야?"

"응," 그가 말했다. "당신의 빌어먹을 돈이 내 갑옷이었어. 나의 스위프트이고 나의 아머였어.*"

"그러지 마."

"알았어. 그만할게. 당신한테 상처 주고 싶지 않아."

"이미 좀 늦었어."

"알았어. 그럼 계속 상처를 줄게. 그게 더 재미있으니까. 또 내가 정말 유일하게 당신과 하고 싶어하던 그걸 지금은 할 수가 없으니까."

"아니, 그건 사실이 아니야. 당신은 많은 걸 하고 싶어했고, 당신이 하고 싶어하는 모든 걸 나도 했어."

"아, 제발 허풍 좀 그만 떨어, 응?"

그는 그녀를 바라보았다. 그녀는 울고 있었다.

"잘 들어." 그가 말했다. "이러는 게 난들 즐거울 거라고 생각해? 내가 왜 이러는지 나도 모르겠어. 내 생각에는 내가 계속 살아 있으려고 남을 죽이려 드는 것 같아. 처음에 이야기를 시작할 때는 괜찮았어. 나도 이런 걸 시작하려던 건 아니었거든. 그런데 이제 나는 얼간이처럼 맛이 가서, 당신한테 있는 대로 잔인하게 굴고 있어. 내가 하는 말에 마음 쓰지 마, 응? 사랑해, 정말로. 내가 당신을 사랑하는 거 알잖아. 당신을 사랑하는 것처럼 사랑한 사람은 아무도 없어."

그는 자신의 생계 수단인 익숙한 거짓말로 미끄러져 들어갔다.

"당신은 나한테 다정해."

"나쁜 년," 그가 말했다. "돈 많은 부자 년. 이건 시詩야. 지금 나는 시로 가득해. 헛소리와 시로. 헛소리 같은 시로."

"그만해. 해리, 왜 지금 꼭 악마로 바뀌어야 하는 건데?"

"아무것도 남겨두고 싶지 않으니까." 남자가 말했다. "뒤에 아무것도 남겨두고 싶지 않아."

―――――――――

* 스위프트와 아머는 다 미국의 부자 이름이며, 아머(Armour)는 갑옷을 뜻하는 단어와 철자가 같다.

이제 저녁이었고, 그는 잠이 들었다가 깨어났다. 해는 언덕 너머로 사라져 평원 전체에 어스름이 깔렸고, 작은 동물들이 야영지 가까이에서 먹이를 먹고 있었다. 그는 동물들이 이제 수풀과 한참 거리를 유지한 채 바쁘게 머리를 숙이고 꼬리를 흔드는 것을 지켜보았다. 새들은 이제 땅에서 기다리지 않았다. 모두 나무에 묵직하게 앉아 있었다. 새들의 수는 더 늘어났다. 그의 시중을 드는 보이가 침대 옆에 앉아 있었다.

"멤사히브는 사냥 갔어요." 보이가 말했다. "브와나, 뭐 원해요?"

"아무것도."

그녀는 고깃감을 하나 잡으러 간 것이었다. 그가 사냥감 구경을 좋아한다는 것을 알았기 때문에, 평원 가운데 그의 시야에 들어오는 이 작고 오목한 곳에서 시끄럽게 굴어 동물을 쫓아내지 않을 생각으로 아주 멀리 간 것이었다. 언제나 생각이 깊단 말이야, 그는 생각했다. 그녀가 알고 있는 것이든 읽은 것이든 들어본 것이든 그 무엇에 관해서도.

그녀에게 다가갔을 때 그가 이미 끝장난 남자였던 것은 그녀의 잘못이 아니었다. 남자가 하는 말이 전혀 진심이 아니라는 것을, 그저 습관적으로, 편해지려고 하는 말일 뿐이라는 것을 여자가 어떻게 알 수 있겠는가? 사실 진심을 말하지 않게 된 이후로, 그는 여자들에게는 진실보다 거짓을 말하는 게 잘 먹힌다는 것을 알게 되었다.

그러나 딱히 거짓말을 한다기보다는 말할 진실이 없는 쪽이었다. 그는 자신의 삶을 살았지만 그 삶은 끝이 났으며, 그런 다음에는 다른 사람들과 더불어 더 많은 돈으로, 똑같은 곳들 가운데 가장 좋은 곳에서,

그리고 가끔 새로운 곳에서, 그 삶을 계속 다시 살아갈 뿐이었다.

생각을 끊어버리자 그저 좋기만 할 뿐이었지. 너는 속을 좋게 타고 난 덕분에 그런 식으로, 대부분의 사람들이 박살나는 식으로 박살나 지는 않았고, 이제는 전에 하던 일을 할 수 없었기 때문에 그 일에 아무런 관심이 없다는 태도를 취했어. 하지만 속으로는 이 사람들에 관해, 이 대단한 부자들에 관해 쓸 거라고, 너는 그들 가운데 하나가 아니라 그들 나라에 들어간 첩자라고, 그 나라를 떠나 그 나라에 관해 쓸 것이며, 이번만큼은 그 나라가 자신이 쓰는 내용을 제대로 알고 있는 사람의 손으로 기록될 거라고 말했지. 하지만 그는 절대 쓰지 못할 터였다. 글을 쓰지 않는, 편안한, 자신이 경멸하는 대상으로 살아가는 나날이 그의 일하는 능력을 무디게 하고 의지를 약하게 하여, 마침내 전혀 일을 하지 않게 되었기 때문이다. 이제 그가 아는 사람들도 모두 그가 일을 하지 않을 때 훨씬 편안해했다. 아프리카는 그의 삶의 좋았던 시절에 가장 행복하게 지낸 곳이었고, 그래서 다시 시작해보려고 이곳으로 온 것이었다. 그들은 안락을 최소한으로 줄이는 방식으로 이 사파리를 계획했다. 그렇다고 고난을 겪은 것은 아니었다. 하지만 사치도 없었고, 그는 이런 식으로 다시 훈련에 들어갈 수 있을 거라고 생각했다. 권투선수가 지방을 태우기 위해 산에 들어가 몸을 쓰고 훈련하듯이 그도 어떻게든 노력으로 영혼의 지방을 벗겨내버릴 수 있다고 생각한 것이다.

그녀도 좋아했다. 사랑한다고 말했다. 그녀는 흥분할 수 있는 일, 장면전환이 일어나 새로운 사람들이 있고 분위기가 유쾌한 곳에 가게 되는 일이면 무엇이든 사랑했다. 그리고 그는 다시 일할 의지가 돌아오고 있다는 착각에 빠졌다. 그러나 이제 이렇게 끝나는 것이라면―그는 이렇게 끝난다는 것을 알고 있었다―등뼈가 부러졌다는 이유로 자기 자신을 물어버린 어떤 뱀처럼 굴어서는 안 되는 것이었다. 그것은 이 여자의 잘못이 아니었다. 이 여자가 아니었다면 다른 여자였을 것이다. 거짓말로 살아왔다면 거짓말로 죽을 각오도 해야 한다. 언덕 너머에서 총소리가 들렸다.

그녀는 총을 아주 잘 쐈다, 이 착한, 이 부유한 년은, 이 친절한 보호자이자 그의 재능의 파괴자는. 말도 안 돼. 그는 스스로 자신의 재능을 파괴했다. 어떻게 자신을 잘 돌봐주었다는 이유로 이 여자를 탓할 수 있겠는가? 그는 사용하지 않음으로써, 자기 자신과 자신이 믿는 것을 배반함으로써, 술을 너무 마셔 지각의 날을 무디게 함으로써, 게으름으로, 태만으로, 속물근성으로, 자만심과 편견으로, 어떤 식으로든 기어코 자신의 재능을 파괴해버렸다. 이게 뭔가? 낡은 책들의 목록? 사실 그의 재능이라는 게 뭔가? 그래, 재능은 재능이었지만, 그는 그것을 제대로 사용하지 않고 악용했다. 그의 재능은 실제로 그가 해낸 것이었던 적은 한 번도 없고, 늘 그가 앞으로 할 수 있는 어떤 것이었다. 그는 펜이나 연필이 아닌 다른 것으로 생계를 유지하는 쪽을 택했다. 새로운 여자를 사랑하게 될 때, 그 여자는 늘 지난번 여자보다 돈이 많다는 건 이상한 일이었다, 안 그런가? 하지만 그가 더는 사랑을 하지 않게 되었을 때, 거짓말만 하게 되었을 때, 지금, 이 여자에게 그러듯, 누구보다도 돈이 많고, 돈이란 돈은 다 갖고 있고, 남편과 자식들이 있었고, 전에도 애인들이 있었지만 그들에게 만족하지 못했고, 그를 작가로서, 한 남자로서, 동반자로서, 자랑스러운 소유물로서 귀중하게 사랑하는 이 여자에게 그러듯이, 상대를 전혀 사랑하지 않고 거짓말만 하게 되었을 때, 오히려 정말로 사랑했던 때보다 여자에게 그녀의 돈을 대가로 더 많은 것을 줄 수 있다는 것도 이상한 일이었다.

우리 모두 우리가 하고 있는 일에 가장 잘 맞게 태어난 게 분명해, 그는 생각했다. 무엇을 해서 먹고살든, 거기에 네 재능이 있는 거야. 그는 평생 이런저런 형태로 생명력을 팔아먹었다. 너무 애착을 갖지 않을 때 오히려 돈값을 훨씬 잘할 수 있어. 그는 그 사실을 깨달았지만, 이제는 그것도 결코 글로 쓰지 않을 것이다. 그래, 그것은 정말 글로 쓸 만한 가치가 있었지만, 쓰지 않을 것이다.

이제 그녀가 시야에 들어왔다. 개활지를 가로질러 야영지를 향해 걸어오고 있었다. 승마바지 차림에 소총을 들고 있었다. 보이 둘이 톰슨가젤 한 마리를 어깨에 걸머지고 그녀 뒤를 따라왔다. 여전히 잘생긴 여자야, 그는 생각했다. 게다가 괜찮은 몸을 갖고 있어. 그녀는 침대 일에도 대단한 재능이 있고 즐길 줄을 알았다. 예쁘지는 않았지만 그는 그녀의 얼굴이 마음에 들었다. 그녀는 엄청난 다독가였고, 말을 타고 사냥하는 것을 좋아했다. 물론, 너무 많이 마셨다. 남편은 그녀가 아직 비교적 젊은 여자일 때 죽었다. 한동안 그녀는 이제 막 어린아이를 벗어난 두 자식에게 헌신했으나, 아이들은 그녀가 필요하지 않았으며 그녀가 옆에서 챙기는 것을 창피해했다. 그녀는 또 말을 기르는 마구간, 책, 술병에도 몰두했다. 그녀는 식사 전 저녁에 책을 읽는 것을 좋아했고, 책을 읽으면서 스카치 소다를 마셨다. 저녁식사 때면 이미 상당히 취해 있었고, 식사중에 와인 한 병을 더 마시고 나면 보통 잠이 들 만큼 취했다.

애인을 만들기 전까지는 그랬다. 애인이 생긴 다음부터는 자기 위해 취할 필요가 없었으므로 그렇게 많이 마시지 않았다. 그러나 애인들은 지루했다. 그녀는 전에 전혀 지루하지 않은 남자와 결혼해 살았는데, 이제 이 사람들은 무척 지루했다.

그러다 자식 하나가 비행기 사고로 죽었다. 그 일을 겪은 뒤로는 애인을 원치 않게 되었으며, 술도 마취제 노릇을 하지 못했으므로 그녀는 다른 삶을 꾸려나가야 했다. 갑자기 혼자 있는 것이 몹시 두려워졌다. 그녀는 자신이 존경하는 사람이 함께 있어주기를 바랐다.

둘 사이는 아주 단순하게 시작되었다. 그녀는 그가 쓴 것을 좋아했으며 늘 그가 사는 삶을 부러워했다. 그가 하고 싶은 걸 하며 사는 사람이라고 생각했다. 그녀가 그를 얻어간 단계들과 그녀가 마침내 그를 사랑하게 된 방식은 모두 그녀가 자신을 위해 새로운 삶을 구축해가고 그는 자신의 옛 삶 가운데 남은 것을 팔아버리는 질서정연한 과정의 일부였다.

그는 그것을 팔아 안정과 안락을 얻었으며, 그 점은 부인할 수 없었다. 그 외에 무엇을 더 얻었을까? 그도 몰랐다. 그녀는 그가 원하는 것은 무엇이든 사주었을 것이다. 그도 그것을 알았다. 그녀는 더럽게 착한 여자이기도 했던 것이다. 그는 다른 누구보다도 그녀와 잠자리를 하고 싶었다. 그녀가 더 부자였고, 그녀가 아주 유쾌하고 또 즐길 줄을 알고, 결코 말썽을 피우지 않기 때문이었다. 그런데 이제 그녀가 다시 구축한 이 삶의 끝이 다가오고 있었다. 두 주 전 둘이서 큰 영양 무리, 여차하면 숲으로 뛰어들려고 콧구멍으로 공기를 탐색하고 무슨 소리라도 들리나 싶어 귀를 넓게 펼친 채 고개를 쳐들고 주위를 살피며 서 있는 영양 무리의 사진을 찍으려고 앞으로 나아가다 그의 무릎이 가시에 긁혔을 때 아이오딘을 바르지 않았기 때문이다. 영양들은 그가 사진을 찍기도 전에 달아났다.

그녀가 다가오고 있었다.

그는 침상에서 고개를 돌려 그녀 쪽을 보았다. "여." 그가 말했다.

"톰슨가젤을 잡았어." 그녀가 말했다. "당신한테 좋은 수프거리가 될 거야. 감자 몇 개를 클림*을 섞어 으깨라고 해야지. 기분은 어때?"

"많이 좋아졌어."

"그거 즐거운 소식인데. 있잖아, 어쩌면 당신이 좋아질지 모른다고 생각했어. 내가 떠날 때 당신은 자고 있었거든."

"잘 잤어. 멀리까지 갔어?"

"아니. 언덕 뒤쪽까지만. 톰슨가젤을 아주 멋지게 쐈어."

"그래, 당신 사격 솜씨는 훌륭하잖아."

"난 사냥을 사랑해. 나는 늘 아프리카를 사랑했어. 정말로. 당신만 괜찮으면 이게 나한테는 평생 가장 재미있는 거야. 당신하고 같이 사냥하는 게 나한테 얼마나 재미있는 일이었는지 당신은 모를 거야. 나는 이 땅을 늘 사랑했어."

"나도 사랑해."

"당신, 이렇게 당신이 좋아진 걸 보는 게 얼마나 굉장한 일인지 모를 거야. 당신이 아까 그런 기분이었을 때는 견딜 수가 없었어. 이제 다시는 나한테 그런 식으로 이야기하지 않을 거지, 그렇지? 약속해?"

---

* 분유 상표명.

"아니," 그가 말했다. "내가 무슨 말을 했는지 기억이 안 나."

"당신은 나를 파괴할 필요가 없어. 안 그래? 나는 그저 당신을 사랑하고 당신이 하고 싶은 일을 하고 싶어하는 중년 여자일 뿐이야. 나는 이미 두세 번 파괴당했어. 나를 또다시 파괴하고 싶지는 않겠지, 안 그래?"

"침대에서 당신을 몇 번 파괴하고 싶은데." 그가 말했다.

"그래. 그건 좋은 파괴야. 우리는 바로 그런 식으로 파괴되도록 만들어졌어. 내일 비행기가 여기 올 거야."

"어떻게 알아?"

"확실해. 올 수밖에 없어. 보이들이 나무를 다 준비해놓고 모닥불 피울 풀도 갖다놨어. 내가 오늘 내려가서 다시 봤어. 착륙할 공간은 충분하고, 우리는 양쪽 끝에 모닥불 피울 준비도 해놨어."

"뭘 보고 내일 비행기가 올 거라고 생각하는 거야?"

"틀림없이 올 거야. 이미 올 때가 지났어. 비행기가 오면 시내에 가서 당신 다리를 고칠 수 있을 거고, 그런 뒤에 좋은 파괴를 좀 할 수도 있겠지. 말로 하는 그 무시무시한 파괴 말고 말이야."

"한잔해야 하지 않을까? 해가 지는데."

"당신은 해야 한다고 생각해?"

"난 한잔할 거야."

"그럼 함께 한잔해야지. 몰로, *레티 두이** 위스키 소다!" 그녀가 소리쳤다.

---

* '두 개'라는 뜻의 코르시카어.

"모기 장화를 신는 게 좋을 거야." 그가 그녀에게 말했다.

"목욕하고 나서……"

어두워지는 동안 그들은 술을 마셨다. 완전히 어두워지기 직전 총을 쏠 만한 빛마저 사라졌을 때, 하이에나 한 마리가 언덕을 둘러서 가기 위해 벌판을 가로질렀다.

"저놈은 매일 밤 저기를 가로질러." 남자가 말했다. "두 주 동안 매일 밤."

"밤에 소리를 내는 게 저 녀석이야. 나는 상관하지 않지만. 어쨌든 더러운 동물인 건 사실이야."

함께 술을 마시고, 한 자세로 누워 있는 데서 오는 불편 외에는 아무런 통증이 없고, 보이들이 불을 피워 그 그림자가 텐트 위에 일렁이자, 그는 이 유쾌한 굴복의 삶을 묵인하는 마음이 돌아오는 것을 느낄 수 있었다. 그녀는 정말이지 그에게 아주 잘해주었다. 오후에 그는 잔인했고 부당했는데. 그녀는 좋은 여자였다. 정말 굉장한 여자였다. 바로 그때 그는 자신이 곧 죽을 거라는 생각에 사로잡혔다.

그 생각은 빠르게 들이닥쳤다. 그러나 물이나 바람처럼 들이닥치는 것이 아니라, 갑자기 악취를 풍기는 공허처럼 들이닥쳤다. 묘한 것은 하이에나가 그 공허의 가장자리를 따라 가볍게 미끄러지듯 달려간다는 것이었다.

"왜 그래, 해리?" 그녀가 물었다.

"아무것도 아니야." 그가 말했다. "당신은 건너편으로 자리를 옮기는 게 좋겠어. 바람이 불어오는 쪽으로."

"몰로가 붕대를 갈아줬어?"

"응. 지금은 붕산만 쓰고 있어."

"기분은 어때?"

"조금 어지러워."

"나 목욕할래." 그녀가 말했다. "금방 나올게. 저녁은 당신하고 함께 먹을 거야. 그뒤에 침상을 텐트 안에 넣자."

그래, 그만 싸우는 게 좋아, 그는 혼잣말을 했다. 사실 이 여자와는 많이 싸우지 않았다. 반면 예전에 그가 사랑한 여자들과는 너무 많이 싸우는 바람에 결국에는 싸움의 부식력으로 인해 그들이 공유했던 것들이 죽고 말았다. 늘 그랬다. 그는 너무 많이 사랑했고, 너무 많이 요구했고, 결국 모두 닳아 없어지게 만들었다.

그는 떠나오기 전 파리에서 싸우고 콘스탄티노플에 혼자 있던 때를 생각했다. 그는 내내 여자를 샀고, 그러다 그 시기가 지났을 때, 외로움이 죽기는커녕 외려 더 심해졌을 때, 그녀에게, 첫번째 여자, 그를 떠난 여자에게 편지를 썼다. 외로움을 결코 죽일 수 없었다고…… 한번은 레장스 카페 밖에서 그녀를 보았다고 생각한 순간 정신을 잃고 속이 뒤집힐 것 같았다고, 어디든 그녀와 닮은 데가 있는 여자라면 무조건 뒤쫓아 불바르*를 걸으면서 그 여자가 그녀가 아니라는 사실을 확인하는 것을 두려워했다고, 그 여자를 보았을 때 받은 느낌을 잃는 것을 두려워했다고. 이런저런 여자와 함께 잘수록 오직 그녀만 더 그리워하게 되었을 뿐이라고. 그녀를 사랑하는 마음을 치료할 수 없

---

* '넓은 길, 큰 거리'라는 뜻의 프랑스어.

다는 것을 알기 때문에 그녀가 한 짓은 아무런 문제가 되지 않는다고. 그는 술기운이 전혀 없는 상태로 클럽에서 이 편지를 썼고, 파리에 있는 사무실로 답장을 해달라고 부탁하는 말을 덧붙인 뒤 뉴욕으로 부쳤다. 그것이 안전할 것 같았다. 그날 밤 그녀가 너무 그리운 나머지 속이 텅 비고 울렁거리는 느낌이 들어, 그는 막심 나이트클럽을 지나 어슬렁어슬렁 올라가다가 어떤 여자를 낚아 저녁을 먹으러 갔다. 그뒤에는 함께 춤추는 곳에 갔고, 여자가 춤을 못 추었기 때문에 그녀를 버리고 화끈한 아르메니아 매춘부를 잡았는데, 그녀가 배를 그의 몸에 대고 얼마나 흔들어대던지 화상을 입을 정도였다. 그는 소동 끝에 이 매춘부를 영국 포병 중위에게서 빼앗았다. 포병은 그에게 밖으로 나가자고 했고 그들은 어두운 거리의 자갈 위에서 싸웠다. 그는 포병의 턱 옆쪽을 강하게 두 번 쳤고, 그래도 그가 쓰러지지 않자 싸움 한번 제대로 하게 되었다는 것을 깨달았다. 포병은 그의 몸통을 쳤고, 이어 눈 옆을 쳤다. 그는 다시 왼손을 휘둘러 제대로 맞혔고, 포병이 그의 몸 위로 쓰러지며 코트를 잡는 바람에 소매가 뜯겨나갔다. 그는 포병의 귀 뒤를 두 번 때린 뒤 포병을 밀어내며 오른손으로 힘껏 쳤다. 포병은 머리부터 먼저 바닥에 닿으며 쓰러졌고, 헌병이 오는 소리가 들리자 그는 여자와 함께 달렸다. 그들은 택시에 올라타 보스포루스해협 옆의 루멜리히사르*로 달려가, 한 바퀴 돌고 나서 다시 서늘한 밤 속으로 되돌아와 침대로 갔다. 그녀는 겉모습에서 받은 인상대로 지나치게 익었다는 느낌이 들었지만, 부드럽고 장미 꽃잎 같고 시럽 같고, 배는 매끈하고

---

* 이스탄불에 있는 중세 오스만 요새.

가슴은 크고 엉덩이 밑에 베개를 받칠 필요가 없었다. 그는 새벽 첫 빛에 벌써 너저분해 보이는 여자가 깨기 전에 먼저 나와, 소매가 뜯겨나간 코트를 손에 들고 멍든 눈으로 페라 펠리스 호텔까지 갔다.

바로 그날 밤 그는 아나톨리아로 떠났다. 그 여행의 후반부에, 아편을 만들려고 재배하던 양귀비밭을 가로질러 하루종일 말을 달리던 기억이 났다. 마지막에는 얼마나 이상한 기분이 들던지, 거리 감각마저 잃어버렸다. 그가 다다른 곳은 그리스군이 새로 충원된, 그러나 염병할 아는 것이 하나도 없는 콘스탄티노스*의 장교들에 이끌려 공격했던 곳이었다. 그들의 포대는 자기네 부대에 대고 포를 쏘았으며, 영국군 관측관은 아이처럼 소리를 질러댔다.

그날 그는 하얀 발레 치마에 방울 장식이 달리고 앞코가 들린 신발 차림**으로 죽은 사람들을 처음 보았다. 튀르키예군은 굼뜨지만 꾸준하게 다가왔다. 그는 치마를 입은 남자들이 달아나고 장교들은 그들을 향해 총을 쏘다 이내 함께 달아나는 것을 보았다. 그와 영국군 관측관도 허파가 아프고 입안에 동전맛이 가득 고일 때까지 달아났고, 그러다 어떤 바위들 뒤에서 발을 멈추었는데, 그곳으로도 튀르키예군이 변함없이 굼뜨게 다가오고 있었다. 나중에 그는 상상도 할 수 없었던것들을 보았으며, 더 나중에는 그보다 훨씬 끔찍한 것들을 보았다. 그래서 그때 파리로 돌아왔을 때 그는 그것에 관해 말을 할 수도 없었고, 그것이 언급되는 것도 견딜 수 없었다. 어느 날 카페 앞을 지나치

---

* 그리스의 콘스탄티노스 1세. 1898년 그리스-튀르키예 전쟁 당시 그리스 육군 총사령관으로 군을 이끌었으나 패전했다. 1913년 왕위에 올랐다.
** 그리스군 병사들이 입었던 전통의상인 푸스타넬라를 묘사한 것이다.

는데 그 미국 시인이 앞에 받침접시를 쌓아놓고* 앉아 있었다. 그 사람은 감자 같은 얼굴에 멍청한 표정을 지으며, 이름이 트리스탕 차라라고 하는 루마니아인, 늘 외눈 안경을 쓰고 두통을 앓는 루마니아인과 다다 운동에 관해 이야기하고 있었다. 그리고 돌아온 아파트에는 이제 다시 사랑하게 된 아내가 있었다. 말다툼은 다 끝났고, 광기도 다 끝났다. 집에 있으니 좋았다. 사무실에서는 그에게 온 우편물을 아파트로 보내주었다. 그가 썼던 편지에 대한 여자의 답장도 어느 날 아침 접시 위에 얹혀 왔고, 그는 그 필체를 보는 순간 온몸이 차가워져 편지를 다른 편지 밑에 슬쩍 감추려 했다. 그러나 아내가 "그 편지는 누구한테서 온 거야, 여보?" 하고 물었고, 그것으로 막 시작되려던 것은 끝이 나버렸다.

그는 그 모든 여자와의 좋았던 시절을 기억했고, 그 여자들과 벌인 싸움을 기억했다. 그들은 언제나 싸우기에 가장 좋은 장소를 골랐다. 왜 그들은 늘 그가 가장 기분이 좋을 때 싸웠을까? 그는 그것에 관해서는 전혀 쓴 적이 없는데, 그것은 우선 누구에게도 상처를 주고 싶지 않았기 때문이고, 두번째는 그것 말고도 쓸 것이 충분한 것 같았기 때문이다. 그러나 늘 결국은 그것에 관해 쓰게 될 것이라고 생각했다. 쓸 것은 무척 많았다. 그는 세상이 바뀌는 것을 보았다. 그냥 사건들 이야기가 아니었다. 물론 많은 사건을 보았고, 또 사람들을 지켜보기도 했지만. 그보다 더 미묘한 변화를 보았고, 사람들이 시대마다 어떻게 달랐는지 기억할 수 있었다. 그는 그 변화 속에 있었으며, 그것을 지켜보

* 웨이터가 음료를 한 잔 갖다줄 때마다 받침접시도 같이 가져오기 때문에 접시의 수로 술을 얼마나 마셨는지 알 수 있다.

앉고, 그것에 관해 쓰는 것이 그의 의무였다. 그러나 이제 결코 쓰지 못할 것이었다.

"기분은 좀 어때?" 그녀가 물었다. 목욕을 마치고 텐트에서 나온 참이었다.

"괜찮아."

"지금 먹을 수 있어?" 그녀 뒤로는 접이식 식탁을 든 몰로와 접시를 든 다른 보이가 보였다.

"쓰고 싶어." 그가 말했다.

"기운을 차리려면 수프를 좀 먹어야 해."

"나는 오늘밤에 죽을 거야." 그가 말했다. "기운을 차릴 필요 없어."

"신파조로 나오지 마, 해리, 제발." 그녀가 말했다.

"냄새를 좀 맡아보지 그래. 나는 지금 허벅지 절반이 썩었어. 그런데 젠장 내가 왜 수프를 깨작거려야 해? 몰로, 위스키 소다 가져와."

"제발 수프 좀 먹어." 그녀가 부드럽게 말했다.

"알았어."

수프가 너무 뜨거워 그는 컵을 들고 기다려야만 했다. 그러다 먹을 수 있을 만큼 식자 그냥 삼켰다. 구역질은 나오지 않았다.

"당신은 좋은 여자야." 그가 말했다. "나한테는 전혀 마음 쓸 것 없어."

그녀는 〈스퍼〉나 〈타운 & 컨트리〉 같은 잡지에 실려 널리 알려지고 사랑받은 얼굴로 그를 바라보았다. 다만 술 때문에 그보다는 아주 약간 삭았고, 잠자리 때문에 그보다는 아주 약간 수척했을 뿐이다. 그러나 〈타운 & 컨트리〉는 그 멋진 젖가슴과, 그 괜찮은 허벅지와, 허리를 가볍게 애무하는 그 손을 보여준 적이 없었다. 그는 그녀를 보다가 그녀 특유의 유쾌한 미소가 눈에 들어오자 다시 죽음이 다가오고 있다고 느꼈다. 이번에는 빠른 속도로 들이닥치지 않았다. 그냥 한 번 획 불어오는 정도였다. 촛불이 일렁이게 하여 불길을 키우는 바람처럼.

"나중에 내 모기장을 내오라고 해서 나무에 걸어놓고 불을 피우게 할 거야. 오늘밤에는 텐트에 들어가지 않을래. 자리를 옮길 이유가 없어. 맑은 밤이잖아. 비는 오지 않을 거야."

그러니까 이렇게 죽는 것이다. 귀에 들리지 않는 소곤거림 속에서. 그래, 싸움은 더 안 할 것이다. 그것은 약속할 수 있었다. 그가 한 번도 경험해보지 못한 하나의 사건, 지금 그것을 망칠 생각은 없었다. 어쩌면 망치게 될지도 몰랐다. 너는 모든 걸 망치잖아. 하지만 어쩌면 망치지 않을지도 몰랐다.

"받아쓰기는 못하지, 그렇지?"

"배운 적이 없는데." 그녀가 그에게 말했다.

"됐어."

물론 시간이 없었다. 제대로만 잡아내면 모든 것을 한 문단으로 압축할 수 있을 것 같았지만.

호수 위의 언덕에 외벽의 틈새를 모르타르로 하얗게 메운 통나무집이 있었다. 문 옆 장대에는 식사시간이 되면 사람들을 부르는 종이 달려 있었다. 집 뒤는 들판이었고, 들판 뒤에는 숲이 있었다. 집에서 선착장까지 양버들이 한 줄로 늘어서 있었다. 다른 양버들은 곶을 따라 늘어서 있었다. 길은 숲 가장자리를 따라 구릉까지 나 있었고, 그는 그 길을 따라 가며 블랙베리를 땄다. 훗날 그 통나무집은 불에 탔다. 벽난로 위의 사슴 발로 만든 받침대에 얹혀 있던 총들도 다 타버렸다. 탄창 속에서 녹아버린 총알과 더불어 총신, 그리고 완전히 타버린 개머리판들이 잿더미 위에 놓여 있었는데, 이 재는 잿물이 되어 비누를 만드는 커다란 쇠솥에 들어갔다. 네가 할아버지에게 그것들을 가지고 놀아도 되느냐고 묻자 할아버지는, 안 돼, 하고 말했지. 알다시피 그것은 타버렸어도 여전히 할아버지의 총이었고, 할아버지는 다른 총은 절대 사지 않았지. 그뒤로 사냥도 하지 않았어. 같은 자리에 이번에는 제재목으로 집을 다시 지어 하얗게 칠을 했으며, 그 집 현관에서는 앵버들과 그 너머 호수가 보였다. 하지만 이제 총은 없었다. 통나무집 벽의 사슴 발 받침대 위에 놓여 있던 총의 총신들은 거기 잿더미 위에 놓여 있었으며, 아무도 그것을 건드리지 않았다.

전쟁이 끝난 뒤 우리는 '검은 숲'에서 송어 개울을 하나 빌렸는데, 거기까지 걸어가는 두 가지 길이 있었다. 하나는 트리베르크에서 골짜기로 내려가, 하얀 길을 따라 늘어선 나무들의 그늘 아래에서 골짜기 길을 빙 둘러 가다 샛길로 치고 올라간 다음, 커다란 슈바르츠발트* 주택들이 자리잡은 수많은 작은 농장들을 지나 구릉을 통과해 마침내 개울을 건너는 길과 만나는 것이었다. 그곳이 우리가 낚시를 시작하는 곳이었다.

─────────────

* '검은 숲'이라는 뜻의 독일어로, 독일 남서쪽의 거대한 산악지대를 가리키며, 넓고 경사진 지붕이 집의 측면까지 내려오는 이 지역 특유의 주택 양식을 슈바르츠발트 주택이라고 한다.

또하나의 길은 숲 가장자리까지 가파르게 위로 올라가다 솔숲을 통과하여 언덕 꼭대기를 넘어간 다음, 거기에서 시작되는 초원을 가로질러 내려가 다리까지 가는 것이었다. 개울을 따라 자작나무들이 서 있었는데, 개울은 크지 않고 좁았지만 맑고 빠르게 흘렀으며, 개울이 자작나무 뿌리 밑을 파고드는 곳에는 웅덩이가 있었다. 그 당시 트리베르크의 호텔 주인은 호시절을 보내고 있었다. 호텔은 아주 쾌적했고, 우리 모두 아주 좋은 친구가 되었다. 그러나 이듬해 인플레이션이 닥쳐와 지난해에 번 돈으로는 호텔을 운영할 물품도 구입할 수 없게 되자 주인은 목을 매달았다.

이런 일은 받아쓰게 할 수 있지만, 콩트레스카르프광장은 받아쓰게 할 수 없어. 그곳에서는 꽃장수들이 거리에서 꽃을 염색해 염료가 포장된 도로 위를 흘렀고, 버스가 출발했고, 늙은 남자들과 여자들은 늘 와인과 질 낮은 마르크*에 취해 있었지. 아이들은 추위로 콧물을 질질 흘렸고, 더러운 땀 냄새와 가난과 카페 데 자마퇴르의 술주정과 발 뮈제트의 창녀들이 있었다. 그들은 발 뮈제트 위에 살았다. 파리 헌병대 기병을 자신의 방에 맞아들이고, 말털 장식이 달린 기병의 헬멧은 의자에 놓아두던 여자 관리인. 남편이 자전거 경주 선수였던 복도 맞은편 세입자, 그리고 그날 아침 치즈 가게에서 〈로토〉를 펼쳐보다가 남편이 처음 출전한 큰 경주인 파리 투르에서 3등을 차지한 것을 알았을 때 그 여자가 느꼈던 기쁨. 그녀는 얼굴을 붉히고 웃음을 터뜨리다, 그 황색 스포츠 신문을 들고 위층으로 올라가며 울었다. 발 뮈제트를 운영

---

* 포도를 짜고 남은 찌꺼기로 만든 브랜디.

하던 여자의 남편은 택시를 몰았으며, 그가, 그러니까 해리가 이른 비행기를 타야 했을 때 여자의 남편은 문을 두드려 그를 깨웠고, 출발하기 전 그들은 술집 카운터에서 화이트 와인을 한 잔씩 마셨다. 그는 그때 그 지역의 이웃들을 모두 알았다. 그들 모두 가난했기 때문이다.

광장 주변에는 두 부류의 사람들이 있었다. 주정뱅이들과 스포츠광들. 주정뱅이들은 술에 취하는 것으로 자신들의 가난을 죽였고, 스포츠광들은 운동으로 그것을 배출했다. 그들은 파리코뮌 지지자들의 후예였으며, 굳이 애쓸 필요도 없이 자신의 정치적 입장을 확실하게 알고 있었다. 그들은 누가 자기 아버지, 자기 친척, 자기 형제, 자기 친구를 총살했는지 알았다. 코뮌 봉기가 일어난 뒤 베르사유 군대가 진입해 파리를 장악하고 손에 못이 박인 사람, 또는 모자를 쓴 사람, 또는 어떤 식으로든 노동자라는 것이 드러나는 사람들을 닥치는 대로 처형했기 때문이다. 그 가난 속에서, *말고기 가게*Boucherie Chevaline와 와인 조합에서 길을 건너면 나오는 그 지역에서 그는 글을 썼고 그 글에서 앞으로 그가 하게 될 모든 일이 비롯되었다. 파리에서 그곳만큼 그가 사랑하는 장소는 결코 없었다. 넓게 가지를 펼친 나무들, 아랫부분을 갈색으로 칠한 낡고 흰 회반죽 주택들, 그 원형 광장에 서 있는 긴 초록색 버스, 포도 위를 흐르는 자줏빛 꽃 염료, 카르디날 르무안 거리의 언덕에서 센강으로 내려가는 가파른 비탈길, 그 길 말고 선택할 수 있는 길인 무프타르 거리의 그 비좁고 혼잡한 세계. 팡테옹으로 올라가는 거리와 그가 늘 자전거로 달리던 다른 거리. 그 거리는 그 지역 전체에서 유일하게 아스팔트가 깔려 있어 바퀴가 매끄럽게 굴러갔고, 높고 좁은 주택들과 폴 베를렌이 죽은 높다란 싸구려 호텔이 있었다. 그들이 사는 아파트에는 방이 둘밖에 없어 그는 그 호텔 꼭대기 층에 한 달에 60프랑짜리 방을 얻어 글을 썼고, 그곳에서는 파리의 지붕들과 굴뚝들과 모든 언덕을 볼 수 있었다.

아파트에서는 장작과 석탄을 파는 가게만 보였다. 와인도 팔기는 했지만 질이 형편없었다. 진열장에 노르스름한 황금빛과 붉은빛 말 몸통들이 걸려 있는 말고기 가게 바깥의 황금 말 머리, 그들이 와인을 사던, 좋은 와인을 싸게 사던 녹색 페인트를 칠한 와인 조합. 나머지는 이웃의 회반죽 벽들과 창문들이었다. 밤에 누군가가 술에 취해 길거리에 누워 프랑스인 특유의 *만취 상태*ivresse, 선전물에서는 존재하지 않는다고 강변하는 그 *만취 상태*에서 끙끙거리며 신음할 때면 창문을 여는 이웃들. 이윽고 웅얼웅얼 들려오는 말소리.

"경찰관은 어디 있어? 그 비역질이나 하는 놈은 필요 없을 때는 꼭 나타나더니만. 어디 관리인 년하고 자고 있겠지. 경찰을 불러와." 마침내 누가 창에서 물 한 양동이를 퍼부으면 신음이 멈추었다. "저게 뭐야? 물이로군. 이야, 똑똑하네." 그러면 창문들이 닫혔지. 그의 파출부인 마리는 여덟 시간 노동에 반대하면서 이렇게 말했지. "남편이 여섯시까지 일하면 집에 오는 길에 조금만 취하니까 낭비를 많이 하지는 않아요. 하지만 겨우 다섯시까지만 일하니까 매일 밤 술에 취하고 돈도 다 떨어지는 거예요. 노동시간이 이렇게 짧아져서 고생하는 사람은 노동자의 마누라들이라니까."

"수프 좀 더 먹지?" 여자가 그에게 묻고 있었다.
"아니, 하지만 정말 고마워. 아주 맛있어."

"조금만 더 먹어봐."

"위스키 소다가 좋겠는데."

"그건 당신한테 안 좋아."

"그래. 안 좋지. '이건 나한테 나빠, 당신이 나 때문에 미쳐가는 걸 안
다는 건.' 콜 포터*가 그런 가사도 쓰고 곡도 썼잖아."

"나는 당신이 술 마시는 걸 좋아해. 당신도 그걸 알잖아."

"아, 그래. 다만 나한테 나빠서 그럴 뿐이겠지."

이 여자가 가면 나는 원하는 걸 모두 갖게 되겠지. 그는 생각했다. 내
가 원하는 모든 것은 아니겠지만, 여기 있는 것은 다. 그래, 그는 피곤
했다. 너무 피곤했다. 잠시 눈을 붙일 생각이었다. 그는 가만히 누워 있
었고, 거기에 죽음은 없었다. 다른 거리로 간 것이 틀림없었다. 죽음은
짝을 이뤄 다녔다, 자전거를 타고. 소리 하나 내지 않고 포장도로 위를
움직이고 있었다.

그래, 그는 파리에 관해 쓴 적이 없었다. 그가 진정으로 관심을 가졌
던 그 파리에 대해서는 쓰지 않았다. 하지만 그가 쓴 적이 없는 나머지
것들은 어떨까?

목장, 그리고 세이지 덤불의 은색을 띤 잿빛, 관개수로의 빠르고 맑
은 물, 알팔파의 짙은 녹색은 어떨까? 좁은 길은 위쪽 구릉 속으로 들
어갔고, 여름의 소떼는 사슴만큼이나 수줍었다. 하지만 가을에 데리고
내려올 때면 울어대고 끊임없이 시끄러운 소리를 내고 무리를 지어 느

---

* 미국적이고 세련된 도시 감각으로 유명했던 미국의 뮤지컬 작곡가. 남자가 인용한 가사
는 〈It's Bad for Me〉의 일부다.

리게 움직이면서 먼지를 피워올렸다. 그리고 산들 뒤로 솟은, 가을빛 속 봉우리의 맑고 선명함, 골짜기를 가로질러 환한 달빛 속에 좁은 길을 따라 말을 타고 내려오던 일. 이제, 어둠 속에서 앞이 보이지 않아 말 꼬리를 붙잡고 숲속을 내려오던 일과 그가 쓰려고 했던 모든 이야기가 기억났다.

누구도 건초에 손대지 못하게 하라는 당부와 함께 목장에 남겨두었던 얼뜨기 소년, 그리고 사료를 얻으러 들른, 소년이 밑에서 일할 때 그 아이를 두들겨패곤 했던 포크스 집안의 그 늙은 놈은 어떨까? 소년이 거절하자 노인은 또 때리겠다고 위협했지. 노인이 헛간으로 들어가려 하자 소년은 부엌에서 소총을 가져와 그를 쏘았고, 사람들이 목장에 돌아왔을 때 죽은 지 일주일이 된 노인은 축사 속에 얼어붙어 있었으며, 주검의 일부는 개들이 뜯어먹었다. 남은 주검을 담요에 싸고 밧줄로 묶어 썰매에 실었고, 너는 소년의 도움을 받아 썰매를 끌었지. 너희 둘은 스키를 신고 썰매를 끌어내 길에 올린 다음 타운까지 60마일을 내려갔고, 너는 거기서 소년을 넘겼어. 소년은 체포될 거라는 생각은 하지 못했지. 자기는 의무를 이행했을 뿐이라고, 너는 자기 친구이고, 자기는 상을 받을 거라고 생각하고 있었지. 소년은 노인이 아주 나쁜 사람이었고 자기 것이 아닌 사료를 훔치려 했다는 사실을 모든 사람이 알 수 있도록 노인의 주검을 끌고 오는 것을 도왔는데, 보안관이 수갑을 채우자 도저히 믿을 수가 없었던 거야. 그 순간 소년은 울기 시작했어. 이것도 그가 쓰려고 아껴둔 이야기였다. 그는 그 고장에서 얻은 좋은 이야기를 적어도 스무 개는 알고 있었는데 하나도 쓰지 못했다. 이유가 뭘까?

"당신이 사람들한테 이유를 말해줘." 그가 말했다.

"무슨 이유, 응?"

"아무것도 아니야."

그녀는 그를 만난 이후로 술을 그렇게 많이 마시지 않았다. 하지만 그는 죽지 않는다 해도 절대 그녀에 관해서는 쓰지 않을 것이다. 그는 이제 그것을 알았다. 그들 가운데 누구에 관해서도 쓰지 못할 것이다. 부자들은 둔하고 술을 너무 많이 마시거나, 아니면 주사위 놀이를 너무 많이 했다. 그들은 둔했고, 그들은 반복적이었다. 그는 가난한 줄리언을 떠올렸다. 줄리언은 부자들에 대한 낭만적인 경외감을 갖고 있었고, 한때 "큰부자들은 당신이나 나하고는 다르다"는 말로 시작되는 소설에 착수했던 적도 있었다. 그러자 어떤 사람이 줄리언에게 말했다, 그래, 그 사람들은 돈이 더 많지. 하지만 줄리언에게는 그 말이 재미있게 들리지 않았다. 줄리언은 부자들이 특별히 매혹적인 부류라고 생각했으며, 그렇지 않다는 것을 알았을 때 그를 박살낸 다른 어떤 일들 못지않게 충격을 받고 박살이 났다.

그는 그렇게 충격으로 박살이 나는 사람들을 경멸해왔다. 이해한다고 해서 좋아할 필요는 없어. 나는 무엇이든 이겨낼 수 있어, 그는 생각했다. 개의치 않으면 어떤 일에도 상처받지 않을 수 있으니까.

좋아. 이제 그는 죽음에 개의치 않기로 했다. 한 가지 그가 늘 두려워하던 것은 통증이었다. 사실 그는 누구 못지않게 통증을 잘 견딜 수 있었다. 너무 오래 계속되어 완전히 지치게만 하지 않는다면. 그러나 이번 경우에는 겁이 날 만큼 아팠으며, 막 그것 때문에 무너질 것 같다고 느꼈을 때 통증은 중단되었다.

오래전 포병 장교 윌리엄슨이 밤에 철조망을 통과하다가 독일 정찰대 병사가 던진 수류탄에 맞았을 때, 그가 비명을 지르며 모든 사람에게 죽여달라고 애걸했던 것을 기억했다. 그는 뚱뚱한 남자였으며 터무니없는 허세에 중독되어 있기는 했지만 아주 용감했고 훌륭한 장교였다. 그날 밤 그는 철조망에 걸렸고, 조명탄이 그를 환하게 밝혔으며, 내장이 철조망 위로 쏟아져나왔다. 사람들은 그를 산 채로 데려오기는 했지만 내장을 잘라낼 수밖에 없었다. 나를 쏴, 해리. 제발 나를 쏴. 그들은 한때 우리 주님은 결코 견딜 수 없는 고통은 주지 않는다는 문제를 놓고 논쟁을 벌였는데, 어떤 사람은 그것이 어느 시점에 이르면 통증 때문에 기절을 하게 된다는 뜻이라고 주장했다. 하지만 그는 늘 그날 밤의 윌리엄슨을 기억했다. 윌리엄슨은 엄청난 통증에도 기절하지 않았고, 마침내 그는 자신이 쓰려고 늘 쟁여두었던 모르핀 정제를 다 털어주고 말았다. 하지만 그것마저도 바로 듣지 않았다.

그래도 지금 이것, 그가 겪는 것은 아주 편했다. 계속 이대로라면, 이보다 심해지지만 않는다면 아무 걱정이 없었다. 더 나은 사람과 함께 있으면 좋겠다는 것 외에는.

그는 함께 있었으면 좋을 만한 사람들을 잠시 생각했다.

아니야, 그는 생각했다, 무슨 일을 하든 너무 오래 하거나 또 너무 늦게까지 해놓고, 사람들이 계속 남아 있어주리라 기대하면 안 돼. 그 사람들은 모두 가버렸어. 파티는 끝났고, 이제 너는 파티의 여주인과 함께 있는 거야.

다른 모든 것과 마찬가지로 죽는 것도 지겨워지는군, 그는 생각했다.

"지겨워." 그는 소리 내어 말했다.

"응, 뭐가?"

"빌어먹을 너무 오래 하게 되는 것은 뭐든."

그는 자신과 모닥불 사이에 있는 그녀의 얼굴을 보았다. 그녀는 의자에 등을 기대고 있었고, 불꽃이 그녀의 보기 좋게 주름진 얼굴 위로 빛을 던지고 있었다. 그는 그녀가 졸리다는 것을 알 수 있었다. 불빛이 미치는 범위 바로 바깥에서 하이에나가 내는 소리가 들렸다.

"나는 계속 글을 써왔어." 그가 말했다. "하지만 지쳤어."

"잠을 좀 잘 수 있을 것 같아?"

"자고말고. 당신은 들어가는 게 어때?"

"당신 옆에 앉아 있고 싶어."

"이상한 느낌 없어?" 그가 그녀에게 물었다.

"아니. 그냥 약간 졸려."

"나는 느껴." 그가 말했다.

그는 막 죽음이 다시 다가오는 것을 느꼈다.

"있잖아, 내가 한 번도 잃지 않은 건 딱 하나, 호기심뿐이야." 그가 그녀에게 말했다.

"당신은 아무것도 잃은 적이 없어. 당신은 내가 아는 가장 완전한 사람이야."

"맙소사," 그가 말했다. "여자는 정말 아는 게 없어. 그게 뭐야? 당신 직관이야?"

바로 그때 죽음이 다가와 침상 발치에 머리를 내려놓았기 때문에 그는 그 숨냄새를 맡을 수 있었다.

"큰 낫이니 두개골*이니 하는 건 절대 하나도 믿지 마." 그가 그녀에게 말했다. "그건 자전거를 탄 경찰관 둘일 수도 있고, 새일 수도 있어. 아니면 하이에나처럼 넙적한 주둥이를 가지고 있을 수도 있어."

이제 그것이 그의 몸 위로 올라왔지만, 더는 아무런 형체가 없었다. 그냥 공간만 차지하고 있을 뿐이었다.

"가라고 해줘."

그것은 가기는커녕 조금 더 다가왔다.

"입냄새 한번 지독하군." 그가 그것에게 말했다. "이 악취나 풍기는 놈."

그것은 그에게 더 바싹 다가왔고, 이제 그는 그것에게 말을 할 수가 없었다. 그가 말을 할 수 없다는 것을 알자 그것은 조금 더 다가왔고, 이제 그는 말없이 그것을 쫓으려 했지만, 그것이 몸 위에 올라타는 바람에 그 무게를 모두 가슴으로 받아내야 했다. 그것이 거기 웅크리고 있어 꼼짝도 할 수 없고 말도 할 수 없는데, 여자가 말하는 소리가 들렸다. "브와나는 이제 잠이 들었어. 침상을 살짝 들어서 텐트 안으로 옮겨."

그는 말을 할 수 없었기 때문에 그녀에게 그것을 쫓아달라고 이야기할 수 없었다. 이제 그것은 더 무겁게 웅크려 그는 숨을 쉴 수가 없었다. 그런데 그들이 침상을 들어올리자 갑자기 괜찮아졌다. 가슴에서 무

---

* 사신(死神)의 상징.

게가 사라졌다.

아침이었다. 날이 밝은 지 꽤 되었고, 그의 귀에 비행기 소리가 들렸다. 비행기는 아주 작게 보이다가 이윽고 넓게 선회했고, 보이들이 달려나가 등유를 이용해 모닥불을 피우고 그 위에 풀을 얹었다. 평평한 지면 양쪽 끝에서 커다란 모닥불 두 개가 피어올랐고, 아침 산들바람에 불길이 야영지 쪽으로 흘렀다. 비행기가 이번에는 낮게 두 번 더 선회하더니 미끄러져 내려와 수평을 잡으며 부드럽게 착륙했다. 그를 향해 걸어오는 사람은 슬랙스와 트위드 재킷 차림에 갈색 펠트 모자를 쓴 오랜 친구 콤프턴이었다.

"어이, 무슨 일이야 이게?" 콤프턴이 말했다.

"다리가 안 좋아." 그가 말했다. "아침 좀 먹으려나?"

"고마워. 그냥 차나 좀 마실게. 그런데 말이야, 이건 퍼스모스 기종이거든. *멤사히브*는 함께 모실 수가 없네. 자리가 하나뿐이야. 트럭이 오고 있어."

헬렌이 콤프턴을 옆으로 데려가 이야기를 나누었다. 콤프턴이 그 어느 때보다 명랑한 모습으로 돌아왔다.

"바로 태워주지." 그가 말했다. "*멤사히브*는 내가 다시 모시러 올 거야. 안됐지만 지금은 아루샤에 들러 급유를 해야 해. 이제 가는 게 좋겠어."

"차는 안 마시고?"

"글쎄, 별로 생각 없어."

보이들이 침상을 들고 녹색 텐트들을 빙 돌아서 바위를 따라 내려가 평원으로 나서더니, 이제 환하게 타오르는 모닥불을 지나갔다. 풀은 다 탔고, 바람이 불을 작은 비행기 쪽으로 부채질하고 있었다. 그를 비행기에 태우는 것은 쉽지 않았지만, 일단 들어가자 그는 가죽 의자에 등을 기댈 수 있었다. 다리는 콤프턴이 앉는 자리 한쪽 옆으로 쭉 뻗은 채 꼼짝도 하지 못했다. 콤프턴은 시동을 건 다음 올라탔다. 그는 헬렌과 보이들을 향해 손을 흔들었다. 덜거덕거리던 소리가 오래전부터 귀에 익은 으르렁거리는 엔진소리로 바뀌자, 콤피는 바닥에 혹멧돼지의 구덩이가 있는지 조심스레 살폈다. 비행기는 둥글게 원을 그렸고, 두 모닥불 사이의 공간을 달리며 으르렁거리다 덜컹하더니, 마지막으로 한 번 더 덜컹하고 나서 날아올랐다. 그는 야영지 사람들이 전부 밑에 서서 손을 흔드는 것을 보았다. 언덕 옆의 야영지는 이제 납작해졌고, 평원이 넓게 펼쳐졌다. 나무 수풀, 또 덤불도 납작해졌다. 짐승이 다니는 길이 마른 물웅덩이로 매끄럽게 이어졌고, 그가 알지 못했던 새로운 물웅덩이도 보였다. 얼룩말은 이제 등만 둥글고 작게 보였다. 머리가 큰 점으로 보이는 큰 영양들은 가운뎃손가락 길이로 줄을 지어 평원을 가로질러 움직이고 있었는데, 마치 위로 기어올라오는 것 같았다. 비행기 그림자가 다가가자 그것들은 흩어졌고, 이제 아주 작아졌으며, 그 움직임은 전혀 빠르게 느껴지지 않았다. 평원은 이제 시야가 미치는 곳까지 잿빛을 띤 노란색이었고, 앞에는 오랜 친구 콤피의 트위드 재킷을 입은 등과 갈색 펠트 모자가 있었다. 이내 그들은 첫 구릉을 넘었고, 영양들은 그들을 계속 따라왔다. 이윽고 그들은 큰 산 위에 올라와 있었다. 녹색으로 솟은 숲이 갑자기 깊어지는가 싶더니 대나무가 빽빽하게 자라는 비탈들이 나타났다. 거기서 다시 봉우리와 우묵한 곳들을 파고든 울창한 숲을 만났고, 마침내 산들을 다 넘었다. 구릉이 경사를 그리며 내려가다 다시 평원이 나타났는데, 이번에는 뜨거웠고 자줏빛을 띤 갈색이었다. 열기 때문에 난기류가 생기자 콤피는 그가 비행을 잘 견디는지 확인하려고 뒤를 돌아보았다. 이윽고 앞쪽에 다시 다른 어두운 산들이 나타났다.

비행기는 아루샤로 가는 대신 왼쪽으로 방향을 틀었다. 연료가 충분하다고 판단한 것이 분명했다. 그는 아래를 보다가 체로 친 듯한 분홍색 구름이 마치 눈보라의 첫눈처럼 난데없이 나타나 땅 위를 움직이다가 허공으로 번지는 것을 보았다. 그는 메뚜기떼가 남쪽으로부터 올라오고 있다는 것을 알았다. 그들은 위로 올라가기 시작했다. 동쪽으로 가는 것 같았다. 이내 하늘이 어두워졌고 그들은 폭풍우 속으로 들어갔다. 비가 너무 심하게 쏟아져 마치 폭포를 통과해 날아가는 것 같았다. 이윽고 폭풍우를 빠져나오자, 콤피는 고개를 돌려 싱긋 웃으며 손가락으로 가리켰다. 그곳에, 정면에 그의 시야를 가득 채운 것은 오직 하나, 온 세상처럼 넓고, 크고, 높고, 햇빛을 받아 믿을 수 없을 정도로 하얗게 빛나는 킬리만자로의 평평한 꼭대기였다. 그 순간 그는 그곳이 자신이 가는 곳임을 알았다.

바로 그때 하이에나가 밤의 어둠 속에서 낑낑거리는 소리를 거두고, 이상한, 사람 같은, 거의 울먹이는 듯한 소리를 내기 시작했다. 여자는 그 소리를 듣고 불안에 몸을 뒤척였다. 그러나 깨지는 않았다. 꿈속에서 그녀는 롱아일랜드의 집에 있었다. 딸의 사교계 데뷔 전날 밤이었다. 어떻게 된 일인지 그녀의 아버지도 거기에 있었는데, 그는 무척 무례하게 굴었다. 그러다 하이에나가 내는 소리가 너무 커서 그녀는 잠을 깼고, 순간적으로 자신이 어디에 있는지 몰라 무척 겁을 먹었다. 이윽고 그녀는 손전등을 들고 해리가 잠든 뒤 안으로 들인 침상을 비추었다. 모기장 안에 있는 그의 몸이 보였다. 어떻게 했는지 그가 다리를 침상 밖으로 내밀어, 다리가 침상 옆에 늘어져 있었다. 붕대가 다 흘러내려서 그녀는 그곳을 똑바로 쳐다볼 수가 없었다.

"몰로," 그녀가 소리쳤다. "몰로! 몰로!"

이윽고 그녀가 말했다. "해리, 해리!" 그녀의 목소리가 올라갔다. "해리! 제발. 오, 해리!"

대답이 없었고, 그의 숨소리도 들리지 않았다.

텐트 밖에서는 또다시 하이에나가 그녀를 깨웠던 그 이상한 소리를 냈다. 그러나 그녀는 자신의 심장박동 때문에 그 소리를 듣지 못했다.

시대의 허무에 맞서

"닉은 이른아침 호수에서 아버지가 노를 젓는 보트 고물에 앉아 자신은 절대 죽지 않을 거라고 확신했다."(본문 17쪽)

위의 인용은 1924년 스물다섯 살의 헤밍웨이가 파리에서 발표한 초기 단편 「인디언 마을」의 마지막 문장이다. 좀 과장하자면, 이 작품에 그의 모든 것이 들어 있으며, 그 이후는 모두 이 작품의 변주와 확장이라고 생각할 수도 있다. 이 작품에는 어렵게 세상의 빛을 보는 생명, 그런 생명이 한순간에 스러져버리는 덧없는 죽음, 그런 생명이 영원할 것이라는 싱싱하면서도 순진한 확신이 병치되어 있다. 헤밍웨이는 덧없는 죽음에서 불멸의 확신이 무너지는 허무를 보고, 한 개인으로서 그 허무 앞에서 불멸의 확신을 가진 자의 당당함과 맞먹는 당당함을 견지

할 수 있는지, 타인과의 동지애나 애정 또는 그 파탄이 그런 태도에 어떻게 영향을 줄 수 있는지 늘 검증한다. 이는 그가 발표한 마지막 단편인 「프랜시스 머콤버의 짧고 행복한 삶」에 이르기까지 그의 여러 작품 근저에 깔린 기본 주제이며, 단지 소재와 배경만 달라질 뿐이다.

이런 주제란 자고로 수많은 문학의 주제라고도 할 수 있으니, 특별히 헤밍웨이의 것이라 할 수 없다고, 따라서 하나 마나 한 소리라고 말할 수도 있을 것이다. 맞다. 그러나 두 가지 구체적 맥락을 고려할 필요가 있다. 하나는 헤밍웨이가 스무 살도 안 된 어린 나이에 유럽으로 건너가서 겪은 1차세계대전이라는 역사적 맥락이다. 이 전쟁은 개인 생명의 덧없음을 보여줄 뿐 아니라 문명 또는 인류의 생명도 덧없이 스러질 수 있음을 보여주는 사건으로, 인류의 삶의 모든 분야에 격변을 일으켰다. 아직 스무 살도 안 된 헤밍웨이가 전쟁의 역사적 맥락을 얼마나 인식했는지는 모르겠지만, 전장에서 죽어간 이들이 바로 그렇게 불멸을 믿었던 순진한 젊은이들이었다. 이들은 이른바 '잃어버린 세대'로 통칭되었고, 헤밍웨이는 곧 이 세대의 대변자 가운데 하나로 떠오르게 된다.

또 한 가지 맥락은 문학 쪽에서 이런 시대적 격변과 고통을 담아낼 형식을 찾으려는 노력이 폭넓게 이루어졌고, 헤밍웨이 또한 그렇게 노력한 작가 가운데 한 명이었다는 점이다. 이런 노력의 중요한 흐름을 모더니즘이라고 불렀는데, 헤밍웨이는 습작기부터 이 흐름에 들어가 있었다. 그는 전쟁 후 귀향했다가 1921년 작가 셔우드 앤더슨의 권고에 따라 파리로 갔고, 그곳에서 〈토론토 스타〉 특파원으로 기사를 쓰는 동시에 단편과 시 습작을 했다. 이때 그의 스승이자 선배가 모더니즘의

선봉에 있던 거트루드 스타인과 에즈라 파운드였다. 헤밍웨이는 제임스 조이스도 만났고 피카소 등의 화가와 교류했으며 마르셀 프루스트의 소설도 꼼꼼히 읽은 것으로 알려져 있다.

사실 헤밍웨이의 소설에서 조이스나 프루스트 같은 모더니스트의 냄새를 맡기는 쉬운 일이 아닐 것이다. 그러나 거꾸로 보자면, 그들의 영향을 받았으면서도 자기 나름으로 그것을 소화하여 자신의 스타일을 구축한 것이 헤밍웨이의 뛰어난 점인지도 모른다. 그는 평생 자신의 일부는 저널리스트라고 생각했던 듯한데, 그의 문학 자체가 무엇보다 사실의 냉정한 전달 자체를 중시하는 저널리즘에서 출발했다고도 할 수 있다. 사실을 무슨 의미로 받아들이느냐 하는 것은 독자의 몫이지 작가의 몫이 아닌 것이다. 이런 생각을 조금 더 밀고 나아가면, 작가가 전달하는 사항을 최소화하면 오히려 여백의 힘이 강화된다는 이른바 '생략'의 미학이 등장할 수 있다.

"산문작가가 자신이 쓰고 있는 대상을 잘 알고 있으면 자신이 알고 있는 것을 생략할 수도 있고, 작가가 진실하게 쓰고 있다면 독자는 작가가 말로 다 표현하는 것처럼 그것을 강하게 느낄 것이다. 빙산의 움직임이 위엄 있는 것은 그 팔분의 일만이 물위에 있기 때문이다. 모르기 때문에 어떤 것을 생략하는 작가는 자신의 글에 빈 곳을 남길 뿐이다."

이런 식으로 헤밍웨이는 수면에 나와 있는 빙산의 일각만 보여줌으로써 독자가 빙산 전체에 압도당하는 느낌을 받게 하는 것을 자신의 스타일로 삼았다. 여기에서 첫번째 흥미로운 점은 작가가 말로 전달하는 것보다 말하지 않고 전달하는 것이 더 중요할 수도 있다는 생각이다. 두번째는 작품의 성공이 작가 개인의 삶과 진정성에 의존한다는 것이다. 이것이 헤밍웨이가 모더니즘에서 배우고 소화한 내용일 것이다. 그 결과로 나온 작품들은 지금 보면 그다지 새로워 보이지 않을지도 모르는데, 이것은 그만큼 헤밍웨이 스타일의 영향력이 컸다는 뜻이기도 하다. 즉 지난 백 년 동안, 심지어 작가가 아니라 하더라도 수많은 사람이 헤밍웨이를 직간접적으로 모방했기 때문에 지금은 헤밍웨이가 너무 흔해졌다는 뜻이다.

이런 생략의 미학이 가장 잘 발휘될 수 있는 분야는 단편인데, 단편은 "제대로만 잡아내면 모든 것을 한 문단으로 압축할 수 있을"(「킬리만자로의 눈」, 261쪽) 것이라는 작가의 희망에 가장 가까이 다가가 있기도 하다. 실제로 헤밍웨이는 시와 단편을 쓰면서 작가생활을 시작했으며, 단편이야말로 헤밍웨이의 진가가 드러나는 영역이라는 말도 들린다. 헤밍웨이가 생전에 출간한 단편집은 여섯 권이며, 이 번역본은 그 단편집들에서 열두 편을 골라 모은 것이다. 대체로 헤밍웨이의 특징을 잘 보여줄 수 있는 것들을 골랐다고 생각하는데, 아주 유명한 작품들 외에 헤밍웨이가 개인적으로 좋아한다고 말한 작품들(『제5열과 최초의 마흔아홉 편』의 서문에 나온다)이 꽤 포함되어 있어 다행이라고 생각한다.

헤밍웨이는 앞서 말했듯이 1921년 결혼과 함께 파리로 떠났고 그곳에서 기자로서 일하는 한편 거트루드 스타인의 주선으로 여러 작가와 교유하며 작가의 꿈을 키우고 습작을 했다. 에즈라 파운드는 일찌감치 그의 재능을 알아보고 그가 작가로서 성장하도록 이끌어주었다. 그러다 1922년 헤밍웨이의 아내가 파리 리옹역에서 헤밍웨이의 습작 원고가 거의 모두 들어가 있는 짐을 도난당하는 사고가 발생한다. 이듬해 나온 그의 첫 책 『단편 셋과 시 열 편』(300부를 찍었다)에는 편집자에게 보낸 덕에 도난 사고에서 살아남은 작품을 포함하여 단편 세 편이 실렸다.

　1923년 헤밍웨이는 파운드의 권고로 문학잡지 〈리틀 리뷰〉에 소품문小品文, vignette이라고 부르는 아주 짧은 글 여섯 편을 기고한다. 거기에 1923년 스페인을 방문하고 투우에 매혹된 뒤 쓴 소품문과 다른 소품문을 합쳐 총 열여덟 편을 1924년 『우리 시대에 in our time』(『일반 기도서 Book of Common Prayer』에서 따온 제목으로 특이하게 소문자로만 적었다)로 출간했다. 31페이지에 불과한 이 소책자는 주로 투우, 전쟁, 당시의 사건들을 다루고 있는데, 저널리즘에 속하는 글에서 단편소설로 넘어가는 다리라고 할 수도 있는 이 짧은 글들은 짧기 때문에 흔히 헤밍웨이의 특징이라고 하는, 사건의 표면만 냉정하고 간결하게 서술하는 방식, 즉 '미니멀리즘' 스타일을 더 잘 보여준다. 실제로 이 작품들을 쓰고 파운드 등의 조언을 받아 퇴고하는 과정을 거치면서 헤밍웨이는 저널리즘적 문체를 소설적 문체로 변화시켜 자기 목소리를 찾아내고 작가로서 본격적인 출발을 하게 된다.

　헤밍웨이는 1924년 높은 생산성을 발휘하여 짧은 기간에 책 한 권으로 묶일 만한 단편들을 쓰게 된다. 앞서 말한 원고 도난 사고 이후 그가 한동안 화가 나서 아무것도 쓰지 못할 때 파운드는 단지 시간을 손해보았을 뿐이고, 제대로 쓴 것이라면 다시 기억에서 건져올릴 수 있을 것이라고 위로했다. 헤밍웨이가 실제로 그렇게 했는지 아니면 완전히 새로 쓴 것인지는 분명치 않지만, 새로 쓴 단편들 가운데 다수가 작가의 자전적 이야기임을 고려하면, 자기 목소리를 찾은 작가의 자신감과 더불어 잃어버린 습작기 작품을 어느 정도 복원한 것(물론 새로운 목소리에 담아)도 이런 놀라운 생산성에 한몫했을 거라고 짐작해볼 수 있다. 헤밍웨이는 이 작품들 가운데 어린아이가 의사 아버지를 따라 인디언 마을에 들어가 수술 장면을 목격하는 「인디언 마을」, 고향에 돌아온 병사가 강에서 홀로 낚시하며 전쟁의 상흔을 씻는 「심장이 둘인 큰 강」을 두고 스콧 피츠제럴드에게 꽤 괜찮은 걸 썼다고 말한 것에서도 그의 자신감을 엿볼 수 있는데, 실제로 이 작품들은 헤밍웨이의 초기 걸작으로 평가받는다.

그는 앞서 나온 책에 실린 소품문들과 새로 쓴 단편들을 출판사에 보냈고, 이것은 1925년에 함께 묶여 『우리 시대에 In Our Time』(이번에는 대문자를 사용했다)로 출간되었다. 정확히 말하자면 소품문들을 15장으로 다시 정리해서 열다섯 단편 앞에 1장부터 15장까지 끼워넣었다. 이 소품문은 그 뒤에 나오는 단편과 내용상으로 바로 이어지지는 않지만, 새로 쓴 단편들의 주제나 분위기가 소품문 작업의 연장선상에 있다고 보는 것이 중론이다. 헤밍웨이 자신도 그렇게 읽어주기를 바랐다. 그는 작품들을 "세부적으로 검토하기 전에 전체의 그림을 보게" 해주어야 하기 때문에 이 단편집이 그런 식으로 짜여야만 하며 "함께 읽으면 모두 연결된다"고 말했다. 번역본도 헤밍웨이의 의도를 조금이나마 살리기 위해 이 단편집에서 단편을 고를 때 앞에 딸린 소품문도 함께 가져왔다.

이 단편집에 고른 작품은 앞의 두 걸작 외에, 젊은 귀환병이 사귀던 여자와 결별하는 과정을 다룬 「어떤 일의 끝」, 친구와 술을 마시며 결별에 관해 이야기하는 「사흘간의 바람」, 스키를 타고 눈 덮인 땅을 함께 돌아다니는 두 친구의 이야기 「온 땅의 눈」 등 세 편이다. 이 단편집에서부터 헤밍웨이의 페르소나라 할 수 있는 닉 애덤스가 등장한다는 점에도 주목할 필요가 있다(헤밍웨이 사후 1972년에는 닉 애덤스가 등장하는 단편들만 묶어 『닉 애덤스 이야기』가 나오기도 했다).

헤밍웨이는 이 단편집이 나올 무렵 장편에 관심을 가진다. 그의 친구인 피츠제럴드의 『위대한 개츠비』가 1925년에 나왔는데, 전해지는 이야기에 따르면 헤밍웨이는 이 책을 읽고 마음에 들어 다음번에는 장편을 쓰겠다고 결심했고, 그래서 1925년부터 '잃어버린 세대'를 대표하는 작품으로 일컬어지는(헤밍웨이 자신은 동의하지 않았다고 하지만) 『태양은 다시 뜬다』를 쓰기 시작했다고 한다. 그러나 단편 또한 꾸준히 썼으며, 1927년에는 단편 열네 편을 수록한 새로운 단편집 『여자 없는 남자들』(무라카미 하루키의 단편집이 이 제목을 빌려갔다)을 내놓는다. 투우, 프로 권투, 불륜, 이혼, 죽음 등을 다룬 다양한 단편들이 담긴 이 단편집에서는 금주법 시대 두 살인청부업자의 이야기를 다룬 「살인자들」, 불면증에 시달리는 병사의 이야기 「이제 내 몸을 뉘며」, 기차역에서 심각한 결정에 관해 이야기하는 두 남녀를 보여주는 「하얀 코끼리 같은 산」을 골랐다.

대체로 이때까지가 헤밍웨이의 파리 시대라고 할 수 있다. 그는 1928년 미국 플로리다주 키웨스트로 이주한다. 물론 세계 곳곳을 돌아다니며 작품을 쓰고 소설가인 동시에 저널리스트로서 전쟁 지역을 찾아다니는 일은 계속하지만, 1939년 쿠바의 아바나로 이주할 때까지 십

여 년간 이곳이 그의 거처가 된다. 그는 이곳에서 1929년 『무기여 잘
있거라』를 발표하여 큰 성공을 거두고, 1933년에는 사실상 그가 생전
에 발표한 마지막 단편집이라고 할 수 있는 『승자에게는 아무것도 주
지 마라』를 출간하는데 여기에는 신작 단편 열네 편이 실려 있다. 이
단편집에서는 전쟁에서 입은 상처로 정신적 혼란에 빠진 병사를 그린
「가지 못할 길」, 심야의 도시 한 귀퉁이를 배경으로 허무와 위로를 이
야기하는 「깨끗하고 불이 환한 곳」을 골랐다.

  『승자에게는 아무것도 주지 마라』가 나온 1933년 헤밍웨이는 아프리
카로 열 주 동안 사파리 여행을 떠나며, 이때 여행 경험이 두 단편 「킬리
만자로의 눈」 「프랜시스 머콤버의 짧고 행복한 삶」의 소재가 된다. 각각
겁 많은 사파리 관광 사냥꾼의 이야기와 아프리카 여행중 불의의 사고
로 죽어가는 남자의 이야기인 이 두 작품이 번역본에서 고른 마지막 작
품들이다. 이 두 작품 다 1936년에 잡지에 발표되었고, 1938년에 나온
희곡과 단편 모음집인 『제5열과 최초의 마흔아홉 편』에 수록되었다.
이 책에는 이 두 단편 외에 신작 단편 두 편이 더 실려 있다. 여기에서,
마흔 살을 조금 앞두고, 헤밍웨이의 공식적인 단편 작업은 끝이 난다.
물론 1961년 예순 살을 조금 넘기고 생을 마감하기까지 단편을 안 쓴
것은 아니어서, 꽤 많은 작품이 사후에 발표되기도 했다. 그럼에도 그
의 인생 전체를 보자면 단편은 그의 젊음과 궤를 같이했다고 볼 수 있
으며, 특히 스물다섯 살 이후 십 년이 헤밍웨이 스타일의 황금기였다고
말할 수 있을 것이다.

정영목

1899년   7월 21일 미국 일리노이주 시카고 근교 오크파크에서 의사 클
          래런스 헤밍웨이와 음악가 그레이스 헤밍웨이 부부의 여섯 자
          녀 중 둘째로 태어남. 어린 시절에 아버지에게 낚싯대를, 어머
          니에게 첼로를 선물받음. 운동과 사냥을 좋아하는 아버지와 예
          술가 기질이 넘치고 신앙심 깊은 어머니의 영향을 받으며 성장.
          특히 어머니 그레이스는 어린 헤밍웨이에게 여자아이의 옷을
          입히기도 함. 이러한 부모의 성향은 헤밍웨이의 인생과 문학에
          큰 영향을 미침.

1909년   열번째 생일선물로 엽총을 선물받음. 가족과 매년 왈론호수에
          있는 별장에서 여름휴가를 보냄. 이때부터 평생 자연을 사랑하
          는 마음을 갖게 됨.

1917년   오크파크고등학교를 졸업하고 〈캔자스시티 스타〉 수습기자로
          입사함. 기자 생활을 하는 동안 드라이하고 간결한 '하드보일드'
          문체의 기틀이 확립됨.

1918년   5월 미국 적십자사 구급차 운전병으로 1차세계대전에 참전함.
          이탈리아 북부 포살타 디 피아베에 배치됨. 7월 8일 적의 포격
          으로 두 다리에 중상을 입고 후송되어 밀라노의 적십자병원에
          입원. 그곳에서 일곱 살 연상의 미국인 간호사 아그네스를 만나
          사랑에 빠지지만, 청혼을 거절당하고 이듬해 헤어짐. 아그네스
          는 『무기여 잘 있거라*A Farewell to Arms*』의 여주인공 캐서린
          의 실제 모델로 유명함.

1919년   1차세계대전 종전 후 귀국.

1920년	시카고에서 잡지사 편집자로 잠시 일하며 소설가 셔우드 앤더슨을 만남. 그의 조언을 받아들여 본격적인 문학수업을 위해 파리행을 결심함.
1921년	9월 3일 여덟 살 연상의 해들리 리처드슨과 결혼. 캐나다 〈토론토 스타〉 특파원으로 부부가 함께 파리로 떠남. 12월 파리에 도착. 거트루드 스타인과 만남. (이 시기의 파리는 예술가의 천국이라 불릴 만했다. 특히 미국인 예술가들은 전후 달러의 가치가 크게 상승하여 그리 많지 않은 수입으로도 파리에서는 넉넉하게 생활할 수 있었다. 미국 작가 거트루드 스타인, 에즈라 파운드, F. 스콧 피츠제럴드 등이 파리를 근거지로 삼았고, 미국 여성 실비아 비치가 서점 '셰익스피어 앤드 컴퍼니'를 파리에서 운영하며 제임스 조이스의 『율리시스』를 펴낸 것도 1922년의 일이다. 헤밍웨이는 파리에 체류하는 동안 이들과 교유하며 습작에 열중했다.)
1922년	그리스-터키 전쟁 취재. 12월 아내 해들리가 파리의 리옹역에서 헤밍웨이의 습작 원고를 모두 분실함.
1923년	스페인에서 난생처음 투우를 구경하고, 평생 투우에 매료됨. 7월 첫 소설 『단편 셋과 시 열 편 Three Stories and Ten Poems』을 한정판으로 출간. 10월 '범비'라는 애칭으로 잘 알려진 장남 존 해들리 출생. 파리에서 소설을 쓰기 위해 기자 생활을 그만둠.
1924년	1월 단편집 『우리 시대에 in our time』를 파리에서 출간.
1925년	아내 해들리의 친구이자 〈보그〉 기자 폴린 파이퍼와 처음 만남. 파리에서 세 살 위인 스콧 피츠제럴드를 만남. 10월 『우리 시대에』 증보판이 미국에서 출간.
1926년	헤밍웨이의 문학적 재능에 감탄한 스콧 피츠제럴드가 자기 책을 펴내던 미국의 유명 출판사 스크리브너의 편집자 맥스웰 퍼킨스를 소개해줌. 5월 『봄의 계류 The Torrents of Spring』를 스

크리브너에서 출간(이후 헤밍웨이의 모든 작품은 스크리브너에서 출간됨). 10월 『태양은 다시 뜬다The Sun Also Rises』 출간. 전후 젊은이들의 방황과 환멸을 사실적으로 묘사한 『태양은 다시 뜬다』는 베스트셀러가 되면서 이른바 '잃어버린 세대lost generation'의 바이블로 회자된다. '잃어버린 세대'는 범비의 대모인 거트루드 스타인의 말인 "당신들은 모두 잃어버린 세대야"를 헤밍웨이가 이 소설 서문에 인용하면서 유명해졌다.

1927년   4월 해들리와 이혼하고 폴린 파이퍼와 결혼. 10월 단편집 『여자 없는 남자들Men without women』 출간.

1928년   아내 폴린과 함께 파리를 떠나 미국 플로리다주 키웨스트로 이주함. 둘째 아들 패트릭 출생. 12월 아버지 클래런스 헤밍웨이가 우울증으로 권총 자살을 하자 큰 충격을 받는다.

1929년   9월 『무기여 잘 있거라』 출간. 전쟁문학의 걸작으로 평가받으며 큰 성공을 거둠.

1930년   사냥여행중 팔이 부러져 세 차례의 수술을 받음.

1931년   셋째 아들 그레고리 출생.

1932년   쿠바의 수도 아바나에서 두 달간 머무르며 청새치 낚시를 함. 9월 투우를 소재로 한 논픽션 『오후의 죽음Death in the Afternoon』 출간.

1933년   10월 『승자에게는 아무것도 주지 마라Winner Take Nothing』 출간. 약 두 달 동안 아프리카를 여행함.

1934년   낚싯배를 구입하고 '필라'호라고 이름 지음.

1935년   낚시를 하던 중 권총 오발 사고로 다리에 총상을 입음. 10월 아프리카에서의 사냥, 문학과 인생 이야기를 담은 에세이집 『아프리카의 푸른 언덕Green Hills of Africa』 출간.

1936년   아바나를 중심으로 필라호를 타고 한 달 동안 낚시여행을 함. 단편 「킬리만자로의 눈The Snows of Kilimanjaro」「프랜시스 머콤버의 짧고 행복한 삶The Short Happy Life of Francis Macomber」 발표. 작가이자 저널리스트인 마사 겔혼을 처음 만남.

1937년　'북아메리카 신문연맹' 특파원으로 스페인 내란을 취재함. 10월 『가진 자와 못 가진 자To Have and Have Not』 출간.

1938년　6월 『스페인의 대지The Spanish Earth』, 10월 헤밍웨이의 유일한 희곡이 실린 『제5열과 최초의 마흔아홉 편The Fifth Column and the Forth-nine stories』 출간.

1939년　폴린과 별거. 쿠바 아바나 근교의 농원 저택을 빌려 '핑카 비히아(전망 좋은 농장)'라 명명하고, 그곳에서 마사 겔혼과 함께 생활함.

1940년　10월 『누구를 위하여 종은 울리나For Whom the Bell Tolls』 출간. 폴린과 이혼하고 마사 겔혼과 결혼 후 핑카 비히아를 구입함. 헤밍웨이는 이 집에서 살면서 『노인과 바다The Old Man and the Sea』를 비롯한 다수의 작품을 집필했음. 지금은 헤밍웨이 박물관으로 사용되고 있음.

1941년　중국과 아시아를 여행하고 취재함.

1942년　2차세계대전 중 미국 해군에 자원해 필라호로 쿠바 해안에서 독일 잠수함을 수색함. 하지만 이 년에 걸친 수색은 아무 성과 없이 끝남.

1944년　〈콜리어〉 특파원으로 노르망디 상륙작전을 취재함. 런던에서 저널리스트 메리 웰시를 만남.

1945년　메리와 함께 자동차 전복사고를 당해 늑골이 부러지고 얼굴이 찢어지는 등 크게 다침. 마사와 이혼.

1946년　네번째 아내이자 말년의 헤밍웨이 곁을 지킨 메리와 결혼. 미국 아이다호주 케첨에 집을 마련함.

1950년　9월 10년의 공백을 깨고 『강을 건너 숲속으로Across the River

and Into the Trees』를 출간했으나 이전 작품들의 재탕이라는 혹평을 받음.

1951년   어머니 그레이스 헤밍웨이 사망. 두번째 아내 폴린 사망.

1952년   9월 〈라이프〉에『노인과 바다』를 발표. 〈라이프〉 9월호가 이틀 만에 500만 부 이상 팔려나갈 만큼 큰 인기를 얻음. 일주일 뒤 단행본으로 출간.

1953년   『노인과 바다』로 퓰리처상 수상. 두번째 아프리카 여행을 떠남.

1954년   아프리카 여행 중 연이은 두 차례의 비행기 추락 사고로 중상을 당함. 언론에서는 헤밍웨이가 사망했다고 오보를 내기도 함. 10월 노벨문학상 수상. 건강상의 문제로 시상식에 참석하지 못함.

1959년   메리와 함께 케첨으로 돌아옴. 정신쇠약, 우울증, 고혈압, 간염 등을 앓으며 창작활동이 어려울 정도로 건강이 나빠짐.

1960년   쿠바를 떠나 미국으로 영구 귀국함.

1961년   우울증과 알코올중독, 고혈압, 편집증에 시달리다 7월 2일 아침 케첨의 자택에서 엽총 자살로 생을 마감함.

1964년   『움직이는 축제일A Moveable Feast』 출간.

1970년   『멕시코 만류의 섬들Islands in the Stream』 출간.

1972년   『닉 애덤스 이야기Nick Adams Stories』 출간.

1974년   찰스 스크리브너 2세의 편집으로『영원한 헤밍웨이The Enduring Hemingway』 출간.

1977년   『여든여덟 편의 시88 Poems』 출간.

1985년   『위험한 여름The Dangerous Summer』 출간.

1986년   『에덴동산The Garden of Eden』 출간.

1987년   『어니스트 헤밍웨이 단편전집The Complete Short Stories of Ernest Hemingway』 출간.

1999년   7월 헤밍웨이 탄생 100주년을 기념하여 둘째 아들 패트릭의 편집으로『여명의 진실True at First Light』 출간.

문학동네 세계문학전집 발간에 부쳐

세계문학은 국민문학 혹은 지역문학을 떠나 존재하는 문학이 아니지만 그것들의 총합도 아니다. 세계문학이라는 용어에는 그 나름의 언어와 전통을 갖고 있는 국민문학이나 지역문학의 존재를 인정하면서 그것을 넘어서는 문학의 보편적 질서에 대한 관념이 새겨져 있다. 그 용어를 처음 고안한 19세기 유럽인들은 유럽문학을 중심으로 그 질서를 구축했지만 풍부한 국민문학의 전통을 가지고 있는 현대의 문학 강국들은 나름의 방식으로 세계문학을 이해하면서 정전(正典)의 목록을 작성하고 또 수정한다.

한국에서도 세계문학 관념은 우리 사회와 문화의 변화 속에서 거듭 수정돼왔다. 어느 시기에는 제국 일본의 교양주의를 반영한 세계문학 관념이, 어느 시기에는 제3세계 민족주의에 동조한 세계문학 관념이 출현했고, 그러한 관념을 실천한 전집물이 출판됐다. 21세기 한국에 새로운 세계문학전집이 필요하다는 것은 명백하다. 우리의 지성과 감성의 기준에 부합하는 세계문학을 다시 구상할 때가 되었다.

문학동네 세계문학전집은 범세계적으로 통용되는 고전에 대한 상식을 존중하면서도 지난 반세기 동안 해외 주요 언어권에서 창작과 연구의 진전에 따라 일어난 정전의 변동을 고려하여 편성되었다. 그래서 불멸의 명작은 물론 동시대 세계의 중요한 정치·문화적 실천에 영감을 준 새로운 작품들을 두루 포함시켰다.

창립 이후 지금까지 한국문학 및 번역문학 출판에서 가장 전문적이고 생산적인 그룹을 대표해온 문학동네가 그간 축적한 문학 출판 경험을 바탕으로 새로운 세계문학전집을 펴낸다. 인류가 무지와 몽매의 어둠 속을 방황하면서도 끝내 길을 잃지 않은 것은 세계문학사의 하늘에 떠 있는 빛나는 별들이 길잡이가 되어주었기 때문이다. 우리가 자부심과 사명감 속에서 그리게 될 이 새로운 별자리가 독자들의 관심과 애정에 힘입어 우리 모두의 뿌듯한 자산이 되기를 소망한다.

문학동네 세계문학전집 편집위원
민은경, 박유하, 변현태, 송병선, 이재룡, 홍길표, 남진우, 황종연

세계문학전집 257
킬리만자로의 눈

초판 인쇄 2025년 1월 3일
초판 발행 2025년 1월 15일

지은이 어니스트 헤밍웨이 | 옮긴이 정영목

책임편집 백지선 | 편집 이봄이랑 김혜정
디자인 김이정 최미영 | 저작권 박지영 형소진 최은진 오서영
마케팅 정민호 서지화 한민아 이민경 왕지경 정유진 정경주 김수인 김혜원 김예진
브랜딩 함유지 함근아 박민재 김희숙 이송이 김하연 박다솔 조다현 배진성
제작 강신은 김동욱 이순호 | 제작처 영신사

펴낸곳 (주)문학동네 | 펴낸이 김소영
출판등록 1993년 10월 22일 제2003-000045호
주소 10881 경기도 파주시 회동길 210
전자우편 editor@munhak.com | 대표전화 031)955-8888 | 팩스 031)955-8855
문의전화 031)955-1927(마케팅), 031)955-2684(편집)
문학동네카페 http://cafe.naver.com/mhdn
인스타그램 @munhakdongne | 트위터 @munhakdongne
북클럽문학동네 http://bookclubmunhak.com

ISBN 979-11-416-0877-4 04840
     978-89-546-0901-2 (세트)

www.munhak.com

● 문학동네 세계문학전집은 계속 출간됩니다